中國語言文字研究輯刊

二五編

許學仁 主編

第6冊

漢語音義學研究論集（一集）
——首屆漢語音義學研究國際學術研討會暨第四屆佛經音義研究國際學術研討會論文集（上）

黃仁瑄 主編

花木蘭文化事業有限公司

國家圖書館出版品預行編目資料

漢語音義學研究論集（一集）——首屆漢語音義學研究國際
學術研討會暨第四屆佛經音義研究國際學術研討會論文集
（上）／黃仁瑄 主編 -- 初版 -- 新北市：花木蘭文化事業有
限公司，2023〔民112〕
序 20+ 目 2+164 面；21×29.7 公分
（中國語言文字研究輯刊　二五編；第 6 冊）
ISBN 978-626-344-427-0（精裝）
1.CST：聲韻學 2.CST：語意學 3.CST：文集
802.08　　　　　　　　　　　　　　　　112010452

ISBN-978-626-344-427-0

9 786263 444270

中國語言文字研究輯刊
二五編　第 六 冊　　　　　　ISBN：978-626-344-427-0

漢語音義學研究論集（一集）
——首屆漢語音義學研究國際學術研討會暨 第四屆佛經音義研究國際學術研討會論文集（上）

編　　者　黃仁瑄
主　　編　許學仁
總 編 輯　杜潔祥
副總編輯　楊嘉樂
編輯主任　許郁翎
編　　輯　張雅淋、潘玟靜　美術編輯　陳逸婷
出　　版　花木蘭文化事業有限公司
發 行 人　高小娟
聯絡地址　235 新北市中和區中安街七二號十三樓
　　　　　電話：02-2923-1455／傳真：02-2923-1452
網　　址　http://www.huamulan.tw 信箱 service@huamulans.com
印　　刷　普羅文化出版廣告事業
初　　版　2023 年 9 月
定　　價　二五編 22 冊（精裝）新台幣 70,000 元　　　版權所有・請勿翻印

漢語音義學研究論集（一集）
——首屆漢語音義學研究國際學術研討會暨
第四屆佛經音義研究國際學術研討會論文集（上）

黃仁瑄　主編

編者簡介

黃仁瑄，男（苗），貴州思南人，博士，華中科技大學二級教授，博士生導師，博士後合作導師，兼任《語言研究》副主編、韓國高麗大藏經研究所海外研究理事等，主要研究方向是歷史語言學、漢語音義學。發表論文 60 餘篇，出版專著 4 部（其中三部分別獲評教育部高等學校科學研究優秀成果獎三等獎、全國古籍出版社年度百佳圖書二等獎、湖北省社會科學優秀成果獎一等獎、二等獎），完成國家社科基金一般項目 2 項、全國高等院校古籍整理研究工作委員會項目 2 項，在研國家社科基金重大項目 1 項（獲滾動資助）、中國高等教育學會高等教育科學研究規劃課題重大項目 1 項。目前致力於漢語音義學的研究工作，運營公眾號「音義學」，策劃、組編「數字時代普通高等教育新文科建設語言學專業系列教材」（總主編）。

提　要

　　《漢語音義學研究論集（一集）》是「首屆漢語音義學研究國際學術研討會暨第四屆佛經音義研究國際學術研討會」（中國・淮北，2021 年 10 月）會議論文的結集。會議發表論文 68 篇，論文集最終收錄 21 篇。論文集內容主要涉及音義學研究的材料（如《漢語音義學材料系統述略》）、內容（如《論音義學的研究對象——關於「四聲別義」詞與「同源詞（同族詞）」關係的二個問題》）等問題，旁及音韻、訓詁、文字、語法、方言、佛經語言學等問題。論文集所收論文既有面的描寫討論（如《關於〈玄應音義〉的音系性質和特點》《淨土三經音義在日本——以乘恩撰〈淨土三部經音義〉為中心》《語言接觸過程中的音義研究——以東鄉話中的「-ɕiə」和東鄉漢語的「些」為例》），又有點的刻劃考求（如《〈經典釋文〉「梃」「挺」等音義匹配及相關問題》《〈集韻〉音義匹配錯誤舉例》《〈文選〉五臣音注與〈博雅音〉的關係——以一等韻為例》），等等。這些討論對於漢語音義學學科建設無疑具有積極的意義。

國家社會科學基金重大項目「中、日、韓漢語音義文獻集成與漢語音義學研究」（19ZDA318）

國家語委重大項目「中國語言學話語體系建設與傳播研究」（ZDA145-2）

華中科技大學一流文科建設重大學科平臺建設項目「數字人文與語言研究創新平臺」

開幕式致辭

「首屆漢語音義學研究國際學術研討會暨第四屆佛經音義研究國際學術研討會」（中國‧淮北，2021.10.23～24）

徐時儀

尊敬的各位先生、各位同仁：

大家好！

我們的盛會，首屆漢語音義學研究國際學術研討會暨第四屆佛經音義研究國際學術研討會，終於召開了，線上線下老友新朋，濟濟一堂。承仁瑄教授和會務組盛情安排我在開幕式致辭，恭敬不如從命，謹在此表達我有幸參加這次盛會的感佩、感奮、感謝和期待。

一、感　佩

我首先要表達的是感佩。

本次盛會由安徽省語言學學會和國家社科基金重大項目「中、日、韓漢語音義文獻集成與漢語音義學研究」（19ZDA318）課題組聯合主辦，淮北師範大學文學院與語言研究所承辦，安徽省語言學學會、淮北師範大學文學院與語言研究所同仁和會務組為盛會的順利召開傾心傾力，真是令人十分感佩。

二、感　奮

其次我要與大家分享的是感奮。

佛經音義是解釋佛經中字詞音義的訓詁學著作，也是我國傳統古典文獻

的瑰寶，內容包涵甚廣，既有所釋佛經的點上的語料，又有各個點間的系聯線索，反映了漢文佛典詞語的研究狀況，包孕了大量不為其它高文典冊所載的語言材料，在反映語言的演變上要比佛經本身的記載更勝一籌，在某種意義上可以說是對漢唐所用詞語的一個較為全面的總結，且保存了唐時所傳古代典籍的原貌，涉及宗教、哲學、語言、文學、藝術、中外交往史等社會文化的方方面面，在文獻學、語言學和傳統文化研究等方面都具有重要的學術價值。

1985 年我開始研究佛經音義，一晃 36 年了。36 年來我深深體會到佛經音義真是一個富礦，越是深入研究越是收穫豐碩。

近些年來佛經音義研究已成為國際漢學研究中的一個新的熱點，2005 年與 2010 年 9 月我們在上海師範大學召開了首屆與第二屆佛經音義研究國際學術研討會，2015 年 8 月我們又與北海道大學聯合主辦了第三屆會議。五年一屆的佛經音義國際學術研討會漸成為中國各地與東亞各國的專家學者匯聚一起探討佛經音義的專題性學術會議，大家就各自研究佛經音義版本、校勘、文字、音韻、詞彙等諸方面的所得已見在會上交流討論，會後汲納交流討論所獲進一步修改，編成會議論文集出版。每屆研討會都向學界展示了佛經音義研究的最新成果，推動了佛經音義的深入研究。

2020 年正是擬開「第四屆佛經音義研究國際學術研討會」的時間，又恰逢黃仁瑄教授申報的國家社會科學基金重大項目「中、日、韓漢語音義文獻集成與漢語音義學研究」（19ZDA318）成功立項，我們打算藉重大項目「中、日、韓漢語音義文獻集成與漢語音義學研究」開題，一併召開「第四屆佛典音義研究國際學術研討會」。不曾想瘟疫肆虐，武漢封城，無法在 2020 年舉辦。好在功夫不負有心人，在黃仁瑄教授的不懈努力下，這屆佛經音義研究國際學術研討會歷經種種波折終於順利召開了，實在是令人感奮。

三、感謝和期待

我還要表達的是感謝和期待。

今天是我們的盛會召開的好日子，人生有緣，人海茫茫，我們今天在一起研討音義可以說是學緣，而同仁同道知己相遇就是善緣。

人生有緣就有巧合，今天正好是我的生日，很榮幸，恰好與仁瑄教授選的

盛會時間巧合，看來這也是我們一起做音義的緣份。

在此我衷心感謝大家參加我們的盛會，期待大家一起結緣佛經音義學，結緣音義學，結緣學術，結緣真知實學，結緣真善美，期待我們每一個想做學問的學者都能不虛度此生此世，大家一起以「自由之思想，獨立之精神」做實實在在的真學問。

我們的心願是，有志者事竟成，我們堅信本屆研討會的成功主辦必將推動佛經音義趨向更進一步的深入研究。

謹在此向所有關心幫助本屆佛經音義研究國際學術研討會圓滿舉辦的學者致以由衷的謝意和敬意，祝願盛會圓滿成功，祝大家身心自在健康愉快！

2021 年 10 月 23 日

開幕式致辭
——欣逢其時　得其所哉

「首屆漢語音義學研究國際學術研討會暨第四屆佛經音義研究國際學術研討會」（中國・淮北，2021.10.23～24）

黃仁瑄

尊敬的雲端、線下的諸位專家、朋友們、同學們：

大家上午好！

在多方共同努力，特別是在杜道流副院長的親力親為下，「首屆漢語音義學研究國際學術研討會暨第四屆佛經音義研究國際學術研討會」終於如期召開！今天天氣陰中見晴，仿佛是在訴說本次會議籌備過程的艱辛和最後得償所愿的欣喜。在此，請先允許我以我個人的名義向會議承辦方、莅會的諸位專家和朋友表達衷心的感謝：你們辛苦了！

我們都知道，謝啟昆《小學考》雖然奠定了傳統小學文獻文字、音韻、訓詁和音義四分的格局，但音義書（包括音義學）卻長期廁身於訓詁學、音韻學與語法學之間，其分類和性質都不夠明確，亟有深入研究的必要和價值。

20 世紀 80 年代開始，佛經音義開始成為學界關注熱點，相關研究成果迭出。上海師範大學徐時儀教授團隊厚積薄發，順勢而為，於 2005 年發起「佛經音義研究國際學術研討會」，以五年為期，迄今已成功舉辦了三屆。2019 年，本人任首席專家的國家社科基金重大項目「中、日、韓漢語音義文獻集成與漢語音義學研究」（19ZDA318）成功立項，作為一門學科的漢語音義學的建設已經

提上了學術日程。

　　2017 年 11 月 09 日～13 日，「2017 年度韓國中語中文學秋季聯合國際學術研討會」在韓國首爾召開，會上遇到徐時儀教授。因為研究領域的相近相關，時儀教授表達了交辦、續辦「佛經音義研究國際學術研討會」的願望，雖知責任重大，我還是勉力答應了下來。2020 年，既是擬開「第四屆佛經音義研究國際學術研討會」的時間，又是籌辦「首屆漢語音義學研究國際學術研討會」的年份。兩會合一，琢磨切磋，既是學術研究傳承發展的需要，更是新時期漢語音義學學科建設的需要。然而好事多磨，不光蹉跎了歲月，而且轉換了空間，2021 年，由武漢（華中科技大學）而淮北（淮北師範大學），一場爭鳴開放、銳意求新的學術盛宴終於徐徐拉開了帷幕……

　　山高水闊，攔不住我們熱望見面的如飛腳步；雲端聊「天」，全不顧大家真灼的知見「恐驚天上人」！

　　2017 年 05 月，中共中央印發《關於加快構建中國特色哲學社會科學的意見》，明確提出要「切實加強中國特色哲學社會科學學科體系、學術體系、話語體系建設」和「發展具有重要文化價值和傳承意義的絕學、冷門學科」。今天，我們召開「首屆漢語音義學研究國際學術研討會暨第四屆佛經音義研究國際學術研討會」，誠所謂「欣逢其時」！人間、雲端，新朋舊友歡聚相城（淮北別稱）。古語有言：相由心生，境隨心轉，有容乃大。我們在相城舉辦大會，大會真的是「得其所哉」！！

　　我們相信，經過蒞會專家、會務組朋友們的共同努力，大會一定能夠取得圓滿成功！

　　謝謝大家！！

序言——唐宋目錄學視角下的
漢語音義學史

尉遲治平

　　本書是第一部以漢語音義學作為主題的學術論文集，首屆漢語音義學研究國際學術研討會的舉辦和這部學術論著的出版是漢語語言學史上值得重視的一個重要事件。

　　音義學的基本研究資料是音義書。但是，音義書雖然是中國古代的一種重要文獻形式，而中國古代卻並沒有「音義書」這個通稱詞語，即使用「音義」作書名的音義書也不多。在唐陸德明《經典釋文》著錄的二百三十餘家音義書中，所用書名有「說、解、注、傳、論、章句、義疏、解詁、訓詁、解誼」等等字眼，用「音」和「義」的也很多，但用「音義」的祗有三國吳韋昭《漢書音義》、晉郭璞《爾雅音義》、徐廣《史記音義》、南北朝沈重《詩音義》等寥寥數種。《經典釋文》三十卷雖然都用「音義」作為卷名，包括《周易音義》一卷，《古文尚書音義》二卷，《毛詩音義》三卷，《周禮音義》二卷，《儀禮音義》一卷，《禮記音義》四卷，《春秋左氏音義》六卷，《春秋公羊音義》一卷，《春秋穀梁音義》一卷，《孝經音義》一卷，《論語音義》一卷，《老子音義》一卷，《莊子音義》三卷，《爾雅音義》二卷，但是宋代目錄著錄的單本別行的書，卻仍然都是用「釋文」而不是用「音義」作為書名。作為書名的「音義」，與「義疏、訓詁」一樣，用的是字面的意思，如同明楊慎《升菴集》卷二《〈轉注古音略〉

序》所說：「古人恒言音義，得其音斯得其義矣！」

《經典釋文》徵引的文獻時也有「某某音義」的書目，但是終篇沒有「音義書」一語。《經典釋文・序》全書開宗明義第一句話就是：「夫書音之作，作者多矣，前儒撰著，光乎篇籍，其來既久，誠無閒然。」在《條例》中又說：「書音之用，本示童蒙，前儒或用假借字為音，更令學者疑昧。」可見陸德明本人是用「書音」作為音義書的通稱，但是後世罕有襲用者。祗到清代乾嘉年間謝啟昆撰《小學考》，在「訓詁」、「文字」、「聲韻」之外，創設「音義」一科，重構漢語言文字學的門類架構，從此有了「音義學」一門，也纔能有「音義書」一語。

如果從學術史的發展看，應該是先有「音義書」，纔可能有「音義學」。學術史意義上的「音義書」指的是專門記述具體圖書上下文語境中的語音和語義匹配的著作，學術史意義上的「音義學」是指納入漢語言文字學範疇中的獨立學科。這兩個術語是從現代語言學的視角的屬性判斷和身份認可，無關乎當時的學者有沒有主觀的自覺認識。從目錄學史觀察，「音義書」如果在類屬上不再附著於本書，而是擺脫附庸地位，轉入「小學」類目，具有學科屬性的「音義學」也就可以說是開始萌生了。在這個關鍵時點上，《經典釋文》可以說是一個風向標和驅動器。不像一般「音義書」與某一種圖書具有根本和枝蔓、母體和子嗣那樣的天然的血脈關係，《經典釋文》與一群不同類屬的書籍相關聯，無從附麗，和任何一種書的關係都是鬆散不固定的，所以最容易被剝離出來納入「小學」類。這個事態一旦發生，就是「音義學」誕生的標誌，並會驅動其他「音義書」相隨移入「小學」類，逐漸擴散，直到最終發展成為漢語言文字學的一個獨立學科。

錢大昕《〈小學考〉序》指出：「《小學考》者，補秀水朱氏《經義考》而作也。朱氏之《考》既類次《爾疋》二卷，而形聲、訓故之屬闕焉。」謝啟昆在《小學考》卷四十五《音義一》第一條「王氏（肅）《周易音》」後加按語說：「音義為解釋群經及子、史之書，故諸家著錄不收入小學。然其訓詁、反切，小學之精義具在於是，實可與專門著述互訂得失，且《通俗文》、《聲類》之屬，世無傳本者，散見於各書音義中至多。則音義者，小學之支流也。昔賢通小學以作音義，後世即音義以證小學，好古者必有取焉。今從晁氏《讀書志》載《經典釋文》之例，眾錄音義一門以附於末。」可見，《小學考》為補《經義考》之

關而作，而其中的關捩就在於對《經典釋文》的處置。案，清初朱彝尊撰《經義考》三百卷，專錄歷代經學著述，考訂古今經籍存佚，迻錄群書序跋，洵為中國古代專科目錄之名著。據《四庫全書總目提要》統計，其書「凡御注、勅撰諸書一卷，《易》七十卷，《書》二十六卷，《詩》二十二卷，《周禮》十卷，《儀禮》八卷，《禮記》二十五卷，通禮四卷，《樂》一卷，《春秋》四十三卷，《論語》十一卷，《孝經》九卷，《孟子》六卷，《爾雅》二卷，羣經十三卷，《四書》八卷，逸經三卷，毖緯五卷，擬經十三卷，承師五卷，宣講、立學共一卷，刊石五卷，書壁、鏤版、著錄各一卷，通說四卷，家學、自述各一卷。其宣講立學、家學、自述三卷皆有錄無書。」可以看出，《經義考》類例寬泛，所立門類繁雜，但是唯獨沒有被認為是經學附庸的「小學」。雖然卷二百三十七和二百三十八兩卷是「爾雅」一門，但這不是《四庫全書總目提要》卷四十《經部·小學類》小序：「以《爾雅》以下編為訓詁，《說文》以下編為字書，《廣韻》以下編為韻書」的「爾雅」，而是宋人添入十三經的「爾雅」，其中著錄的是《爾雅》一系的經、注、疏著作，並不包括《小爾雅》、《廣雅》、《埤雅》、《通雅》、《駢雅》等「雅書」，這些雅書在《經義考》中歸屬於「擬經」類。至於《方言》、《釋名》系列的「義書」，以及字書、韻書之屬，《經義考》都不予收錄，付之闕如。

《經義考》卷二百四十一《經典釋文》著錄在「羣經（三）」中，並注明「分見諸經」，這是說各別行單本都歸屬於本經之類目：《周易釋文》一卷見《經義考》卷十四「易（十三）」，《尚書釋文》一卷見卷七十八「書（七）」，《毛詩釋文》一卷見卷一百三「詩（六）」，《周禮釋文》二卷見卷一百二十一「周禮（二）」，《儀禮釋文》一卷見卷一百三十一「儀禮（二）」，《禮記釋文》四卷見卷一百四十「禮記（三）」，《春秋釋文》八卷見卷一百七十六「春秋（九）」，《論語釋文》一卷見卷二百十三「論語（三）」，《爾雅釋文》見卷二百三十七「爾雅（一）」。（《孝經釋文》、《孟子釋文》二書未見）不僅是《經典釋文》，其他「音義書」也是「分見諸經」，以「爾雅」類為例，卷二百三十七「爾雅（一）」除《爾雅》經之外，其他四種——犍為文學《爾雅注》、劉歆《爾雅注》、樊光《爾雅注》、李巡《爾雅注》就是《經典釋文·序錄》所著錄的以及《爾雅音義》所引用的音義書。當然，《經典釋文》徵引的《爾雅》類音義書遠不止這四種。其他各經音義書情況也都相同。

從上面的討論可知，謝啟昆是不滿於《經義考》以《爾雅》直隸經部、不設小學的類例，於是糾偏補闕，著《小學考》五十卷，撰成中國學術史上第一部漢語言文字學專科目錄，將《爾雅》一系古籍從經部移到「訓詁」門類，使「小學」獨立為漢語言文字學學科；將「分見諸經」以及「群經」等門類中的音義書剝離出來，專門創設「音義」類目，使小學由「訓詁」、「文字」、「聲韻」三足鼎立的架構生成為形（文字）、音（語音）、義（語義）、用（語用）四位一體的學科體系，在中國語言學史上具有重要意義。從漢語音義學史上看，《小學考》首創「音義」學科，闡述設置音義學的理據，奠定了音義學的理論基礎；以《經典釋文》為準的，將音義書的範疇從「群經」擴展到「子、史」乃至集部，搜羅四部，囊括群籍，確立了音義學的基本資料和學科典籍；在體制上沿襲《經義考》的輯錄解題形式，書目按時代先後排次，並匯聚歷代目錄書的著錄、提要，史書中關於作者的生平履歷，各家文集中有關的評論、考訂、序跋，窮源竟委，實為漢語音義學史料彙編。當然以上看法是從現代語言學視角的評騭，並不是說清儒已經完全具有這樣的自覺認識。

回頭再來看《經典釋文》的類屬問題。上引謝啟昆的按語說：「今從晁氏《讀書志》載《經典釋文》之例，別錄音義一門以附於末。」《讀書志》指南宋晁公武所撰《郡齋讀書志》，是目錄學史上著名的序錄類私家目錄。《經典釋文》在前人目錄中大多歸屬「經解」類，晁氏將其移入卷一下「小學類」，並在提要中說明理由說：「右唐陸德明撰，釋《易》、《書》、《詩》、三《禮》、三《傳》、《孝經》、《論語》、《爾雅》、《老》、《莊》，頗載古文及諸家同異。」在《經典釋文》後緊接著的是宋賈昌朝所撰的《羣經音辨》，提要說：「先是大臣稽古，不過秦漢。引經議政，蓋自昌朝始。此書以古今多通借音詁，乃辨正之。」明顯有把《羣經音辨》視作《經典釋文》的補作和續編的意思。按，宋儒治學往往不拘成規，勇出新說，以《經典釋文》入小學類即是一例，而且持此意見者不祗晁氏一家。著眼於《經典釋文》和《羣經音辯》的歸屬，宋代目錄書可以分成傳統經解類和創新小學類兩派。經解派有官修史志目錄《新唐書》卷五十七《藝文志一·甲部經錄》歸「經解類」；私家藏書目錄陳振孫《直齋書錄解題》卷三歸「經解類」；馬端臨《文獻通考》卷一百八十五《經籍考十二·經》歸「經解」。小學派除了《郡齋讀書志》外，還有官修國家書目汪堯臣、歐陽修《崇文總目》卷二歸「小學上」；私家藏書目錄尤袤《遂初堂書目》歸

「小學類」；鄭樵《通志》卷六十四《藝文略第二‧小學類第四》歸「音釋」。中國古代目錄並不簡單是編次書目，設立門類，其主要功能是「辨章學術，考鏡源流」，這一點在目錄的歷時比較研究中也有充分體現。如果深入觀察這些宋代書目對《經典釋文》和《羣經音辯》的處置和評述，於蛛絲馬跡中鉤玄索隱，定能窺知此類著述如何從經籍轉入小學並趨向最終獨立為音義書的演進軌跡。

《直齋書錄解題》四庫總目提要說：「劉歆《七畧》以下，著錄者指不勝屈，其存於今者《崇文總目》、尤袤《遂初堂書目》、晁公武《郡齋讀書志》及此書而已。《遂初堂書目》本無註，《崇文總目》註已散佚，其可攷見諸書源流者，惟晁《志》及此書。」按，《直齋書錄解題》卷三《經典釋文》解題說：「唐陸德明撰，自五經、三傳、古禮之外及《孝經》、《論語》、《爾雅》、《莊》、《老》，兼解文義，廣採諸家，不但音切也。……案，前世《藝文志》列於經解類，《中興書目》始入之小學，非也。」又《羣經音辨》解題說：「題曰『羣經』，亦不當在小學類。」與前引《郡齋讀書志》的提要兩相比較，很容易看出經解派和小學派分歧所在。晁公武著眼於內容，注重釋文辨正「通借音詁」的功能；陳振孫則強調釋文的對象是「經典」、「羣經」，從「不但音切」看，陳氏顯然是有意忽視釋文以音辨義的功能。「前世《藝文志》」指的是《新唐書‧藝文志》，可見陳振孫的意見源自北宋史志所代表的官方觀點。至於「《中興書目》始入之小學」的說法令人生疑。《中興館閣書目》為南宋陳騤所編，書成於孝宗淳熙五年（1178），而《郡齋讀書志》成於高宗紹興二十一年（1151），早於《中興書目》，而且根據宋周密《齊東野語》卷十二「書籍之厄」條記載：「近年惟貞齋陳氏書最多，蓋嘗仕於莆，傳錄夾漈鄭氏、方氏、林氏、吳氏舊書，至五萬一千一百八十餘卷。且倣《讀書志》作解題，極其精詳。」陳振孫號直齋，「貞」應為「直」字形譌。這段記載說明陳氏無疑曾讀過《郡齋讀書志》，那麼他為何捨晁書而攻訐《中興書目》，由於《中興書目》早已亡佚，箇中緣由現在已經無從憑臆揣測了。

需要指出的是，小學派的嚆矢不但不是《中興館閣書目》，也不是《郡齋讀書志》，追尋其發端，可以上溯到十一世紀初葉。北宋仁宗時，汪堯臣、歐陽修所修國家書目《崇文總目》就將《經典釋文》從「經解」類移入卷二「小學上」。《崇文總目》書成於仁宗慶曆元年（1041），比《郡齋讀書志》足足早

了一百一十年。《崇文總目》對《經典釋文》的提要說：「唐陸德明撰。德明為國子博士，以先儒作經典音訓，不列註傳全錄文，頗乖詳略。又南北異區，音讀罕同，乃集諸家之讀九經、《論語》、《老》、《莊》、《爾雅》者，皆著其飜語以增損之。」這段文字十分強調《經典釋文》所注音訓附列上下文，音讀又多古今南北異同，顯然已經注意到音義書與一般經解類註疏書的區別。按《歐陽文忠公集》卷一百二十四為《崇文總目敘釋》，「敘釋」即類序，於此足證歐陽修並非掛銜總纂，而是深度介入了書目的編纂，並親手撰寫過《崇文總目》的提要。上引提要強調《釋文》「集諸家之讀……皆著其飜語」，與《直齋書錄解題》「不但音切也」之說比照，可以看出小學派和經解派的分歧之一在於對音義書中反切讀音的性質和作用的認識，而且陳振孫的解題顯然有貶斥《崇文總目》的意味。

《崇文總目》在音義學發展上的創新，不僅在於對《經典釋文》類屬的處置，還表現在對目錄類目的損溢和書目類屬的調整上。從中國目錄學史的視角觀察唐宋官修書目的發展，可以釐出由正統的四部分類目錄到《崇文總目》的一條清晰的演化脈絡，其中承前啟後的是盛唐時期毋煚所撰的《古今書錄》。

唐太宗貞觀十年（636），敕修《隋書》成書，其中卷三十二至三十五為《經籍志》四卷，始創以經、史、子、集——後世亦或稱甲、乙、丙、丁——四部分類，從此成為官修書目的軌範。四部下凡分四十類，志有總序，部有大序，類有小序；志末另附「道經」四類，佛經十一類，合前四部總共五十五類。按，《隋書》題署長孫無忌等撰，而《四庫全書總目提要》記：「撰志者為于志寧、李淳風、韋安仁、李延壽、令狐德棻。案，宋刻《隋書》之後有天聖中校正舊跋，稱同修紀傳者尚有許敬宗，同修志者尚有敬播。至每卷分題，舊本十志內惟《經籍志》題侍中鄭國公魏徵撰。」可知《經籍志》出於魏徵之手，魏徵實為四部分類法的創始人和奠基者，他所設置的部目分類框架，他所撰寫的序錄，對後世的官私書目有著深遠的影響，在中國目錄學史上佔據重要地位。玄宗開元九年（721），元行沖撰成《開元群書四部錄》，是盛唐兩京典籍目錄，分類皆據《隋書·經籍志》。書共二百卷，卷軸浩博，為前古未有之目錄巨製。毋煚曾參預該書子部的編修，因不滿於三年成書過於倉促，體有未愜，頗多疏謬，乃因之刪略冗雜，勘正紕繆，補闕拾遺，增補新書，改作書序，另成《古今書錄》分四部四十五類。書凡四十卷，篇幅縮減大半，又將釋道之書專門勒為《開元

內外經錄》十卷。至後晉少帝開運二年（945），劉昫纂修《舊唐書》，又以《古今書錄》為底本，削除序錄，但存篇目，成《經籍志》，僅得卷四十六、四十七上下二卷。《開元群書四部錄》和《古今書錄》雖然已經亡佚，但其類目可以由《舊唐書‧經籍志》考知，共分甲、乙、丙、丁四部四十五類。與《隋書‧經籍志》互較，甲部增加「經解」、「詁訓」二類，「道經」、「釋經」併入「道家」。《經典釋文》入「經解」類「七經雜解」。「小學」類中「爾雅廣雅」包括李巡、樊光、孫炎等幾種《爾雅》注本，郭璞、曹憲兩種《爾雅音義》，江灌《爾雅音》以及《別國方言》、劉熙《釋名》、張揖《廣雅》、李軌《小爾雅》等書；「偏傍」包括許慎《說文解字》、呂忱《字林》、顧野王《玉篇》等書；「音韻」包括李登《聲類》、呂靜《韻集》、楊休之《韻略》、夏侯詠《四聲韻略》、陸慈《切韻》等書。按，「爾雅廣雅」是從《隋書‧經籍志》的「論語」類中析出的小類，可見《舊唐志》中《爾雅》不屬於經書，《爾雅》和《廣雅》、《釋名》、《方言》合為一個小類，雖無「訓詁」之名，已具「訓詁」之實。至於《舊唐志》所謂的「詁訓」類為「六經讖候」，並不是後世小學之訓詁書。《隋志》「小學」類本無小類，《舊唐志》分立「偏傍」、「音韻」，再加上「爾雅廣雅」，三個小類同隸「小學」，再加上還有很多「音義書」也夾雜其中，祇要《經典釋文》從「經解」劃入「小學」，就會驅動更多「音義書」歸屬小學，逐步形成訓詁、文字、音韻、音義四分的格局。《舊唐書‧經籍志》對《隋書‧經籍志》的改進反映的是《開元群書四部錄》和《古今書錄》一系官修書目作者的目錄學觀念。風起於青萍之末，《小學考》的學術思想在七世紀上半葉隱然已經初現端倪了。

九十六年後，《崇文總目》實現了《經典釋文》脫「群經」入「小學」。《崇文總目》原有六十六卷，今存者為清乾隆年間四庫館臣從《永樂大典》等書中輯出的十二卷本。書承《開元群書四部錄》和《古今書錄》分四部四十五類，而子目略有出入損益。經部中，《舊唐書‧經籍志》從「論語」中分出的「經解」復歸「論語」類，而「爾雅廣雅」則正名為「訓詁」，仍然留在「小學」中。「爾雅廣雅」改為「訓詁」不能簡單看成類稱的改易，而是反映了歐陽修對《爾雅》、《廣雅》、《釋名》、《方言》各系著作的知識屬性的概括，是對「訓詁」的語言文字學性質的首次確認。按，「小學類」小序說：「《爾雅》出於漢世，正名命物，講說者資之，於是有『訓詁』之學；文字之興，隨世轉移，務趨便省，久後乃或亡其本，《三蒼》之說始志字法，而許慎作《說文》，於是有

『偏傍』之學；五聲異律，清濁相生，而孫炎始作字音，於是有『音韻』之學；篆隸古文，為體各異，秦漢以來學者務極其能，於是有『字書』之學。」可以看出，「偏傍」和「字書」合二而一即為「文字」之學，與「訓詁」、「音韻」構成三向對立，這是對漢語言文字形、音、義三位一體的的學術思想在中國目錄學史上的投影。另外，子部從《舊唐志》「道家」分離別立「道書」、「釋書」兩類，「釋書」類著錄的佛經有《藏經音義隨函》和《大藏經音》兩種佛經音義書。這些處置在中國目錄學史上具有重要意義。《崇文總目》「訓詁」類中有《爾雅音訓》和《廣雅音》，但並不能看做《經典釋文》入小學所驅動引領的結果，因為這兩種書是伴隨本經《爾雅》纔得以著錄的。必須像五十年後，晁公武撰《郡齋讀書志》，將《經典釋文》移入「小學」類，《經典釋文》後緊接著著錄《羣經音辨》，纔可以說是《經典釋文》驅動音義書入「小學」。

《崇文總目》完書後，歐陽修又與宋祁先後主持編修《新唐書》，宋祁主持《列傳》，歐陽修主持《本紀》、《表》和《志》，於宋仁宗嘉祐五年（1060）全書告成，其中卷五十七至六十為《藝文志》，部目分類悉依《舊唐書·經籍志》，僅甲部經錄將「詁訓」併入「小學」而少一類，《經典釋文》復歸「經解」類。《崇文總目》和《新唐書·藝文志》同為歐陽修所作，但是前者為小學派，後者為經解派，觀點翻覆，弄清其緣由有助於瞭解促進音義學發展的推動力何在。按，《新唐志》在《經典釋文》之下，接著著錄的「經解」類著作是趙英《五經對訣》、劉貺《六經外傳》、張謐《五經微旨》、韋表微《九經師授譜》、慕容宗本《五經類語》、劉氏《經典集音》等書，參證《崇文總目》對《經典釋文》的提要，就可以知道歐陽修在《崇文總目》關注的是《經典釋文》「著其翻語」「經典音訓」的語言文字學特質，而《新唐志》強調的是《經典釋文》「羣經」「經解」的文獻學屬性。持前一種觀點就會催動音義學向前發展，持後一種觀點就會拖拽音義學回擺到零點，音義學發展的內因在於學者對「音義書」性質的判定。《新唐書·藝文志》後，目錄學家或為小學派，或為經解派，音義學就這樣邁進一步又縮回一步地艱難跋涉。在唐宋目錄中，鄭樵《通志·藝文略》是音義學的強大推力。

鄭樵《通志》成書於宋高宗紹興三十一年（1161），與杜佑《通典》、馬端臨《文獻通考》合稱「三通」，是中國古代著名政書。書共二百卷，其中尤以《二十略》最為精粹，所謂「略」即史書之「志」。《通志》卷七十一《校讎略

第一》「編次必謹類例論六篇」第二篇論書目分類說：「欲明書者，在於明類例。噫！類例不明，圖書失紀，有自來矣！臣於是捃古今有無之書，為之區別，凡十二類：經類第一，禮類第二，樂類第三，小學類第四，史類第五，諸子類第六，星數類第七，五行類第八，藝術類第九，醫方類第十，類書類第十一，文類第十二。」如果用現代學科比附，此十二類大致可以表述為「思想（經）、制度（禮）、音樂（樂）、語言學（小學）、歷史（史）、哲學（諸子）、天文（星數）、宗教（五行）、藝術（藝術）、醫學（醫方）、綜合（類書）、文學（文）」，其類例突破四部分類體系，頗似現代圖書館學的圖書分類法。自從漢代劉歆《七略》以降，「小學」一直是附六藝或經學之末，至此在十二類中獨佔一席，這種措置在中國目錄學史上具有重要意義。《小學考》雖然以「小學」標名單本行世，但是實際上還是作為《經義考》的補編而撰，不像《通志》「小學」是與「經類」、「禮類」、「樂類」等經學分庭抗禮的一個獨立的大類。

　　《通志》卷六十三至七十共八卷為《藝文略》，其中「小學」類總計「凡小學八種二百四十部一千八百三十九卷」。八種是小學、文字、音韻、音釋、古文、法書、蕃書、神書。下面對八種各舉幾部具有代表性的書籍為例：「小學」如郭璞《三蒼》、史游《急就章》、楊方《小學篇》、蔡邕《始學》、朱嗣卿《幼學篇》、束皙《發蒙記》、蕭子雲《千字文》等，可見此「小學」小類為幼學發蒙教本，用「小學」的本義，非引申為漢語言文字學的「小學」大類；「文字」類如徐鉉刊定《說文》、徐鍇《說文解字繫傳》、呂忱《字林》、顧野王《玉篇》、司馬光《類篇》、僧智光《龍龕手鑑》、張參《五經文字》、元度《九經字樣》等；「音韻」類如李登《聲類》、呂靜《韻集》、陽休之《韻略》、沈約《四聲》、夏侯詠《四聲韻略》、陸慈《切韻》、孫愐《唐韵》、丁度《集韻》、陳彭年《宋朝重修廣韻》、僧守溫《三十六字母圖》、《切韻內外轉鈐》、《內外轉歸字》等；「音釋」類如陸德明《經典釋文》、劉鎔《經典集音》、賈昌朝《羣經音辨》等；「古文」類如郭顯卿《古文奇字》、郭忠恕《汗簡》、裴光遠《集綴古文》、夏竦《古四聲韻》等；「法書」類如衛恒《四體書勢》、庾肩吾《書品》、顏之推《筆墨法》、張懷瓘《書斷》、裴行儉《草書雜體》等；「蕃書」類如《婆羅門書》、《國書》等；「神書」類如《崆峒山石文》、《羅漢寺仙篆》等。通過上面八種書目的介紹，可以看出「小學」類下的小類比起以前的目錄立目更為細密，書目歸類也更為合理。另外，為外國文字設置「蕃書」類，為不知名的

文字設置「神書」類，「神書」之稱雖然不宜，但能為這一類特殊文獻單立類目，就可見鄭樵學術眼光之獨到。

鄭樵對《經典釋文》的處置也獨具特色。《新唐書・藝文志》將《經典釋文》一系圖書歸屬「經解」固然不妥，《崇文總目》一律歸屬「小學」也嫌粗疏。《通志・藝文略》將陸德明《經典釋文》、劉鎔《經典集音》、賈昌朝《羣經音辨》等書歸屬「音釋」類，將張參《五經文字》、元度《九經字樣》等書歸屬「文字」類，將劉向《五經通義》、沈文阿《經典大義》、鮑泉《六經通數》、樊文深《七經義綱略》、黃敏《九經餘義》、陸德明《經典釋文序錄》等書歸屬「經解」類，不再著眼於撰著對象是否「群經」，而是依據圖書本身的寫作宗旨，或者說是學科屬性一分為三：音義兼重、辨音析義的「音義書」歸屬「音釋」類，纂文正譌、規範用字的字樣書歸屬「文字」類，疏通文意、通讀文本的義疏書歸屬「經解」類，特別是同為陸德明所著的《經典釋文》，正文歸屬「音釋」類，《序錄》歸屬「經解」類。以上諸點充分表現出鄭樵在辨析圖書屬性設置類目方面對目錄學史作出的貢獻。

通觀《通志・藝文略》，「經類」中「論語」下也立有「音釋」類目，共著錄二部十三卷，即徐邈《論語音》、《論語釋文》。為「音義書」設置的類目，除了「音釋」之外，更多的是「音」，甚至還有名為「音義」的。「禮類」中「禮記」下新立「音義」類目，共著錄謝慈《禮記音義隱》、徐爰《禮記音》、徐邈《禮記音》、曹耽《禮記音》、李軌《禮記音》、尹毅《禮記音》等「音義書」八部二十二卷；又「諸子類」中「釋家」下也新立「音義」類目，共著錄僧元應《大唐眾經音義》、僧可洪《藏經音義隨函》、《大藏經音》等佛經音義四部五十九卷。類目作「音」者，「經類」中「易」下「音」類目共著錄李軌《周易音》、范氏《周易音》、陸德明《周易并注音》、陸德明《周易釋音》等五部十三卷；「春秋」下「音」類目共著錄嵇康《春秋左傳音》、李軌《左傳音》、徐邈《左傳音》、陸德明《春秋音義》、王儉《公羊音》、陸德明《公羊音》、孫邈《穀梁音》、陸德明《穀梁音》等十三部四十二卷；「孝經」下「音」類目共著錄陸德明《孝經釋文》一部一卷。另外，「經類」中「書」、「詩」、「春秋外傳國語」、「爾雅」和「禮類」中「周官」、「儀禮」等五個小類下同樣也有類目「音」，不再一一臚列書目。《通志・藝文略》設置的部類「音釋」、「音」和「音義」名異而實同，著錄的都是「音義書」。如上列各類書目中，「小學類」中「音

釋」類《經典釋文》，「論語」下「音釋」類《論語釋文》，「易」下「音」類《周易并注音》、《周易釋音》，「春秋」下「音」類《春秋音義》、《公羊音》、《穀梁音》，「孝經」下「音」類《孝經釋文》，全都就是陸德明所撰《經典釋文》或《經典釋文》的單本別冊；「禮記」類下「音義」所著錄的八部書中，徐爰、徐邈、曹耽、李軌、尹毅等五家《禮記音》，都是《經典釋文》所著錄的「音義書」，再如「詩」下「音」類共著錄五部五十一卷，其中徐邈《毛詩音》、《鄭元等諸家音》兩部也是《經典釋文》所著錄的「音義書」，徐邈書下並有按語：「按，徐氏《音》今雖亡，然陸《音》所引多本於此。」這些材料確鑿無疑地說明「音釋」、「音」和「音義」都是專為「音義書」特設的類目，至此，「音義學」也就呼之欲出了，祇要將「小學」類的「音釋」更名「音義」，並將「禮記」類的「音義」、「釋家」類的「音義」和各類下的「音」併入，大致即是《小學考》的「音義」一科了。

《通志·藝文略》的類例也不是沒有可議之處。在「小學」類方面，《舊唐書·經籍志》從《隋書·經籍志》的經部「論語」類中析出《爾雅》、《廣雅》、《方言》、《釋名》等各系圖書，命名為「爾雅廣雅」，並移歸「小學」，《崇文總目》又正名為「訓詁」，開始呈現「訓詁」、「文字」、「音韻」三分的「小學」之雛形。鄭樵卻將「訓詁」改回「爾雅」，復歸經類，這不能不說是一大退步。另一方面，鄭樵並沒有將所有類目中的「音義書」分離出來另立為「音」或「音義」，尤其是史、子、集部的文獻。下面四部各舉一例：經部如「孟子」（按，《通志·藝文略》在「諸子類」中「儒術」下）類有張鎰《孟子音義》、孫奭《孟子音義》；史部「史類」中「正史」下「史記」有徐廣《史記音義》、鄒誕《史記音》、許子儒《史記音》；子部「諸子類」下「莊子」有李軌《莊子音》、徐邈《莊子音》、郭象《莊子音》、王穆《莊子音》、賈善翊《莊子直音》、司馬彪《莊子注音》；集部「文類」下「楚辭」有徐邈《楚辭音》、諸葛氏《楚辭音》、釋道騫《楚辭音》。

綜上所述，唐宋是四部分類法創立和成熟的時期，也是「音義學」生成成長的時期。唐太宗貞觀十年（636），魏徵《隋書·經籍志》確立經、史、子、集四部分類法的正統地位，「小學」附於經部，其下未設子目，「音義書」散在本經所屬類目中。玄宗開元九年（721），元行沖《開元群書四部錄》、隨之毋煚《古今書錄》以及後晉少帝開運二年（945），劉昫《舊唐書·經籍志》甲部新

增「經解」類，著錄漢唐「音義書」之總匯《經典釋文》，乃成為「音義書」類屬動向的引擎；又從「論語」類中析出「爾雅廣雅」類目歸屬「小學」；「小學」中設立「偏傍」、「音韻」，與「爾雅廣雅」形成訓詁、文字、音韻三分的架構。宋仁宗慶曆元年（1041），歐陽修《崇文總目》將《經典釋文》從「經解」移入「小學」；「爾雅廣雅」正名為「訓詁」。南宋高宗紹興三十一年（1161），鄭樵《通志‧藝文略》將「小學」提昇為一級部類；「小學」下再立二級類目「音釋」，著錄《經典釋文》一系「音義書」；在各類目下設立「音義」、「音釋」、「音」，著錄分見諸類的「音義書」。高宗紹興間尤袤《遂初堂書目》、紹興二十一年（1151）晁公武《郡齋讀書志》、孝宗淳熙五年（1178）陳騤《中興館閣書目》也都將《經典釋文》入「小學」。唐宋官私書目的這些措置都為謝啟昆撰著《小學考》準備了充分條件。當然，唐宋目錄學家也有不少人持反對意見，代表人物如南宋理宗淳祐時（1241～1252年）人陳振孫。陳氏曾仕莆田，傳錄地方士人藏書至五萬餘卷，遂成《直齋書錄解題》，其中「夾漈鄭氏」即是鄭樵後人。鄭樵世稱「夾漈先生」，因他曾在家鄉興化軍莆田（今福建莆田）夾漈山築堂授徒講學，並於高宗紹興三十一年（1161）撰成《通志》。《直齋書錄解題》不標經、史、子、集之目，直接分為五十三類，體例與《通志‧藝文略》相同，五十三類名目也大致與《藝文略》十二類之子目相同，可見《藝文略》是《直齋書錄解題》的重要資料；《直齋書錄解題》體制倣《郡齋讀書志》，還參考過《中興館閣書目》，這三種書都是「小學派」，但是陳振孫直斥「入之小學，非也」，而是從《新唐書‧藝文志》將《經典釋文》「列於經解類」。「音義學」也就是在這兩種相反的意見中如鐘擺前後往復，逐步趨向成熟。

從目錄學視角觀察漢語音義學史，是一個值得繼續深入研究的課題。這需要從浩如煙海的史料中探尋。草蛇灰線，其來有自，祇要勤於爬梳剔抉，終能釐清源流。目錄學可說是「音義學」演進的催化劑，類例是目錄學家搭建的知識分類系統，這種認識是超前的，總要幾十上百年學術界纔能有所反應。從盛唐到乾嘉，從《隋書‧經籍志》到《小學考》，歷經千年，「音義」纔最終突破「經學」的桎梏，成長為漢語言文字學的一個獨立的分支學科。從乾嘉到二十世紀末葉，又過了兩百多年，《小學考》專立「音義學」的意見開始受到學術界的高度重視。1990年，許嘉璐先生主編的《傳統語言學辭典》出版，辭典收入《小學考》中全部的音義學著作，雖然放在音韻學分支，但是詞目釋義首先所

出的學科定義是「音義書」，而不是音韻類書，這應該是現代語言學專科辭書第一次立音義書為詞條，可以視作《小學考》後音義學的復興，與當時海外新興的普通音義學（Phonosemantics）東西呼應不期而遇。進入二十一世紀後，以黃仁瑄博士和徐時儀博士為代表的學者對玄應《一切經音義》、慧琳《一切經音義》等唐五代佛經音義展開了全面系統的整理和研究，從佛經音義書切入，漢語音義學研究掀起了第一次熱潮。同時，岳利民博士對儒家音義書《經典釋文》進行整理和研究，於 2017 年出版了《〈經典釋文〉音切的音義匹配研究》，直指音義學研究的核心問題──音義匹配，引起了學術界的關注。此後，越來越多的學者從不同的層面參與漢語音義學的研究，研究對象擴展到各個時代、各種類型的音義書。國家和各級研究單位紛紛投入資金支持漢語音義學的研究課題，推動漢語音義學向前發展。佛經音義研究國際學術研討會陸續舉辦，為漢語音義學研究提供了高端交流平臺。現在會議的研究範疇由佛經音義提昇到漢語音義學，在漢語音義學史上有著重要意義。這部會議論文集內容涉及漢語音義學的理論、材料、方法，音義書的性質、類型以及漢語音義學史的發展、源流等諸多方面，匯聚了海內外漢語音義學研究的最新成果，必將促進漢語音義學邁向更高的臺階。

尉遲治平 2023 年 3 月 9 日於美國加州聖荷西

目次

論音義學的研究對象
——關於「四聲別義」詞與「同源詞（同族詞）」關係的二個問題*

馮　蒸*

摘　要

　　音義學的研究對象仍有許多值得探討的問題。就音義書分類而言，宜分為經書音義、佛經音義和史部、子部、集部其他書的音義。傳統音義學研究對象應包含 12 項。

　　本文重點論述了「四聲別義」與「同源詞（同族詞）」關係的二個問題。

關鍵詞：音義學；研究對象；音義書分類；同源詞；「四聲別義」詞與「同源詞（同族詞）」關係的二個問題

一、音義書宜分為三類說

　　音義書見於傳統的經史子集四部分類古籍，但是我們認為，古籍這四部的音義書在性質、內容與數量上均差異很大。欲討論音義學的研究對象，必須先把音義書的分類問題解決，有關討論才順理成章。筆者目前的看法是，建議把

＊　基金項目：國家社會科學基金重大招標項目「中、日、韓漢語音義文獻集成與漢語音義學研究（19ZDA318）。

＊　馮蒸，男，1948 年生，北京人，教授，博士生導師，首都師範大學詩歌研究中心／首都師範大學文學院，主要研究方向為漢語音韻學。

音義書分為如下三類，而不是仍然按照古籍的四部分類法來討論音義書的研究對象，後者是目錄學的分類法，而不是音義學的分類法。這樣分類以後，才可以直面音義學的本質問題。筆者提出的三類是：

1. 經書音義
2. 佛經音義
3. 史部、子部（佛經音義除外）、集部其他書的音義

表面上看，按照四部分類法的觀點，則第一類經書的音義是經部書的音義問題，第二類佛經音義是子部書的音義問題，第三類指的是史部、子部（佛經音義除外）、集部書的音義問題。但如果細緻分析，可發現各類內部均有諸多複雜的音義問題，性質多有不同，需專門加以討論，此處恕不贅論。本文所謂音義學的研究對象，主要指的是第一類經書的音義研究對象問題。

二、傳統音義學的研究對象

我在拙文《論新三分框架體系下的三十一個訓詁學理論——兼論王引之〈經義述聞〉「通說」、段玉裁〈說文解字注〉「凡」例和王力〈古代漢語〉「通論」對構建訓詁學理論體系的啟示》（載《辭書研究》2020 年第三期）一文中，提出了訓詁學的 31 個理論，其中第 20 個理論是「音義學的性質與研究對象理論（〔唐〕陸德明、周祖謨、方孝岳）」，我先引用了周祖謨和方孝岳兩位先生對音義學的性質及其看法。並指出：

音義學本是傳統小學中的一個獨立分支，後一般歸在訓詁學內。周祖謨（1988）指出音義書與字書、韻書、訓詁書體例不同：

音義書專指解釋字的讀音和意義的書。古人為通讀某一部書而摘舉其中的單字或單詞而注出其讀音和字義，這是中國古書中特有的一種體制。根據記載，漢魏之際就有了這種書。魏孫炎曾作《爾雅音義》是其例。自晉宋以後作《音義》的就多起來了。一部書因師承不同，可以有幾家為之作音，或兼釋義。有的還照顧到字的正誤。這種書在傳統「小學」著作中獨成一類，與字書、韻書、訓詁書體例不同，所以一般稱為「音義書」，或稱「書音」。

方孝岳（1979）進一步指出書音與韻書音有別，他說：

書音者訓詁學，韻書者音韻學。韻書所以備日常語言之用，書

音則臨文誦讀，各有專門。師說不同，則音讀隨之而異。往往字形為此而音讀為彼，其中有關古今對應或假借異文、經師讀破等等，就字論音有非當時一般習慣所具有者，皆韻書所不收也。所謂漢師音讀不見韻書者多，往往即為此種，而此種實皆訓詁之資料，而非專門辨析音韻之資料。二者之別，六朝人知之甚明。故顏之推《家訓》一書既有《音辭篇》復有《書證篇》，二篇皆論音韻，而前者言韻書，後者言書音，其為界域固自分明。《切韻》一書所由表現與《經典釋文》體裁有異，源流本末固確然可知也。至宋人《集韻》乃混而一之，凡書音中異文改讀之字皆認為與本字同音，濫列一處，作為重文，混淆訓詁學與音韻學之界限，可謂大謬不然者矣。

由此可見音義書的特殊性，但是兩位先生對音義學的研究對象並沒有給出清晰、明確的說明。馮蒸（2020）認為音義學的研究對象有如下 12 項：

1. 同源詞（同族詞）研究（語音、語法、詞義特點）；

2. 語根研究；

3.（別義）異讀詞構詞音變研究；

4.（別義）異讀詞構詞語法形態研究；

5. 韻書產生前經師注音術語研究（參段注；吳承仕 1986；沈兼士 1986d；馬宗霍 1931；蔣禮鴻 1960）；

6.《經典釋文》注音術語研究（所用術語為「音、反切、如字、某某之某、讀、假借、協韻」七類，參萬獻初 2004）；

7. 韻書產生前經師注音系統研究（邱克威 2018）；

8. 韻書產生前經師隨文釋義性質與特點研究；

9. 音義書異文標舉訓詁法研究（《經典釋文》）；

10. 音義書音義匹配理論研究；

11. 清人「音隨義轉」說研究；

12.「義同換讀」說與「同形異字」說研究。

但是該文對上述各項並未做解釋，這是由於如逐項解釋尚需要較多時間和篇幅，本文僅對其中的一個重要問題即異讀詞與同源詞的關係問題進行討論。

三、別義異讀詞與同源詞（同族詞）的關係問題

這裡主要討論一下異讀詞與同源詞（同族詞）關係的二個問題。這個問題可以說是音義學研究對象的核心問題。目前有如下兩種主要觀點：

（一）別義異讀詞與同源詞（同族詞）性質一致，同為構詞法的問題，都是音義學的研究對象。

（二）別義異讀詞與同源詞性質不同，只有異讀詞才是是音義學的研究對象，同源詞（同族詞）的問題基本上不屬於音義學的研究範疇。

前者可以周祖謨、俞敏、王力等先生為代表。後者可以唐陸德明《經典釋文》的觀點為代表。現分別討論如下：

（一）別義異讀詞（下文簡稱異讀詞）與同源詞性質一致，都是音義學的研究對象。

音義學的第一個核心問題是：我們明確認為：「四聲別義」詞和「同源詞（同族詞）」都屬於古漢語的構詞法範疇。一般來說，「四聲別義」詞和「同源詞（同族詞）」在形式上有區別，前者是一個漢字字形內的異讀問題，後者是不同漢字，即不同字形中的問題，關於這兩者之間的關係，雖然前輩學者有所涉及，但是似乎未見有專門論文加以探討。我們在這裡明確提出：「四聲別義」詞和「同源詞（同族詞）」都屬於古漢語的構詞法問題，前者可以稱之為狹義的古漢語構詞法，後者可以稱之為廣義的古漢語構詞法，所以傳統的詞源學研究本質上是古漢語的構詞法問題。為什麼我們說前輩學者有所涉及，主要指周祖謨、俞敏以及王力等先生的看法。周祖謨先生在《四聲別義釋例》（1945／1966）中在討論完同一漢字的四聲別義例後，接著說：「此但就字形不變者而言，推而廣之，凡由同一語根孳生之語詞，雖形有增變，義有轉移，而音則每藉聲調之變換以區分之。追溯其始，蓋古人一字兼備數用，而後增益偏旁，分別之字乃多。或變其聲韻，或變其字調，卒然觀之，似別為一字，實即由一意義相關之語詞而來。如內之與入，位之與立，姓之與生，威之與畏，鑒之與監，教之與學，儼之與嚴，俱之與具，潮之與朝（朝夕之朝即古潮汐字），皆其類也。學者執此義以推尋文字語詞日益蕃衍之軌轍，自當得其鰓理。惜乎言音韻者，多不注意訓詁；言訓詁者，則又略去聲音。研求古韻者，漢魏且不屑道，遑論晉宋。是皆偏於一隅者也。夫以聲別義之事，乃漢語之特色，與文法訓詁音韻，皆息息相關。事雖不古，自漢已然。舊日兩聲各義之

說雖不盡行於近代，而其意義不可不明。」對此，姚榮松先生（1980）評論說：「觀其舉例，同高氏同源詞之說，而其分析調變之詳，尤能補高氏《漢語詞族》一書之疏漏也」。俞敏先生在《古漢語派生新詞的模式》（1984）一文中說：「從上頭這兩個例子可以歸納出派生新詞的徵兆來：本來只有一個語詞，一般地說也只有一個形體。後來在第一階段，新詞派生了，新舊詞合用一個形體。在第二階段，有了兩個形體了，可是分配不定，新形體也許記早出的語詞。在第三階段，兩個形體分配定了。多一半兒是新形體表示新生的詞。可是也有倒過來的。按這個結論推下去，底下這些組字代表的詞可以說是從一個詞派生出來另一個的。」王力先生在《同源字典》雖然沒有類似明確的話，但是從該書所收的同源字中不難看出，他是認同以上觀點的。即「四聲別義」詞和「同源詞（同族詞）」性質無殊。

音義學研究的第二個核心問題是：如果四聲別義詞和漢語同源詞的性質均是構詞法問題的話，如何確定詞根與語音派生模式。這裡其實含有如下三個問題：（1）如何確定哪個詞是詞根？（2）哪個詞或者哪幾個詞是派生詞？（3）詞根與派生詞之間的語音派生模式是怎樣的？目前學界對這個問題的看法可以分為如下三派：（一）右文說派。即形聲字的聲符就是詞根，除了眾所周知的古人有關說法之外，現代學者持此說的主要有沈兼士、鄭張尚芳先生等。（二）俞敏派。該派的特點是，以上古音某韻部為詞根，與該韻部有關的其他相關韻部中的詞（多為去聲字）就是派生詞。對此，俞敏先生有二篇代表性論文《論古韻合帖屑沒曷五部之通轉》（1948）、《古漢語派生新詞的模式》（1984）。在前一篇論文中，俞先生認為古韻部「合帖」（-p）中的字是詞根，與之相關的古韻部「屑沒曷」（-t）中的去聲字（*-ts〉-s）是派生詞，即*-ps〉*-ts〉-s，其實，古韻部「屑沒曷」（-t）中的去聲字就是筆者主張的上古獨立去聲韻「至隊祭」三部（參馮蒸2006），均收-s尾，俞敏先生該文所舉例多數是祭部字，少數是至部和隊部字。當然這只是新詞派生模式的一種情況，全面的情況詳見上引俞先生第二文。（三）難於斷定派。以王力先生為代表。王力先生認為同一個詞族之內的詞根有時難於確定。他在《同源字典：序》中說：「同源字的研究，其實就是語源的研究，這部書之所以不叫做《語源字典》，而叫做《同源字典》，只是因為有時候某兩個字，哪個是源，哪個是流，很難斷定。」俞敏先生和王力先生的著作以及王力先生的相關論文（《漢語滋生詞

的語法分析》，1980，亦見王力《同源字典》卷首）給我們的最大啟示是：在古漢語內部，只要存在詞彙派生關係，就是構詞法的問題，就涉及到詞根問題及派生新詞的語音模式問題。詞根派生有的是在一個漢字內，表現為一字兩讀或者多讀，即所謂「四聲別義」，有的是在不同漢字間，即所謂「同源詞」，更確切說是「同族詞」問題（本文所說的同源詞均指在一個語言中的「同族詞」，下同，不再一一說明）。這個問題在單音節的語言中普遍存在，不僅僅是古漢語，在古藏語、景頗語等漢藏系語言中，亦普遍存在。這裡的同源詞又稱為同族詞，就是指只限於在同一個語言內，不是指不同語言之間的同源詞，所以應該不叫 cognate，而是 doublet（《語音學和音系學詞典》譯 doublet 為「同源對生詞」，見語文出版社，2000，90 頁）。

俞敏 1984《古漢語派生新詞的模式》。俞先生此文共舉了 86 組例，並總結了古漢語派生新詞有 11 種語音模式，其類型和字例如下：

1. -∅- / -j-，10 組：（1）羅：離儸。（2）隱：穩。（3）勾：句。（4）封：邦。（5）入：內納。（6）終：冬。（7）男：任。（8）人：年。（9）生：姓。（10）集：雜。

2. p- / b-，25 組；（11）降。（12）期。（13）閒（閑）。（14）比。（15）解。（17）斷。（18）校。（19）奇。（20）朝。（21）長。（22）子：字慈。（23）干：扞。（25）哉：才裁。（26）教：效。（27）見：現。（28）皆：偕。（29）半：叛。（30）包苞：袍。（31）增：層。（32）驕：喬。（33）晶：晴。（34）過：禍。（35）乾：旱。（36）諦：禘。（37）廾：共。

3. kh- / g-，4 組；（38）圈。（39）土：敷。（40）披：被。（41）坎：陷。

4. kh- / x-，6 組；（42）气：氣。（43）虛：墟。（44）卿：鄉。（45）考：孝。（46）參：三。（47）縗：衰。

5. d- / t-，2 組；（48）勺：酌。（49）折。

6. s- / j-，2 組；（50）說。（60）釋。

7. z- / j-，2 組；（61）巳：已。（62）頌（容）。

8. l- / m-，4 組；（63）來：麥。（64）令：命。（65）卯。（66）戀：蠻。

9. s- / l- / ȶ-，1 組；（67）史使：吏（理李里）：事（士）。

10. -b / -s，18 組，（詳見俞敏《論古韻合帖屑沒曷五部之通轉》，燕京學報，1948，34）（68）入內納。（69）入汭。（70）入枘。（71）立位。（72）廾

世。（73）盍蓋。（74）合會。（75）泣淚。（76）接際。（77）給气（既）。（78）執贄。（79）集雜萃最（以上正書）。（80）甲介。（81）答對。（82）乏廢。（83）匿匽。（84）及暨。（85）沓詍泄（以上附見）

11. -s / -n，1 組。（86）尉。

這 11 種模式係按上古聲母、介音和韻尾分類，未涉及韻腹問題。共有 86 組詞例，多發前人所未發。

這裡俞先生概括的同源詞語音派生的 11 種模式顯然與傳統異讀詞的語音表現形式：四聲別義與清濁別義有著明顯的不同。雖然有些或可以視為同一，但是異讀詞似乎並沒有如此多的音變模式。此外，俞先生舉的 86 組字例，不難看出，有的屬於四聲別義的範疇，有的屬於同源詞的範疇。從字形的角度看，有的是一個字，但是有兩個讀音。有的是音義相關但字形不同的一組字，即所謂同源詞。這些同源詞，雖然聲音都有關係，但有些是同聲符的，有的是非同聲符的。雖然多不見於王力的《同源字典》，但是基本情況與王力先生《同源字典》的看法應無二致。可見這種不區分構詞法與同源詞的理念由來已久，可是二者之間卻有著錯綜複雜的關係，你中有我，我中有你，絕不是可以簡單一刀切的問題，所以我們認為這個問題尚需進一步加以研究。

順便更正一下，目前我對古漢語音義學和同源詞的理解已經與馮蒸 2020 文有了很大的不同。我在這裡想修正一下我當時在該文中對有關同源詞本身和相關理論看法，當時該文認為同源詞本身有五個理論，如下：

（二十一）同源詞理論一（音）：構詞音變論——古漢語派生新詞有 11 種語音模式說（俞敏、王力）

（二十二）同源詞理論二（形 1）：徐灝、王力的古今字說和龍宇純、鄭張尚芳的新轉注字說均為同源字說（〔清〕徐灝、王力、龍宇純、鄭張尚芳、洪成玉）

（二十三）同源詞理論三（形 2）：右文說（聲符表義說）與聲符原則上即語根說（沈兼士、鄭張尚芳）

（二十四）同源詞理論四（語法 1）：聲訓的名事（動詞、形容詞）義同源且名詞義源自動詞義說（黃侃，蔣禮鴻）

（二十五）同源詞理論五（語法 2）：古漢語別義異讀詞語法形態構詞論（周祖謨、周法高、王力、唐納、梅祖麟、潘悟雲、黃坤堯、萬獻初、金理新、沈

建民、孫玉文、王月婷、楊秀芳等）

與同源詞相關的理論有如下六個：

（二十六）章太炎的同源詞理論（「語根」說與「孳乳、變易」說）與「重文／變易字」亦為同源詞說（章太炎、沈兼士）

（二十七）《經典釋文》音義匹配理論（岳利民）

（二十八）漢代聲訓多為俗詞源說（俞敏）

（二十九）四聲別義與四聲圈發法始於漢代光大於六朝唐宋說（周祖謨）

（三十）漢代「譬況」非最早注音法乃是別義形態手段說（方平權、鄭張尚芳、白一平、沙加爾）

（三十一）「義同換讀」說與「同形異字」說（沈兼士、戴君仁）

我現在覺得以上的分類有些凌亂，未能表現出音義學尤其是同源詞理論的本質特徵，而且本身理論與相關理論的劃分也有不清楚之處。我現在認為應該把同源詞理論歸納為如下八個問題：

1. 同源詞的定義與範圍問題

2. 語根問題

3. 同源詞的語音派生模式問題

4. 同一詞族內同源詞的數量問題（如王力認為同一詞族的字最少 2 個，最多原則上不超過 20 個）

5. 同源詞的字形與音義的關係問題（參上引俞敏文）

6. 同源詞的語法問題

7. 同源詞的語義問題

8. 同源詞的術語問題

同源詞的有關問題可能尚不止此，這都需要逐項另外專門討論，恕不贅論。據此，我的已刊論文馮蒸 2020 有關理論歸納可以據此重新分類和歸併，說另詳。

（二）異讀詞與同源詞性質不同，只有別義異讀詞才是是音義學的研究對象。此說可以陸德明《經典釋文》的觀點為代表。這派的觀點我們一直沒有找到明確的解說。這涉及到《經典釋文》的體例說明問題。

關於《經典釋文》所述音義學的內容，該書作者陸德明並沒有給出明確的體例說明，卷首雖然有個敘錄，但遠非完善。齊佩瑢《訓詁學概論》曾經對《經

典釋文》一書的體例做出了歸納，得出 12 條條例，今俱引如下：

（一）經注兼音。

（二）摘字為音。

（三）舊音多不依注作，今微加斟酌，首標典籍常用合時者，次列
音義可並行互用者；至義乖於經者，則不悉記。

（四）古人作音先用譬況，後有反語，魏朝以來，蔓衍實繁，世變
人移，音訛字替，今亦存之音內，不敢遺舊。

（五）舊音或用借字，令人疑昧，今從易識。援引眾訓但取大意，
不全寫舊文。

（六）經文異讀，自昔已然；倉卒假借，趣於近似；人用其鄉，言
字互異；加之秦燔典籍，漢分今古，一經數家，章句不同；
今撰音書，須定紕繆，若兩本俱用兼通者，並出其文，以明
同異；其涇渭朱紫者，亦悉書刊正。間存他經別本，詞反義
乖者，示博異聞耳。

（七）經籍文字，相承已久；至如悅作說，閒作閑，智作知，汝作
女之類，依舊音之。然音書之體，當辨正借，或反音正字以
辯借音，或兩音之，務在易了不惑。

（八）隸古定《尚書》，本不全為古字。舊本古字無幾，穿鑿之徒，
依傍字部，妄造改易，多不可從；今依舊為音，字有別體，
見之音內。

（九）《春秋》名字氏族地名，前後互出，經傳更見，文字正假，相
去遼遠，今皆斟酌折衷。

（十）《爾雅》字讀須逐五經，後人好生異見，改音易字，采摭雜
書，不考本末，鳥魚蟲草，妄增偏旁；今並校量，不從流俗。

（十一）方言差別，南北最巨，或失清浮，或滯沉濁，今之去取，冀
袪茲弊。夫質有精粗，謂之好惡（並如字），心有愛憎，稱為
好惡（上呼報反，下烏故反）；當體則云名譽（音預），論情則曰
毀譽（音餘）；及夫自敗（蒲邁反）敗他（蒲敗反）之殊，自壞（呼
怪反）壞撤之異；此等或近代始分，或古已為別，相仍積習，
有自來矣。余承師說，皆辯析之。比人言者，多為一例。如

而靡異，邪（不定之詞）也（助句之詞）弗殊，莫辯複（扶又反），重也複（音服），反也，甯論過（古禾反，經過）過（古臥反，超過）。又以登升共為一韻，攻公分作兩音，如此之儔，恐為非得。

（十二）五經字體，乖替者多。至如黿鼉從龜，亂辭從舌，席下為帶，惡上安西，析旁著片，離邊作禹，直是字訛。如寵為寵，錫為錫，攴代文，无混旡，便成兩失。又敕字俗以為約敕字，《說文》以為勞徠字，渴字俗以為饑渴字，字書以為水竭字，如此之類，改便驚俗，不能悉改。總而言之，陸氏之意不外一在訂舊音之利病，二在辨俗字之是非。其書不但為訓故音義之總匯，也是校勘版本之惟一憑藉。考音讀義訓，往往相關，如《易·晉卦》「蕃庶」之庶注：「如字，眾也；鄭止奢反，謂蕃遮禽也。」又接字下注：「如字。鄭音捷，勝也。」此皆音隨義變之例。《周禮·天官·塚宰》「以擾萬民」之擾，「而小反。鄭而昭反；徐李尋倫反。」擾音為馴，即緣馴治之義，蓋古書音讀以文義為主，故義通之字不妨換讀，字有某義，即讀某音，並不像後世字書之拘泥也。吳承仕《經籍舊音辨正》不明此理，遂謂「音擾為馴，聲類不近，字書韻書亦不收此音。」至一字數讀而分別四聲者，前面曾已討論，這裡不再重加駁正了。

齊佩瑢對《經典釋文》體例的歸納未為盡善，這個問題十分複雜，我認為也需要另外專門研討。這裡就不多說了。

綜上所述，本文的核心是討論異讀詞與同源詞的關係問題，確認二者同為古漢語構詞法問題。希望能夠得到同行專家的指正。

四、參考文獻

1. 畢謙琦，《經典釋文》異讀之形態研究：以去聲讀破和聲母清濁交替為考察對象，上海：上海人民出版社，2014 年。

2. 戴君仁，同形異字，臺灣大學文史哲學報，1963 年（12）。

3. 方孝岳，論《經典釋文》的音切和版本，中山大學學報，1979 年（3）。

4. 馮蒸，風箏音韻論集，北京：學苑出版社，2006 年。

5. 馮蒸，論新三分框架體系下的三十一個訓詁學理論——兼論王引之《經義述聞》

「通說」、段玉裁《說文解字注》「凡」例和王力《古代漢語》「通論」對構建訓詁學理論體系的啟示，辭書研究，2020 年（3）

6. 胡繼明，《廣雅疏證》同源詞研究，成都：巴蜀書社，2002 年。

7. 黃坤堯，《經典釋文》動詞異讀新探，臺北：學生書局，1992 年。

8. 黃坤堯，音義闡微，上海：上海古籍出版社，1997 年。

9. 金理新，上古漢語形態研究，合肥：黃山書社，2006 年。

10. 龍宇純，廣同形異字，臺灣大學文史哲學報，1988 年（36）。

11. 梅祖麟，四聲別義的時間層次，中國語文，1980 年（6）。

12. 潘悟雲，上古漢語使動詞的屈折形式，溫州師範學院學報，1991 年（2）。

13. 齊佩瑢，訓詁學概論，北京：中華書局，1984 年。

14. 沙加爾，上古漢語詞根，龔群虎譯，上海：上海教育出版社，2004 年。

15. 沈兼士，漢魏注音中義同換讀例發凡，//沈兼士，沈兼士學術論文集，北京：中華書局，1986a。

16. 沈兼士，漢字義讀法之一側，//沈兼士，沈兼士學術論文集，北京：中華書局，1986b

17. 沈兼士，吳著經籍舊音辨證發墨，//沈兼士，沈兼士學術論文集，北京：中華書局，1986c。

18. 沈兼士，右文說在訓詁學上之沿革及其推闡，//沈兼士，沈兼士學術論文集，北京：中華書局，1986e。

19. 沈兼士，與丁聲樹論釋名潏字之義類書，//沈兼士，沈兼士學術論文集，北京：中華書局，1986f。

20. 沈建民，《經典釋文》音切研究，北京：中華書局，2007 年。

21. 孫玉文，漢語變調構詞研究（增訂本），北京：商務印書館，2007 年。

22. 萬獻初，經典釋文音切類目研究，北京：商務印書館，2004 年。

23. 王力，漢語史稿，北京：中華書局，1957～1958 年。

24. 王力，訓詁學上的一些問題，中國語文，1962 年（1）。

25. 王力，古漢語自動詞和使動詞的配對，//《中華文史論叢》編輯部編，中華文史論叢（第六輯），上海：中華書局上海編輯所，1965 年。

26. 王力，漢語滋生詞的語法分析，//北京大學漢語語言學研究中心《語言學論叢》編委會編，語言學論叢（第六輯），北京：商務印書館，1980 年。

27. 王力，同源字典，北京：商務印書館，1982 年。

28. 王月婷，《經典釋文》異讀之音義規律探賾——以幫組和來母字為例，北京：中華書局，2011 年。

29. 王月婷，《經典釋文》異讀之音義規律研究，北京：中國社會科學出版社，2014 年。

30. 吳承仕，經籍舊音序錄、經籍舊音辨證。北京：中華書局，1986 年。

31. 吳澤順，從王氏四種看先秦文獻語言的音轉規律，//無學齋文存，長沙：嶽麓書社，1999 年。

32. 吳澤順，漢語音轉研究，長沙：嶽麓書社，2005 年。

33. 楊秀芳，漢語形態構詞的多樣性與多層性，//香港科技大學中國語言學研究中心編，中國語言學集刊，第 10 輯，荷蘭：BRILL，2017 年。

34. 姚榮松，高本漢漢語同源詞說評析，臺灣師範大學《國文學報》，第九期，1980 年。

35. 俞敏，論古韻合帖屑沒曷五部之通轉，燕京學報，1948 年（34）。

36. 俞敏，古漢語裡的俚俗語源，燕京學報，1949 年（36）。

37. 俞敏，古漢語派生新詞的模式，//俞敏，中國語文學論文選，東京：光生館，1984 年。

38. 俞敏，漢藏連綿字比較，//俞敏語言學論文二集，北京：北京師範大學出版社，1992 年。

39. 喻世長，邪-喻相通與動-名相轉，//中國音韻學會，音韻學研究（第 2 輯），北京：中華書局，1986 年。

40. 岳利民，《經典釋文》音切的音義匹配研究，成都：巴蜀書社，2017 年。

41. 張忠堂，漢語變聲構詞研究，北京：中國書籍出版社，2013 年。

42. 章太炎，文始，//章太炎，章太炎全集（第七冊），上海：上海人民出版社，1999 年。

43. 鄭張尚芳，緩氣急氣為母音長短解，語言研究，1998 年（增刊）。

44. 鄭張尚芳，漢語的同源異形詞和異源共形詞，//鄭張尚芳，鄭張尚芳語言學論文集，北京：中華書局，2012 年。

45. 鄭張尚芳，上古音系（第二版），上海：上海教育出版社，2013 年。

46. 周法高，中國古代語法（構詞編），臺北：「中央研究院」歷史語言研究所，1962 年。

47. 周祖謨，四聲別義釋例，//輔仁大學輔仁學志編輯會編，輔仁學志（第十三卷第 1～2 期），北京：輔仁大學圖書館，1945 年，又周祖謨，問學集，北京：中華書局，1966 年。

48. 周祖謨，音義書，//中國大百科全書·語言文字，北京：中國大百科全書出版社，1988 年。

49. Baxter W H, Sagart L. *Old Chinese: A New Reconstruction*. Oxford: Oxford University Press, 2014.

50. Downer, G. B.Derivation by Tone- Change in Classical Chinese. *BSOAS* 1959（22）.

51. Karlgren B. Cognate Words in Chinese Phonetic Series.*BMFEA*, 1956（28）.

漢語音義學材料系統述略*

黃仁瑄*

摘 要

　　漢語音義學是跟文字學、音韻學和訓詁學並列的一門極具特色的中國學問，有明顯的交叉學科的特徵，其材料系統包括核心文獻、基本文獻和關係文獻三個部分。《經典釋文》是其核心文獻，此外的儒書音義、佛典音義和道藏音義是其基本文獻，字書、韻書和其他典籍中的音注材料等是其關係文獻。釐清這個材料系統是漢語音義學學科建設的重要工作。

關鍵詞：漢語音義學；材料系統；述略

　　嚴格說來，傳統小學其實包括四門學問：以《說文》為代表的文字學，以《切韻》為代表的音韻學，以《爾雅》為代表的訓詁學，以《經典釋文》為代表的音義學[註1]。比較而言，文字學、音韻學和訓詁學研究最為充分發達，而

＊ 基金項目：國家社會科學基金重大項目「中、日、韓漢語音義文獻集成與漢語音義學研究」（19ZDA318）；國家語委重大項目「中國語言學話語體系建設與傳播研究」（ZDA145-2）；中央高校基本科研業務費專項資金資助‧華中科技大學自主創新研究基金（人文社科）項目「慧琳《一切經音義》校注」（2021WKFZZX009）；華中科技大學一流文科建設重大學科平臺建設項目「數字人文與語言研究創新平臺」。
＊ 黃仁瑄，男（苗），1969 年生，貴州思南人，博士，教授，華中科技大學，中國語言研究所，研究方向是歷史語言學、漢語音義學。
〔註1〕 一般以為傳統小學包括三門學問：「文字之學凡有三：其一體製，謂點畫有縱橫曲直之殊；其二訓詁，謂稱謂有古今雅俗之異；其三音韻，謂呼吸有清濁高下之不同。論體製之書，《說文》之類是也；論訓詁之書，《爾雅》、《方言》之類是也；論音韻之書，沈約《四聲譜》及西域反切之學是也。三者雖各名一家，其實皆小學之類。」

音義學研究的內容、材料和方法等都有待深入論證和說明。

「漢語音義學的性質是一門研究漢語語音和語義關係的學科。」（尉遲治平《序》，頁8。黃仁瑄2020）「一門學科要成為一門真正意義上的科學（即實證科學），必須滿足以下幾個條件：（1）有客觀的研究對象；（2）有自己的研究方法；（3）有系統的學科理論，該理論必須得到實證（包括邏輯實證）。」（金立鑫2007：7）限於篇幅，這裏僅討論漢語音義學研究的材料問題。

漢語音義學的研究材料包括核心文獻、基本文獻和關係文獻三個部分，是一個內部關係紛繁複雜的語料系統。

一

陸德明《經典釋文》無疑是漢語音義學的核心文獻。謂之核心，是因其內容廣博，體例謹嚴，涉及漢語音義學研究的方方面面。請看下面一段文字（《周易音義》。《經典釋文》，頁73）：

> 周代名也。周，至也，遍也，備也。今名書，義取周普。易盈隻反，此經名也。虞翻注《參同契》云：「字從日下月。」上經上者，對下立名。經者，常也，法也，徑也，由也。乾卦名。傳直戀反，以傳述為義。謂夫子《十翼》也。解見發題。第一亦作弟。王弼注本亦作王輔嗣註，音張具反。今本或無注字，師說無者非。

上引內容表格示意如次：

被釋字／詞	音　義			
	注　音	釋　義	辨　字	其　他
周		代名也。周，至也，遍也，備也。今名書，義取周普。		

（《郡齋讀書志》卷第四《小學類》「爾雅三卷袁本前志卷一下小學類第一」下。《郡齋讀書志校證》，頁145～146）案：尉遲治平《新譯大方廣佛華嚴經音義校注・序》（頁8～9。黃仁瑄2020）：「漢語小學四個分支文獻的區別應該是，以《爾雅》為代表的義書的目的是釋義，闡釋的是一般的普通的語義；以《切韻》為代表的音書的目的是注音，所注的音一般是字的一般的普通的讀音；以《說文解字》為代表的字書的目的是辨字，所注的是一般的普通的讀音，所釋的是一般的普通的字義；以《經典釋文》為代表的音義書的目的是疏通文意，所釋的是具體語境中的個別的具體的語義，所注的往往是指明本字揭示本義的讀破音，正因為這種隨文釋義的特點，需要摘錄原文若干字標識上下文語境，這些標識可以沒有意義，只是聯綴字串，從而形成了不同於義書、音書和字書的特別的體制。」

易	盈隻反	此經名也。	虞翻注《參同契》云：字從日下月。	
上經		上者，對下立名。經者，常也，法也，徑也，由也。		
乾		卦名。		
傳	直戀反	以傳述為義。謂夫子《十翼》也。解見發題。		
第一			亦作弟。	
王弼注	（註）張具反			本亦作王輔嗣註，音張具反。今本或無注字，師說無者非。

可以看出，例中有注音，有釋義，有析字，有考據。有注音，可證其內容跟音韻學有關（非逐字注音，有別於韻書、字典）；有釋義，可證其內容跟訓詁學有關（非逐字釋義，有別於訓詁書）；有辨字，可證其內容跟文字學有關（非逐字辨析，有別於文字書）；有考據，可證其內容跟文獻學有關。然「周」下特別指出：「今名書，義取周普。」「易」下特別指出：「此經名也。」據《說文》，「周」本義指周密、謹嚴〔註2〕，「易」本義指蜥蜴〔註3〕，上引文字強調的卻是「周」、「易」的語境意義，其內容顯然就溢出了音韻學、訓詁學、文字學等的研究範圍。另外，這段文字見《經典釋文》書首（不計《經典釋文·序錄》），有發凡起例作用，唐釋玄應《大唐眾經音義》等也都沿此不改，所謂《經典釋文》體〔註4〕。

「此制酌古沿今，無以加也。」（長孫訥言箋注本序。余迺永《新校互註宋本廣韻》，頁14）陸氏書出，唐以前之音義書遂消亡殆盡，這跟陸法言《切韻》的情況十分相類。

　　按：音義為解釋群經及子、史之書，故諸家著錄不收入小學。

　　然其訓詁、反切，小學之精義具在於是，實可與專門著述互訂得失，

　　且《通俗文》、《聲類》之屬，世無傳本者，散見於各書音義中至多。

〔註2〕《說文·口部》（頁33上）：「周，密也。从用、口。𠄷，古文周字从古文及。」
〔註3〕《說文·易部》（頁198下）：「易，蜥易，蝘蜓，守宮也。象形。祕書說：『日月為易，象陰陽也。』一曰从勿。」
〔註4〕陳垣（1947：71）：「（玄應音義）為《經典釋文》體，將難字錄出，注音訓於其下，並廣引字書及傳記以明之。」

則音義者，小學之支流也。昔賢通小學以作音義，後世即音義以證
小學，好古者必有取焉。今從晁氏《讀書志》載《經典釋文》之例，
別錄音義一門以附於末。」（《小學考》卷四十五《音義一》「王氏肅《周易
音》」條。《小學考》，頁 681）

《經典釋文》作為漢語音義學核心文獻的地位誠非虛言！

二

　　核心文獻之外，漢語音義學有著龐大的基本文獻庫〔註5〕。根據儒、釋、道
三分的標準，其中文獻大略可以分為儒書音義、佛典音義和道藏音義三類〔註6〕，
具體書目可以參看謝啟昆《小學考》「音義」類（李文澤等 2015：680～762）、
陽海清等《文字音韻訓詁知見書目》「音義」類（陽海清等 2002：501～552）、
《中國佛教經籍（續）》之《佛典音義》（田光烈 1989）、《佛典音義書目》（水谷
真成 1949）、呂澂（1980：150）和黃仁瑄（2011：3～15）。《傳統語言學詞典》
（許嘉璐 2010／1990）把古代語言學著作分為文字書、音韻書、訓詁書、音義
書和注釋書等幾種類型，其中的音義書標識一定程度上反映了學界對漢語音義
文獻的最新認識。幾種書目雖為讀者瞭解漢語音義基本文獻概貌提供了便利，
彼此卻有許多參差（參見表一〔註7〕、表二〔註8〕），從漢語音義學的視角看，更
是不同程度地存在著失收誤收的情形。以佛典音義而論，通常所謂的音義書如
高齊道慧《一切經音》、雲公《涅槃經音義》、窺基《法華經音訓》、郭迻《新定
一切經類音》、行瑫《大藏經音疏》等其實都不是現代語言學科意義上的音義書
（參見尉遲治平《序》，頁 9～15。黃仁瑄 2020）。「現在能夠毫無問題認定的早
期佛典音義，就是玄應《大唐眾經音義》、慧苑《新譯大方廣佛華嚴經音義》、
慧琳《一切經音義》、希麟《續一切經音義》和可洪《新集藏經音義隨函錄》五

〔註5〕《文字音韻訓詁知見書目》收各種「小學」著作 4813 種 12067 部：小學「總類」
　　　124 部；「文字」類 4881 部；「音韻」類 3022 部；「訓詁」類 2929 都；「音義」類
　　　1111 部（萬獻初 2012：3）。
〔註6〕尉遲治平（《序》，頁 5。黃仁瑄 2011）：「音義書有各種不同的分類，其中一種是從
　　　傳統三教的角度，分成儒學音義、道書音義和佛典音義，道書音義和儒學音義性質
　　　基本相同，佛典音義獨具特色。」
〔註7〕據孫建奇（2021：12～13），表格形式和內容略有改動。其中個別問題如「楊齊宣」
　　　關乎考據，這裡不論。
〔註8〕據孫建奇（2021：20～21），表格形式略有改動。

種。」（尉遲治平《序》，頁 16。黃仁瑄 2020）

表一　《傳統語言學辭典》與《小學考》音義書目收錄差異

編號	文獻信息		收錄情況	
	書　名	作　者	《傳統語言學辭典》	《小學考》
1	晉書音義	楊齊宣	未收	收
2	周易音	李充	未收	收
3	抱樸子內篇音	葛洪	收	未收
4	春秋左氏傳音	曹耽、荀訥	收	未收
5	春秋左氏傳音	無	收	未收
6	春秋左氏傳音	孫邈	收	未收
7	二京賦音	李軌、綦毋邃	收	未收
8	穀梁音	糜信	收	未收
9	國語音	無	收	未收
10	漢書音義	應劭	收	未收
11	淮南鴻烈音	何誘	收	未收
12	禮記音	射慈	收	未收
13	論語集音	胡公武	收	未收
14	毛詩音	沈重	收	未收
15	毛詩音	無	收	未收
16	群書治要音	劉伯莊	收	未收
17	三傳釋文	陸德明	收	未收
18	尚書音	李軌	收	未收
19	尚書音	無	收	未收
20	四書音考	李果	收	未收
21	四書音證	汪克寬	收	未收
22	太玄經釋文	林瑀	收	未收
23	五經四書明音	王覺	收	未收
24	一切經音義	釋慧琳	收	未收
25	儀禮音	無名氏	收	未收
26	儀禮音	劉芳	收	未收
27	儀禮音	范宣	收	未收
28	周禮音	王肅	收	未收
29	周禮音	聶氏	收	未收
30	周易並注音	陸德明	收	未收

表二　《傳統語言學辭典》與《小學考》所見音義書類屬差異

編號	文獻信息		類屬情況	
	書　名	作　者	《傳統語言學辭典》	《小學考》
1	爾雅釋文	孫奭	音義書	訓詁書
2	爾雅音	謝嶠	音義書	訓詁書
3	爾雅音	施乾	音義書	訓詁書
4	爾雅音	顧野王	音義書	訓詁書
5	爾雅音義	孫炎	音義書	訓詁書
6	爾雅音義	郭璞	音義書	訓詁書
7	爾雅音義	唐憲	音義書	訓詁書
8	字林音義	吳恭	音義書	文字書
9	資治通鑒音注	胡三省	注釋書	音義書
10	經典集音	劉鏞	——	音義書
11	毛詩諸家音	無	——	音義書
12	詳定經典釋文	尹拙等	——	音義書

　　從某種意義上說，缺乏明確的收錄標準大約是導致不同書目參差、失誤的根本原因。傳統史志目錄中，《小學考》最先分立音義書，共收錄 267 部（含「佚、存、未見」三類）〔註9〕。這些音義書的題名大略有 39 種：（1）XX 音，如王肅《周易音》；（2）XX 雜音，如沈熊《周易雜音》；（3）XX 音注，如虞薛《周易音注》；（4）XX 音義，如陸德明《周易音義》；（5）XX 音訓，如呂祖謙《古易音訓》；（6）XX 音考，如汪克寬《周易程傳朱義音考》；（7）XX 音釋，如鄭禧《周易本義音釋》；（8）XX 釋文，如陸德明《尚書釋文》；（9）XX 音隱，如干寶《毛詩音隱》；（10）XX 音證，如劉芳《毛詩箋音證》；（11）XX 音義會通，如汪克寬《詩集傳音義會通》；（12）XX 音詁，如楊慎《周官音詁》；（13）XX 音義隱，如無名氏《禮記音義隱》；（14）XX 音訓指說，如楊逢殷《禮記音訓指說》；（15）XX 隱義，如服虔《春秋隱義》；（16）XX 音義賦，如尹玉羽《春秋音義賦》；（17）XX 直音，如方淑《春秋直音》；（18）XX 類音，如張冒德《春秋傳類音》；（19）XX 口音，如韓台《春秋左氏傳口音》；（20）XX 補音，如宋庠《國語補音》；（21）XX 音略，如無名氏《國語音略》；（22）XX 考證，如盧文弨《經典釋文考證》；（23）XX 集音，如劉鏞《經典

〔註9〕萬獻初（2012：6）認為《小學考》「共收音義書目 268 種，考定尚存者 43 種，餘則標明『佚』或『未見』」。

集音》；（24）XX 音辨，如賈昌朝《群經音辨》；（25）XX 專音，如鄭剛中《經史專音》；（26）XX 音考，如牟巘《六經音考》；（27）XX 字義，如李舜臣《五經字義》；（28）XX 明音，如王覺《五經明音》；（29）XX 音韻，如秦汝霖《五經音韻》；（30）XX 手音，如丁公著《孟子手音》；（31）XX 音解，如陸筠《翼孟音解》；（32）XX 音義鈔，如孔文祥《漢書音義鈔》；（33）XX 音注，如胡三省《資治通鑑音注》；（34）XX 釋文辨誤，如胡三省《資治通鑑釋文辨誤》；（35）XX 論音，如梁曠《南華論音》；（36）XX 釋音，如無名氏《文字釋音》；（37）XX 音略，如無名氏《亢倉子音略》；（38）XX 義訓，如程賁《太玄經義訓》；（39）XX 音義隨函，如可洪《藏經音義隨函》）。39 種題名的關鍵字主要是「音」、「釋文」。換言之，《小學考》音義書的收錄標準大約是書題含有「音」、「釋文」類文字。這樣的收錄標準顯然失之簡單、武斷〔註10〕，然《小學考》後的各家書目，其音義書的收錄標準一以《小學考》為準，黃坤堯（1997：5～7）分列「音書」「音義著作」兩類以見「魏晉六朝的音義著作」概貌，即是其例。可以想像，就漢語音義學研究而言，有過哪些音義書，哪些是音義書，無疑是個值得深入討論的問題〔註11〕。這是一個浩大的學術梳理工程，也是漢語音義學學科建設的根本前提和重要內容，我們正嘗試進行相關的探索，目前的工作還做得非常不夠，希望可以早日得到比較令人滿意的結果。

三

除了前述核心文獻、基本文獻，漢語音義學材料系統中還存在大量的關係文獻。謂之關係，是就其可以服務於漢語音義學研究而言。例如：

（1）薐，茇也。从艸，淩聲。楚謂之芰，秦謂之薜茖。（《說文·艸部》，頁 19 下）

（2）咣，秦晉謂兒泣不止曰咣。从口，羌聲。（《說文·口部》，頁 31 上）

（3）喑，宋齊謂兒泣不止曰喑。从口，音聲。（《說文·口部》，頁 31 上）

〔註10〕尉遲治平（《序》，頁 15。黃仁瑄 2020）：「從上面的分析看，古人所說的音義書和現代學者認定的音義書不完全相同，佛家的音義是音、義和音義，與語言學家的看法更是大相行徑庭。不是書名中有『音』的就是音義書，即使書名就是『音義』，即使是真正的音義書如慧琳《一切經音義》引用過的。」

〔註11〕如宋·賈昌朝《群經音辨》，或以為音義書（如萬獻初 2020），或以為異讀詞詞典（杜季芳 2014）。其參差雖跟觀察視角有關，但判斷標準不夠明確應該是更為主要的原因。

（4）聿，所以書也。楚謂之聿，吳謂之不律，燕謂之弗。从聿，一
　　聲。（《說文·聿部》，頁 65 上～65 下）

（5）筆，秦謂之筆。从聿，从竹。（《說文·聿部》，頁 65 下）

（6）眄，目偏合也。一曰裹視也。秦語。从目，丐聲。（《說文·目部》，
　　頁 73 上）

（7）睇，目小視也。从目，弟聲。南楚謂眄曰睇。（《說文·目部》，頁
　　73 下）

（8）雅，楚烏也。一名鸒，一名卑居。秦謂之雅。从佳，牙聲。（《說
　　文·佳部》，頁 76 上）

（9）䉛，飯筥也。受五升。从竹，稍聲。秦謂筥曰䉛。（《說文·竹部》，
　　頁 96 下）

（10）䈱，陳留謂飯帚曰䈱。从竹，捎聲。一曰飯器，容五升。一曰
　　宋魏謂箸筩為䈱。（《說文·竹部》，頁 96 下）

（11）舜，艸也。楚謂之葍，秦謂之藑。蔓地連華。象形。从舛，舛
　　亦聲。……今隸變作舜。𦮗，古文舜。（《說文·舜部》，頁 113 上）

（12）榱，秦名為屋椽，周謂之榱，齊魯謂之桷。从木，衰聲。（《說
　　文·木部》，頁 120 下）

（13）楣，秦名屋櫓聯也。齊謂之檐，楚謂之梠。从木，眉聲。（《說
　　文·木部》，頁 120 下）

上引材料見許慎《說文》（中華書局 1963 年影印之陳昌治刻本），例中屢稱「秦、齊、楚」等，一定程度上反映了當時秦、齊、楚等地方言的詞語面貌，揚雄《方言》中有更多同類的語料（例繁不贅）。不同的方言詞反映的多半是轉語問題，呈現的是不同的音義表達系統。

　　景純注《方言》，全以晉時方言為本。晉時方言較子雲時固已有變遷，故注中往往廣子雲之說。其例有廣地，有廣言。就廣地言之，有子雲時一方之言，至晉時為通語者。如卷一「慧，楚或謂之『䜏』」注：「他和反。亦今通語。」又「好，趙魏燕代之間曰『姝』」注：「昌朱反。亦四方通語。」卷二「好，青徐海岱之間曰『鈋』，或謂之『嫽』」注：「今通呼小姣潔喜好者為『嫽鈋』。」又「遽，吳揚曰『茫』」注：「今北方通然也。莫光反。」……此皆漢時一方

之語，景純時見為通語者也。又漢時此方之語，晉時或見於彼方。如卷一「好，自關而東河濟之間謂之『媌』」注：「今關西人呼好為『媌』。莫交反。」又「平原謂啼極無聲謂之『唴哴』」注：「哴音亮。今關西語亦然。」又「跳，楚曰『踊』」注：「勑屬反。亦中州語。」又「獪，楚、鄭或曰『婚』」注：「今建平人呼『婚』，胡刮反。」……凡此，皆漢時一方之語，景純時見於他方者也。此廣地之二例也。至於廣語，則亦有二例。一、今語雖與古語同，而其義廣狹迥異，或與之相涉，則亦著之。如卷一「揕，殺也」注：「今關西人呼打為『揕』。」又「凡物盛多謂之『寇』」注：「今江東有小鳧，其多無數，俗謂之『寇鳧』。」又「相謁而餐，秦、晉之際，河陰之間曰『饙餾』」注：「今關西人呼食欲飽曰『饙餾』。」又「毳，燕之北郊、朝鮮、洌水之間曰『葉輸』」注：「今名短度絹為『葉輸』也。」……此皆語同而義稍異者也。至義同而語異者，景純亦隨時記於注中。如卷二「逞、苦、了，快也」下注：「今江東人呼快為『愃』。相緣反。」卷三「東齊之間壻謂之『倩』」注：「言可借倩也。今俗呼女壻為卒便原注：一作「平使」，疑「平使」是。是也。」又「蘇、芥，草也」下注：「或言『茉』也。」又「蘇亦荏也。」注：「今江東人呼荏為『䔉』。音魚。」又「薑、蒬，薰菁也」下注：「今江東名為『溫菘』。」……是皆今語之異於古者，亦記之從廣異語。此廣語之二例也。（王國維《觀堂集林》卷五《書郭注方言後二》。《王國維全集》第 8 卷，頁 152～157）

所謂「廣地、廣言」，例說的是方言（語言）的歷時變化問題，其實質跟前文例引的共時方言（語言）材料相通，都關乎不同的音義表達系統。

吳澤順（2016：62～63）調查司馬遷引用《尚書》所形成的異文，計得音訓異文 240 條（不計重出）如次：

（1）《堯典》（70）：俊／馴、平／便、協／合、欽／敬、嵎／鬱、暘／湯、寅／敬、秩／程、仲／中、厥／其、平／辨、分／柳、納／入、殷／正、夷／易、定／正、工／官、熙／興、咸／皆、疇／誰、諮／嗟、時／是、訟／凶、方／旁、鳩／聚、靜／靖、違／回、恭／龔、諮／嗟、僉／皆、方／負、巽／踐、否／鄙、鰥／矜、俞／然、諧／和、徽／和、揆／官、敘／序、底／至、

陟／登、弗／不、嗣／懌、肆／遂、徧／辯、輯／揖、觀／見、敷／徧、浚／
決、竄／遷、難／遠、任／佞、亮／相、祖／始、遜／馴、宂／軌、宅／度、
清／靜、胄／稺、孳／子、尾／微、嗣／台、岳／嶽、浚／浚、時／是、懋／
勉、哉／之、迪／道、無／毋、黜／絀。

（2）《皋陶謨》（43）：謨／謀、弼／輔、惇／敦、敍／序、茲／已、哲／
智、哲／知、而／能、壬／佞、都／於、載／始、采／事、擾／柔、塞／實、
祗／振、敷／普、僚／吏、師／肅、佚／淫、予／餘、孜／孳、洪／鴻、予／
以、浚／浚、鮮／少、烝／眾、師（斯）／此、汝／而、汝／爾、直／德、在
／來、忽／滑、治／始、內／入、弼／拂、欽／敬、庶／諸、敷／布、罔／毋、
無／毋、祗／敬、勑／陟。

（3）《禹貢》（24）：敷／傅、奠／定、厎／致、恒／常、島／鳥、兖／沈、
達／通、其／既、隩／奥、豬／都、潛／涔、既／已、錫／賜、波／播、孟／
明、枲／絲、岷／汶、黎／驪、球／璆、陪／負、孟／盟、溢／泆、男／任、
導／道。

（4）《甘誓》（2）：汝／女、恭／共。

（5）《湯誓》（11）：爾／女、如／奈、台／何、割／奪、協／和、賚／理、
罔／無、戮／僇、汝／女、非／匪、稽／嗇。

（6）《泰誓》（1）：盟／孟。

（7）《高宗肜日》（1）：孚／付。

（8）《西伯勘黎》（4）：格／假、戲／虐、康／安、摯／至。

（9）《微子》（8）：狂／往、毫／保、喪／荒、若／如、隮／躋、毒／篤、
荒／亡、咈／不。

（10）《牧誓》（5）：受／紂、勖／勉、貔／羆、罷／離、迓／禦。

（11）《洪範》（22）：鷙／定、威／畏、爰／曰、罹／離、陂／頗、皇／王、
彝／夷、訓／順、燮／內、潛／漸、霽／濟、蒙／霧、驛／泆、乃／汝、無／
亡、省／眚、俊／畯、氏／是、嗚／于、洪／鴻、僻／辟、于／於。

（12）《康誥》（1）：乂／艾。

（13）《金縢》（10）：豫／悆、穆／繆、植／載、冊／策、丕／負、若／如、
寶／葆、名／命、誚／訓、珪／圭。

（14）《多士》（2）：洪／佚、恤／率。

（15）《無逸》（7）：祇／震、享／饗、舊／久、或／有、亮／諒、陰／闇、逸／佚。

（16）《君奭》（2）：盤／般、乂／治。

（17）《費誓》（2）：遂／隊、乃／爾。

（18）《文侯之命》（3）：升／登、績／繼、盧／旅。

（19）《書序》（12）：方／房、誼／義、大／泰、虺／虩、黜／絀、畝／母、踐／殘、蒲／薄、息／肅、告／誥、旅／魯、坰／卷。

這些異文間呈現出或雙聲、或迭韻、或非雙聲迭韻的語音關係（吳澤順2016：64～67），反映了當時語言發展的客觀事實，揭示的是兩種關係密切卻又互有不同的音義表達系統。

顯然，無論是《說文》《方言》，還是《史記》產生的《尚書》異文，它們都不是音義書，其內容卻又在漢語音義學的關注範圍，為方便指稱，我們可以謂之漢語音義學的關係文獻。

作為一門學科的漢語音義學，其研究內容包括但不限於（參見馮蒸2020）：（1）梳理漢語音義文獻特別是現存音義文獻數量和版本（參見前述）；（2）明確傳統作家注音釋義的特定字／詞；（3）確定傳統作家給字／詞注音釋義的主次輕重問題；（4）音義書注音與字書韻書注音的本質區別與聯繫；（5）一詞多義和一字多音的關係；（6）異讀字所反映的音義類型；（7）音義匹配的原則和方法；（8）文字對注音釋義的影響。如此複雜的研究內容就必然會涉及核心文獻、基本文獻之外的許多材料，以其中一個重要內容「音變構詞」研究為例，「研究變調構詞的資料有：一、音注，經史子集都有，漢代以來就有了這宗材料，大部分是後代注家做的，也有的是作者的自注；二、字書，包括字典、詞典和韻書；三、韻文，不僅有互相押韻的字，還有唐宋以後駢文、近體詩、曲中的平仄材料；四、聲訓，主要是上古聲訓；五、古今字和假借字；六、前人筆記，主要是學術筆記；七、現代方言；八、外族語跟漢語的關係詞，主要是借詞；九、前人整理的變調構詞字表。這九種材料對研究變調構詞各有其重要性和局限性。」（《漢語變調構詞考辨·前言》，頁8。孫玉文2015）此中所言「音注」，主要指音義文獻以外的語言材料，比如漢魏六朝經師注釋（《易》之魏·王弼注、晉·韓康伯注，《書》之漢·王肅注，《詩》之漢·毛亨傳、鄭玄箋，《周禮》《儀禮》《禮記》之鄭玄注，《左傳》之晉·杜預注、《公羊傳》之

漢・何休解詁，《穀梁傳》之晉・范甯集解，《爾雅》之晉・郭璞注，《論語》之魏・何晏集解，《孟子》之漢・趙岐注，等等），加上其餘八類材料，其實都是漢語音義學研究的重要依據，都屬於關係文獻範疇。關係文獻是漢語音義學材料系統的有機組成部分，是一個開放複雜的語料系統，根據需要，可以隨見隨收，隨收隨用。

漢語音義學材料系統層級分明，內容複雜。漢語音義學跟文字學、音韻學、訓詁學、語法學、文獻學等學科都有非常密切的關係，是典型的交叉學科。從材料系統的構成亦可比較清楚地看出漢語音義學「交叉學科」的特性，而材料系統的梳理自然也就是漢語音義學學科建設的重要研究內容。

【附記】本文曾在「中國音韻學第 21 屆學術研討會暨漢語音韻學第 16 屆國際學術研討會」（2021.08.21～22，西南交通大學）宣讀，此次發表，文字略有增改。

四、引用暨參考文獻

1. 〔宋〕晁公武撰、孫猛校證，《郡齋讀書志校證》，上海古籍出版社，1990 年。

2. 陳垣，《中國佛教史籍概論》，中華書局，1962 年。

3. 杜季芳，《〈群經音辨〉研究》，人民出版社，2014 年。

4. 馮蒸，論新三分框架體系下的三十一個訓詁學理論——兼論王引之《經義述聞》「通說」、段玉裁《說文解字注》「凡」例和王力《古代漢語》「通論」對構建訓詁學理論體系的啟示，《辭書研究》第 3 期，2020 年，頁 1～24。

5. 黃坤堯，《音義闡微》，上海古籍出版社，1997 年。

6. 黃仁瑄，《唐五代佛典音義》，中華書局，2011 年。

7. 黃仁瑄，《新譯大方廣佛華嚴經音義校注》，中華書局，2020 年。

8. 〔宋〕賈昌朝，《群經音辨》，萬獻初點校，中華書局，2020 年。

9. 金立鑫，《語言研究方法導論》，上海教育出版社，2007 年。

10. 〔唐〕陸德明，《經典釋文》，上海古籍出版社，1985 年。

11. 呂澂，《新編漢文大藏經目錄》，齊魯書社，1980 年。

12. 〔日〕水谷真成，佛典音義書目，《大谷學報》第 28 卷第 2 號，1948 年，頁 61～74。

13. 孫建奇，《〈傳統語言學辭典〉所見音義書考述》，華中科技大學學士學位論文，2021 年。

14. 孫玉文，《漢語變調構詞考辨》，商務印書館，2015 年。

15. 田光烈，佛典音義，《中國佛教》（第四輯），東方出版中心，1989 年，頁 216～

219。

16. 萬獻初，《漢語音義學論稿》，中國社會科學出版社，2012 年。

17. 王國維，《觀堂集林》，謝維揚、莊輝明、黃愛梅主編《王國維全集》第 8 卷，浙江教育出版社，2009 年。

18. 吳澤順，《清以前漢語音訓材料整理與研究》，商務印書館，2016 年。

19. 〔清〕謝啟昆，《小學考》，李文澤、霞紹暉、劉芳池校點，四川大學出版社，2015 年。

20. 〔漢〕許慎撰、宋·徐鉉校定，《說文解字（附檢字）》，中華書局，1963 年。

21. 許嘉璐主編，《傳統語言學辭典》，河北教育出版社，2010／1990，1990 年。

22. 陽海清、褚佩瑜、蘭秀英，《文字音韻訓詁知見書目》，湖北人民出版社，2002，1990 年。

23. 余迺永，《新校互注宋本廣韻》，上海辭書出版社，2000，1990 年。

24. 張斌、許威漢主編，《中國古代語言學資料匯纂》（文字學分冊），福建人民出版社，1993，1990 年。

25. 中國大百科全書總編輯委員會《語言文字》編輯委員會、中國大百科全書出版社編輯部，《中國大百科全書（語言、文字）》，中國大百科全書出版社，1988，1990 年。

《經典釋文》「梴」「挺」等音義匹配及相關問題[*]

楊　軍[*]

摘　要

　　《經典釋文》的「梴」，毛傳訓「長貌」，而《釋文》云「柔挺物耳」，然「柔挺」《老子釋文》從手作「挺」，玄應、顏師古也作「挺」。「梴」字《商頌‧殷武釋文》首音徹紐仙韻「丑連反」，而《老子音義》「挺」字首音書紐仙韻「始然反」，當是「挺」讀徹紐義為長貌，讀書紐義為「柔挺」。「埏」是「柔挺」字之俗寫，與「長」義無關。本文根據各種文獻並結合段玉裁、盧文弨、阮元、法偉堂、黃焯等各家意見對《釋文》「梴」條、「挺」條的字形、譌誤、脫文作了校理，並為「挺」等作了音義匹配。

關鍵詞：梴和挺埏；脫誤；正俗；音義匹配；經典釋文

　　《毛詩‧商頌‧殷武》：「松桷有梴。」傳：「梴，長貌。」《釋文》：「有梴_丑連反，又力鱣反，長貌。柔挺物同耳，字音羶。俗作。」（418.34）〔註1〕《老子》：「挺埴以為器。」《釋文》：「挺始然反。河上云和也。宋衷注本云經同。《聲類》云柔也。《字林》

---

　　*　基金項目：國家社會科學基金重大招標項目「中、日、韓漢語音義文獻集成與漢語音義學研究」（19ZDA318）
　　*　楊軍，男，1955年生，貴州遵義人，教授，蘇州大學文學院，研究方向是漢語音韻學、漢語音義學。
〔註1〕括弧內是《經典釋文》宋元遞修本的頁碼、條次。

云長也，君連反。又一曰柔挻。《方言》云取也。如淳作撃。」（1395.39）《釋文》此二條問
題較多，既有字形舛誤，又有注音、釋義脫譌等，以致難以卒讀。本文分別梳
理考論，並為作音義匹配。

一、「挻」的字形

　　《說文》木部：「挻，長木也。從木延聲。詩曰『松桷有挻』。」大徐丑連
切，小徐敕連反，同為徹紐仙韻。手部：「挻，長也。從手延，延亦聲。」大徐
式連切，小徐本作：「從手延聲。」臣鍇按：《詩》曰『松桷有挻』。賒延反。」
徐鍇在手部「挻」字下引《詩》句，足證其所見《毛詩》此字從手作「挻」。而
此《詩》字形唯有一是，或從「木」作「挻」，或從「扌」作「挻」，勢必不得
兩可。此字究當作「挻」抑當作「挻」？

　　《殷武音義》「挻」字，盧文弨、阮元、黃焯均無校，段玉裁、法偉堂則認
為當從手。從《說文》看，「挻」「挻」義訓相同，都來自毛傳，所以本為一字。
據徐鍇的按語看，小徐當是認為此字作「挻」，否則不必於手部按語引《詩》。
再者《釋文》云「柔挻物同耳」，段玉裁說陸德明意謂毛訓「長貌」之字與訓「柔
挻物」之字相同，而「柔挻」之字皆作「挻」，故此字當作手。又以此字「長貌」
之義音「丑連反」，亦見其它文獻。如《篆隸萬象名義》：「挻丑連反。抮，擊，和，
取，長。」《廣雅》：「挻長也。」曹憲「恥延反」。《玉篇》：「挻丑連、式連二切。長
也。」而《說文》「延，安步延延也。从廴从止。凡延之屬皆从延。」大徐「丑連
切」，與「挻」字音正同，故段氏認為此字蓋從「延」得聲，當作「挻」。段說
雖有理據，然「挻」字文獻未見，改或驚俗，故止仍舊作「挻」。

二、「力鱣反」的切上字

　　法偉堂《校記》云：「力蓋誤字。此當作又尸鱣反。」「挻」無來母音，法說
是也。「挻」音書母仙韻，訓為「柔挻」者，不唯見於《老子音義》。《漢書·敘
傳》：「灌夫矜勇，武安驕盈，凶德相挻，禍敗用成。」師古曰：「挻謂柔挻也，
音式延反。」玄應《眾經音義》：「挻埴式延反。《字林》挻，柔也。今言柔挻也。亦擊
也。和也。」（p368上玄應卷17）〔註2〕又：「是挻式延反。謂作泥物也。挻，擊也；挻，柔
也。」（p330下玄應卷15）慧琳《一切經音義》：「挻土舒延反。《淮南子》云『陶人之剋

〔註2〕括弧內是《一切經音義》三種合校本的頁碼。

挻埴』，許叔重曰，挻，揉也；埴，土也。挻擊也，亦和也。」（T54：688a）〔註3〕又：「挻埴式延反，下時力反。《字林》挻，柔也。今言柔挻也。亦擊也、和也。埴，土也。黏土曰埴。《釋名》云土黃而細密曰埴膩也，如脂之膩也」（T54：787b）。《切三》仙韻「羶式延反」小韻：「挻柔挻」。《王一》：「挻打瓦。又柔挻。又丑連反。從手。」《王三》：「挻打瓦。又柔挻。又丑連反。」所謂「柔挻」者，朱駿聲《說文通訓定聲》云：「《字林》挻，柔也。按今字作揉，猶煣也。凡柔和之物，引之使長，搏之使短，可析可合，可方可圓謂之挻。陶人為坯，其一耑也。」

三、「字音」非《釋文》術語

《殷武音義》之「字音羶」，用「字音」者唯此孤例。而《釋文》凡類目、術語皆屢見，絕無某一術語僅用一次者，是此當有脫誤。初疑「字」當在上句「同」上或「同」下，是「字同」或「同字」之錯簡。然考《釋文》全書，亦無一例作「字同」、「同字」者，是此處實非錯簡。案《老子音義》引「《字林》云長也，君連反〔註4〕。又一曰柔挻。」是《字林》「挻」字既訓「長」，又訓「柔挻」。而玄應、慧琳引《字林》「挻，柔也」，音皆作書紐仙韻「式延反」，適與《殷武音義》之「音羶」同，故此處「字」下殆脫「林」字，蓋本作「字林音羶」，則《殷武音義》乃與《老子音義》注音相合。

四、「俗作」下脫文

又《釋文》絕無於音下出「俗作」者，故盧文弨抱於經堂本改為「俗作埏」，補「埏」字。《考證》云：「埏字舊無，今補。《白帖》卷一百引《詩》松桷有埏，則唐時本有俗從土者。」段註《說文》云：「玉裁謂挻埴字俗作埏，古作挻，柔也。」又云：「《白氏六帖》於松柏類引《詩》松桷有埏，勑延切。字正作挻之俗字。」案慧琳《一切經音義》云：「挻埴上設甎反。許注《淮南子》云挻，抑也。《桂苑珠叢》抑土為器曰挻。如淳注《漢書》挻，擊也。宋忠注《太玄經》挻，和也。《文字典》《說文》從手延聲。從土作埏者非正字也。」（T54：513c）又希麟《續一切經音義》亦云：「挻埴上傷延反，下承力反。《淮南子》云『陶人之挻埴也』，許注云押也。孔注《尚書》云，埴，黏土也。如淳曰挻，擊也；埴，柔也、和也，謂柔土作器也。《說文》挻字從手，埴字從土，

〔註3〕括弧內是《大正新修大正藏》的卷數和頁碼。
〔註4〕段玉裁改「君」為「醜」。

竝形聲字。經文二字皆從土作埏埴，上字誤也。」（T54：941c）皆可證「埏」乃「挻」之俗誤。又《廣韻》二仙「埏打瓦也。《老子》注云，和也」亦據誤書收「埏」字於「羶式連切」小韻，故盧補、段說並是也。

非獨「挻」字有誤作「埏」者，古書亦有「埏」誤為「挻」者。司馬相如《封禪書》：「上暢九垓，下泝八埏。」《史記集解》裴駰引《漢書音義》曰：「埏音延，地之際也。言其德上達於九重之天，下流於地之八際也。」又《漢書》注引孟康曰：「埏，地之八際也。言德上達於九重之天，下流於地之八際。」師古曰：「埏，本音延，合韻音弋戰反。《淮南子》作八夤也。」慧琳《一切經音義》「埏主以旃反。八埏之主也。《漢書音義》曰：八埏，地之八際也」（T54：678b）、又「八埏下衍仙反。《漢書音義》云：八埏即地之八際也。《古今正字》從土延聲」（T54：978a）、又「八埏下演栴反。《漢書音義》延，地極邊際也。《古今正字》從土延聲，傳文從手，非也。」（T54：893c）則「埏」訓「地之八際」，即「地極邊際也」。《方言》卷十三：「挻，竟也。」郭注「音延」。而「挻」無「竟」之義，此「挻」為「埏」之譌。戴震《方言疏證》云：「案埏各本訛作挻，今訂正。」又以《史記集解》裴駰引《漢書音義》及顏師古《漢書注》為證，又云：「《廣雅》『撎、挻，竟也。』挻亦埏之譌。挻與挻皆無延音。」案此當言「挻」音延者無「竟」義。此「竟」即終竟、邊竟之義。《廣雅·釋詁三》：「撎、挻……畺、畍……竟也。」王念孫《疏證》云：「撎、挻……為究竟之竟，畺、畍……為邊竟之竟，邊竟之竟，亦取究竟之義也。」是此訓「竟」，與「際」之邊際義略同。即邊境、邊際也。

五、「音羶」與重音

「柔挻」《字林》「音羶」者，似與前出又音「尸連反」相同，然訓「長也」之「挻」《釋文》首音徹紐仙韻「丑連反」，其下出書紐又音「尸羶反」。而訓「柔挻」者，特別提示《字林》唯書紐仙韻一音，與前載又音之義別，故非同音重出。《老子音義》「《字林》云長也，君連反。又一曰柔挻。」其「君」字誤，當依任大椿、段玉裁作「丑」。然則《字林》本殆作：「挻，長也，丑連反；一曰柔挻，音羶。」

六、《老子音義》譌誤校理

由於《釋文》兩條意義相關，倘作音義匹配，《老子音義》「挻」條譌誤亦

需校理。盧文弨《老子音義考證》云:「挻,諸家本並作埏,古無埏字。」吳承仕《經籍舊音辯證》云:「各本並作《字林》君連反,任大椿《字林考逸》引作丑連反,承仕案丑連反是也。」(150頁) 段玉裁《說文解字注》亦作「丑連反」。

《辯證》又云:「《釋文》有『宋衷注本云經同』七字,語不可通,應作『宋衷注《太玄經》同』。《漢書‧敘傳》『凶德相挻』,蕭該音義引『《太玄經》曰:與陰陽挻其化。宋衷曰:挻,和。《釋文》謂宋衷注與河上注同耳。『太玄』二字形近譌作『本云』,遂不可通。」吳說是也,慧琳《一切經音義》「挻埴_{上商延反。宋忠注《太玄經》挻,和也。}」(T54:384c) 又「挻埴_{宋忠注《太玄經》挻,和也。}」(T54:513c) 亦足證成其說。

吳先生又說:「又按《釋文》云『如淳作繫』,『繫』字為『擊』之形譌,《文選‧長笛賦》『丸挻彫琢』李善引《漢書音義》如淳曰:『挻,擊也。』_{李引如淳當即《敘傳注》語。}此即德明所本。《荀子》『陶人埏埴而為器』,楊倞注『擊也』,與如說同,此作『擊』不作『繫』之證。」

又《釋文》「《方言》云取也」者,《方言》:「挻,取也。」郭璞云:「挻,羊羶反。」與此音異義別。

七、音義匹配

段玉裁謂《說文》木部「梴」是後人據誤本《毛詩》增入,其說邏輯嚴謹,證據充分,所論不可動搖。綜合《殷武音義》《老子音義》及其他相關資料,「挻」字之音義關係可作如下匹配:「挻₁」丑連反,徹紐仙韻。義:長貌。「挻₁」始然反,書紐仙韻。義:柔,即搏揉(黏土),許注《淮南子》訓抑、《王一》《王三》訓打瓦義並同,引申為擊。此義又俗譌作「埏」。「挻₃」羊羶反,以紐仙韻。義:取也。

八、餘　論

《殷武》「松桷有梴」因與「松桷」連用類化而誤作「梴」,又以後人據誤本《毛詩》而增入《說文》。後又有用此字為樹名者,玄應《眾經音義》「梴樹_{丑連反。樹名也}」(p235 下玄應卷11),慧琳《一切經音義》「挻樹_{丑連反,樹名也}」(T54:655a)。既作樹名,字當作「梴」。然此「梴樹」與「松桷有梴」之「挻」意義上全然無關,是後起的同形字,僅僅為「丑連反」讀音相同而已。又《方

言》：「碪機，陳魏宋楚自關而東謂之梴。」郭璞云：「梴，音延。」然則「梴」字之音義匹配為，「梴₁」丑連反，徹紐仙韻。義：木名。「梴₂」音延，以紐仙韻。義：碪機。

又慧琳《一切經音義》：「《淮南子》云『陶人之挺埴也』，許注云挺，押。」（T54：855b）及希麟《續一切經音義》：「《淮南子》云『陶人之挺埴也』，許注云押也。」（T54：941c）似「挺」字又有「押」義，然慧琳「挺埴上設甄反。許注《淮南子》云挺，抑也。《桂苑珠藂》抑土為器曰挺。」（T54：513c）又「挺土舒延反。《淮南子》云『陶人之剋挺埴』，許叔重曰：挺，揉也。」（T54：688a）又「挺埴上扇延反，下承力反。《老子》云：『挺埴以為器，當其無，有器之用也。』宋忠云挺，和也。許叔重云抑也。」（T54：901a），三引許注皆作「抑」不作「押」。而此同引許慎一訓，不得既作「押」，又作「抑」，是二字必有一誤。考「押」字《切韻》不載，至《王韻》始收，《王一》《王三》「鴨烏狎反」小韻作「押今作押署」，義即畫押、署名，是作「押」字於義無取。而「抑」即按壓之義，作陶器必揉捏按壓泥土用以成坯，故此「抑」與「柔（揉）」義略同，然則「押」為「抑」字之譌無疑。

《故訓匯纂》（885 頁）據誤本《慧琳音義》《希麟音義》為「挺」立「押也」之義項，又據誤本《方言》《廣雅》為「挺」立「竟也」之義項，皆非也。

下為《釋文》兩條校理結果，校補處用下劃線標識。

《殷武音義》：「有挺丑連反，又尸鱣反，長貌。柔挺物同耳，《字林》音釐。俗作梴。」（418.34）

《老子音義》：「挺始然反。河上云和也。宋袁注《太玄經》同。《聲類》云柔也。《字林》云長也，丑連反。又一曰柔挺。《方言》云取也。如淳作擊。」（1395.39）

九、參考文獻

1. 陸德明，《經典釋文》宋元遞修本，上海古籍出版社，2013 年；通志堂本，中華書局，1983 年。

2. 徐鍇，《說文解字繫傳》，中華書局，1987 年。

3. 顏師古，《漢書注》，中華書局，1962 年。

4. 王仁昫，《刊謬補缺切韻》，江蘇鳳凰教育出版社，2017 年。

5. 慧琳、希麟，《正續一切經音義》獅谷白蓮社本，上海古籍出版社，1986 年。

6. 戴震，《方言疏證》，黃山書社，《戴震全書》本，1997 年。

7. 王念孫，《廣雅疏證》，江蘇古籍出版社，1984 年。

8. 段玉裁，《說文解字注》，上海古籍出版社，1981 年。

9. 朱駿聲，《說文通訓定聲》，武漢市古籍書店，1983 年。

10. 盧文弨，《經典釋文考證》，民國十二年（1923）北京直隸書局影印《抱經堂叢書》本。

11. 阮元，《十三經注疏校勘記》，中華書局，1980 年。

12. 任大椿，《字林考逸》，清光緒十六年（1890）江蘇書局。

13. 法偉堂，《經典釋文校記遺稿》，華東師範大學出版社，2010 年。

14. 吳承仕，《經籍舊音辯證》，中華書局，1986 年。

15. 黃焯，《經典釋文彙校》，中華書局，1980 年。

16. 黃仁瑄，《大唐眾經音義校注》，中華書局，2018 年。

17. 徐時儀，《一切經音義三種校本合刊》，上海古籍出版社，2010 年。

18. 徐朝東，《切韻彙校》，中華書局，2021 年。

19. 周祖謨，《唐五代韻書集存》，中華書局，1983 年。

20. 周祖謨，《方言校箋》，科學出版社，1956 年。

21. 宗福邦，《故訓匯纂》，商務印書館，2003 年。

《集韻》音義匹配錯誤舉例*

岳利民*

摘　要

　　《集韻》中有大量的音義匹配錯誤。音義匹配錯誤主要表現在：不識源文獻中音切的被注字而致誤，把源文獻中非注音音切看成有效音切而致誤，不識源文獻中音切的被注字或音注有錯字而致誤。

關鍵詞：《集韻》；《經典釋文》；音義匹配；錯誤；舉例

　　《集韻》中有大量的音義匹配錯誤。音義匹配錯誤主要表現在：不識源文獻中音切的被注字而致誤，把源文獻中非注音音切看成有效音切而致誤，不識源文獻中音切的被注字或音注有錯字而致誤。

　　下面，我們對《集韻》中音義匹配錯誤分類進行舉例說明。

一、不識源文獻中音切的被注字而致誤

　　（1）《集韻・戈韻》苦禾切：「窠：空也。通作科。」

　　按：《莊子・養生主》：「批大郤，導大窾，因其固然。」《經典釋文》：「大

＊　基金項目：國家社會科學基金重大招標項目「中、日、韓漢語音義文獻集成與漢語音義學研究」（19ZDA318）。

＊　岳利民，男，湖南邵陽人，中南林業科技大學涉外學院教授，文學博士，中南林業科技大學涉外學院，語言文化學院，研究方向：漢語史。

窾：徐苦管反，又苦禾反。崔、郭、司馬云：『空也。』向音空。」（365）「苦禾切」為溪母戈韻，此音輯自「苦禾反」。「苦禾反」與溪母緩韻的字頭「窾」字的音韻地位不合。「苦禾反」是為「科」字注音。內部證據，《易‧說卦》：「為蚌，為龜，其於木也，為科上槁。」《經典釋文》：「科：苦禾反，空也。虞作折。」（34）又，《莊子‧外物》：「帥弟子而而踆於窾水。」《經典釋文》：「窾水：音款，又音科。司馬云：水名。」（397）「音科」不是為「窾」字注音，而是易字。「窾」「科」皆有「空」義。

（2）《集韻‧沒韻》胡骨切：「掘：穿也。」

按：《禮記‧檀弓下》：「三臣者廢輴而設撥，竊禮之不中者也。」鄭注：「殯禮，大夫菆置西序，士掘埳見衽。」《經典釋文》：「士掘：求勿反，又求月反，又戶忽反。」（172）「胡骨切」「戶忽反」皆為匣母沒韻，此音輯自「戶忽反」。「戶忽反」與群母物韻或群母月韻的字頭「掘」字的音韻地位不合。《廣韻‧沒韻》戶骨切：「搰：掘地也。」「戶忽反」是為「掘」的同義字「搰」字注音。《說文解字》：「搰：掘也。」又，「掘：搰也。」在《說文解字》中，「搰」「掘」互訓。內部證據，《左傳‧哀公二十六年》：「掘褚師定子之墓，焚之于平莊之上。」《經典釋文》：「掘褚：其勿反，又其月反。本或作搰，胡忽反。」（304）據「本或作搰，胡忽反」可知，「胡忽反」是為「搰」字注音，而「胡忽反」「戶忽反」又是同音音切。

（3）《集韻‧寘韻》斯義切：「斯：盡也。《詩》：『王赫斯怒。』鄭康成說。」

按：《詩‧大雅‧皇矣》：「王赫斯怒，爰整其旅，以按徂旅。」鄭箋：「斯，盡也。」《經典釋文》：「斯怒：毛如字，此也。鄭音賜，盡也。」（92）「斯義切」「音賜」皆為心母至韻，此音輯自「音賜」。「音賜」與心母支韻的字頭「斯」字的音韻地位不合。《廣韻‧寘韻》斯義切：「澌：盡也。」「音賜」是為「澌」字注音。內部證據，《儀禮‧士相見禮》：「尊兩壺于房戶閑，斯禁。」《經典釋文》：「斯禁：如字，劉音賜。」（146）「音賜」為非如字「澌」字注音。又，《禮記‧檀弓》：「召申祥而語之曰：君子曰終，小人曰死。」鄭注：「死之言澌也，事卒為終，消盡為澌。」《經典釋文》：「澌也：本又音斯。音賜。下同。」（168）「本又音斯」中，「音」當為「作」。

（4）《集韻·侵韻》千尋切：「僭：侵也。《詩》：『以籥不僭。』」

按：《詩·小雅·鼓鍾》：「以雅以南，以籥不僭。」《經典釋文》：「不僭：七念反，沈又子念反，又楚林反。」（84）在十三經注疏本中，「七念反」作「七心反」。「千尋切」「七心反」皆為清母侵韻，此音輯自「七心反」。「七心反」與精母棪韻的字頭「僭」字的音韻地位不合。「七心反」是為「侵」字注音。

（5）《集韻·東韻》祖叢切：「緫：絲數。《詩》：『素絲五緫。』」

按：《詩·召南·羔羊》：「羔羊之縫，素絲五緫。」毛傳：「緫，數也。」《經典釋文》：「五緫：子公反。」（56）「祖叢切」「子公反」皆為精母東韻，此音輯自「子公反」。「子公反」與精母懂韻的字頭「緫」字的音韻地位不合。「子公反」是為「豵」字注音。內部證據，《詩·陳風·東門之枌》：「穀旦於逝，越以豵邁。」毛傳：「豵，數也。」《經典釋文》：「以豵：子公反，毛數也，鄭緫也。」（71）

（6）《集韻·屑韻》先結切：「踅：敝踅，疲也。一曰分外用力皃。」

按：《莊子·駢拇》：「而敝踅譽無用之言非乎？」《經典釋文》：「踅：徐丘婢反，郭音屑。向崔本作跬。向丘氏反，云近也。司馬同。李卻垂反。一云：『敝踅，分外用力之貌。』」（373）「先結切」「音屑」皆為心母屑韻，此音輯自「音屑」。「音屑」與溪母紙韻的字頭「踅」字的音韻地位不合。「音屑」是為「躠」字注音。內部證據，《莊子·馬蹄》：「及至聖人，蹩躠為仁，踶跂為義，而天下始疑矣。」《經典釋文》：「躠：本又作薛，悉結反。向、崔本作殺，音同。一音素葛反。」（374）「音屑」和「悉結反」是同音音切。

（7）《集韻·沁韻》於禁切：「噫：氣出皃。」

按：《莊子·齊物論》：「夫大塊噫氣，其名為風。」《經典釋文》：「噫：乙戒反，注同。一音蔭。」（362）「於禁切」「音蔭」皆為影母沁韻，此音輯自「音蔭」。《廣韻·沁韻》於禁切：「喑：聲也。」「音蔭」是為「喑」字注音。內部證據，《莊子·知北遊》：「自本觀之，生者，喑醷物也。」《經典釋文》：「喑：音蔭，郭音闇，李音飲，一音於感反。」（389）

（8）《集韻·廢韻》放吠切：「菲：小也。」

按：《詩·大雅·卷阿》：「爾受命長矣，茀祿爾康矣。」毛傳：「茀，小也。」鄭箋：「茀，福。」《經典釋文》：「茀：沈云：毛音弗，小也。徐云：『鄭音廢，

福也。』一云：『毛方味反，鄭芳沸反。』」（95）「放吠切」「音廢」皆為幫母
廢韻，此音輯自「音廢」。「音廢」與滂母物韻的字頭「茀」字的音韻地位不
合。「音廢」是為「茀」的本字「福」的同義字「祓」字注音。《爾雅》：「祓：
福也。」《廣韻·廢韻》方肺切：「祓：福也。除惡祭也。」

（9）《集韻·尤韻》力求切：「蜏、蝣：蜉蜏，蟲名，朝生暮死。」

按：《爾雅·釋蟲》：「蜉蝣，渠略。」《經典釋文》：「蝣：郭音由。本又作
蜏，謝音流。」（430）「力求切」「音流」皆為來母尤韻，此音輯自「音流」。「音
流」與以母尤韻的字頭「蝣」字的音韻地位不合。「音流」不是「蝣」字注音，
而是為「蜏」字注音。

（10）《集韻·尤韻》夷周切：「蝣、蜏：蟲名。《爾雅》：『蜉、蝣，渠略
也。』或從㐬。」

按：《爾雅·釋蟲》：「蜉蝣，渠略。」《經典釋文》：「蝣：郭音由。本又作
蜏，謝音流。」（430）「夷周切」「音由」皆為以母尤韻，此音輯自「音由」。《廣
韻·尤韻》力求切：「蜏：蜉蜏，蟲。本作蜉蝣，蝣音遊。」「音由」是為「蝣」
字注音，不是為「蜏」字注音。

（11）《集韻·阮韻》戶管切：「輨：回也。《禮》：『叔孫武叔見輪人，
以杖關轂而輨輪者。』」

按：《禮記·雜記下》：「叔孫武叔朝，見輪人以其杖關轂而輨輪者，於是
有爵而後杖也。」《經典釋文》：「輨：胡罪反，又胡瓦反，又胡管反，回也。」
（199）「戶管切」「胡管反」皆為匣母緩韻，此音輯自「胡管反」。「胡管反」
與匣母賄韻或匣母馬韻的字頭「輨」字的音韻地位不合。「胡管反」是為「輨」
字注音。《集韻·緩韻》戶管切：「輨：圓也，形裁之所用。」內部證據，《莊
子·天下》：「椎拍輨斷。」《經典釋文》：「輨：五管反，又胡亂反，又五亂反。
徐胡管反，圓也。」（404）

二、把源文獻中非注音音切看成有效音切而致誤

（12）《集韻·模韻》蓬逋切：「鮒：小魚名。《莊子》：『守鮒鯢。』」

按：《莊子·外物》：「趣灌瀆，守鯢鮒。」《經典釋文》：「鮒：音附，又音
蒲。本亦作蒲。李云：『鯢、鮒，皆小魚也。』」（396）「蓬逋切」「音蒲」皆為

並母模韻，此音輯自「音蒲」。「音蒲」與並母遇韻的字頭「鮒」字的音韻地位不合。從「本亦作蒲」可知，「音蒲」不是為「鮒」字注音，而是易字。

（13）《集韻·旨韻》魯水切：「壘：壘空，小穴，一曰小封也。」

《莊子·秋水》：「計四海之在天地之間也，不似壘空之在大澤乎？」《經典釋文》：「壘：力罪反，向同。崔音壘，李力對反。」（382）又，「音孔。壘孔，小穴也。李云：『小封也。』一云：『蟻塚也。』」（382）「魯水切」「音壘」皆為來母旨韻，此音輯自「音壘」。「音壘」與來母賄韻的字頭「壘」字的音韻地位不合。據「壘孔，小穴也」可知，「音壘」不是為「壘」字注音，而是易字。

（14）《集韻·東韻》而融切：「茸：尨茸，亂兒。」

按：《左傳·僖公五年》：「狐裘尨茸，一國三公。」《經典釋文》：「茸：如容反，又音戎。尨茸，亂貌。」（232）「而融切」「音戎」皆為日母東韻，此音輯自「音戎」。「音戎」與日母鍾韻的字頭「茸」字的音韻地位不合。「音戎」不是為「茸」字注音，而是易字。內部證據，《詩·邶風·旄丘》：「狐裘蒙戎，匪車不東。」《經典釋文》：「戎：如字，徐而容反。蒙戎，亂貌。案，徐此音是依《左傳》讀作尨茸字。」（59）

（15）《集韻·紙韻》賞是切：「狶：狶韋氏，古帝王號。李軌說。通作豕。」

按：《莊子·大宗師》：「狶韋氏得之，以挈天地。」《經典釋文》：「狶韋氏：許豈反，郭褚伊反。李音豕。司馬云：『上古帝王名。』」（369）「賞是切」「音豕」皆為書母紙韻，此音輯自「音豕」。由「通作豕」可知，「音豕」不是為「狶」字注音，而是易字。內部證據，《莊子·知北遊》：「每下愈況。」《經典釋文》：「每下愈況：李云：『正，亭卒也；獲，其名也。監市，市魁也。狶，大豕也。履，踐也。夫市魁履豕，履其股腳，狶難肥處，故知豕肥耳。問道亦況下賤則知道也。』」（389）

（16）《集韻·遇韻》俞戍切：「俞：呴俞，色仁也。」

按：《莊子·駢拇》：「屈折禮樂，呴俞仁義，以慰天下之心者。」《經典釋文》：「俞：音臾，李音喻。本又作呴，音詡。謂呴喻，顏色為仁義之貌。」（373）「俞戍切」「音喻」皆為以母遇韻，此音輯自「音喻」。「音喻」與以母虞韻的字

頭「俞」字的音韻地位不合。據「謂呴喻，顔色為仁義之貌」可知，「音喻」不是為「俞」字注音，而是易字。

（17）《集韻‧魚韻》山於切：「斯：析也。《詩》：『斧以斯之。』」

按：《詩‧陳風‧墓門》：「墓門有棘，斧以斯之。」《經典釋文》：「以斯：所宜反，又如字，又音梳。鄭注《尚書》云：『斯，析也。』《爾雅》云：『斯、侈，離也。』孫炎云：『斯，析之離。』讀者如字。」（71）「山於切」「音梳」皆為生母魚韻，此音輯自「音梳」。「音梳」與心母支韻的字頭「斯」字的音韻地位不合，「音梳」不是為「斯」字注音，而是易字。

（18）《集韻‧志韻》竹吏切：「植：寘也。以玉作六器，以禮天地四方。《書》：『植璧秉圭。』鄭康成讀。」

按：《周禮‧春官‧大宗伯》：「以玉作六器，以禮天地四方。」鄭注：「禮，謂始告神時薦於神坐。《書》曰『周公植璧秉圭』是也。」《經典釋文》：「植璧：音值，又時力反，一音置。」（119）「竹吏切」「音置」皆為知母志韻，此音輯自「音置」。《尚書》孔《注》中有「植，置也，置於三王之坐」之言。「音置」不是為「植」字注音，而是解釋「植」的意義。

（19）《集韻‧陷韻》乎韽切：「陷、埳：《說文》：『高下也。一曰陊也。』或從土。」

按：《莊子‧秋水》：「子獨不聞夫埳井之蛙乎？」《經典釋文》：「埳井：音坎，郭音陷。」「乎韽切」「音陷」皆為匣母陷韻，此音輯自「音陷」。（383）「音陷」與溪母感韻的字頭「埳」字的音韻地位不合。「音陷」不是為「埳」字注音，而是解釋「埳」的意義。《玉篇‧土部》：「埳，陷也。」內部證據，《周易‧習卦》：「習坎。」《經典釋文》：「坎：徐苦感反。本亦作埳，京、劉作欿，險也，陷也。八純卦象水。」（24）

（20）《集韻‧志韻》羊吏切：「詒、貽：遺也。亦作貽。」

按：《詩‧邶風‧靜女》：「靜女其孌，貽我彤管。彤管有煒，說懌女美。自牧歸荑，洵美且異。匪女之為美，美人之貽。」《經典釋文》：「貽我：本又作詒，音怡，遺也，下同。下句協韻，亦音以志反。」（59）「羊吏切」「以志反」皆為以母志韻，此音輯自「以志反」。「以志反」與以母之韻的字頭「貽」字的音韻

地位不合。「美人之貽」之「貽」與「異」押韻。「以志反」是「貽」的協韻改讀自擬音，是無效音切。

（21）《集韻‧禦韻》丘據切：「袪：袂末也。」

按：《詩‧唐風‧羔裘》：「羔裘豹袪，自我人居居。豈無他人？維子之故！」《釋文》：「豹袪：起居反，又丘據反，袂末也。」（68）「丘據反」在《廣韻》裡是溪母禦韻，與溪母魚韻的字頭「袪」字的音韻地位不合。「袪」與「居」「故」押韻。「丘據反」是協韻改讀自擬音，是無效音切。

三、不識源文獻中音切的被注字或音注有錯字而致誤

（22）《集韻‧晧韻》古老切：「皓：皓皓，絜白也。」

按：《詩‧唐風‧揚之水》：「白石皓皓。」《經典釋文》：「皓皓：古老反，潔白也。」（68）「古老切」為見母晧韻，此音輯自「古老反」。「古老反」與匣母晧韻的字頭「皓」字的音韻地位不合。在十三經注疏本中，「古老反」作「胡老反」。內部證據，《詩‧陳風‧月出》：「月出皓兮，佼人懰兮。」《經典釋文》：「皓兮：胡老反。」（71）又，《周禮‧考工記‧車人》：「車人之事，半矩謂之宣。」鄭注：「頭髮皓落曰宣。」《經典釋文》：「皓落：胡老反。本或作顥，音同。劉作皓，音灰。」（140）《集韻》編撰者因不知「古老反」中的「古」當為「胡」而誤收此音。

（23）《集韻‧登韻》諮騰切：「繒：帛也。」

按：《易‧遯卦》：「上九：肥遯，無不利。」王注：「憂患不能累，矰繳不能及。」《經典釋文》：「繒：則能反。」（25）「諮騰切」「則能反」皆為精母登韻，此音輯自「則能反」。「則能反」與從母蒸韻的字頭「繒」字的音韻地位不合。字頭「繒」字有誤。據「矰繳不能及」，被注字當為「矰」。內部證據，《莊子‧應帝王》：「且鳥高飛以避矰弋之害。」《經典釋文》：「矰：則能反。李云：『罔也。』」（372）《集韻》編撰者因不知「繒」當為「矰」而誤收此音。

（24）《集韻‧蟹韻》古買切：「掛：別也。」

按：《易‧繫辭上》：「分而為二以象兩，掛一以象三，揲之以四。」《經典釋文》：「掛一：卦買反，別也。王肅音卦。」「卦買反」在《廣韻》中是見母蟹韻，與見母卦韻的字頭「掛」字的音韻地位不合。「卦買反」中的「買」當

為「賣」。內部證據，《儀禮·特牲饋食禮》：「挂于季指，卒角，拜。」《經典釋文》：「挂于：俱賣反，一音卦。注同。」（159）又，《儀禮·少牢饋食禮》：「挂于季指，執爵以興。」《釋文》：「挂于：俱賣反，又音卦。」（161）「挂」與「掛」同。《集韻》編撰者因不知「卦買反」中的「買」當為「賣」而誤收此音。

（25）《集韻·佳韻》蒲街切：「陴：城上墙。」

按：《周禮·考工記·弓人》：「凡相筋，欲小簡而長，大結而澤。」鄭注：「鄭司農云：簡讀為擱然登陴之擱。」《經典釋文》：「登陴：婢支反，劉蒲佳反，又房卑反。」（141）「蒲佳反」在《廣韻》中是並母佳韻，與並母支韻的字頭「陴」字的音韻地位不合。「蒲佳反」中的「佳」當為「隹」。內部證據，《左傳·宣公十二年》：「國人大臨，守陴者皆哭。」《經典釋文》：「守陴：婢支反，徐扶移反。」（247）「扶移反」與「婢支反」是同音音切，「蒲佳反」與「婢支反」亦當是同音音切。《集韻》編撰者因不知「蒲佳反」中的「佳」當為「隹」而誤收此音。

四、參考文獻

1. 陳彭年、邱雍，《廣韻》，上海古籍出版社，1984 年。

2. 陸德明，《經典釋文》，中華書局，1983 年。

3. 阮元，《十三經注疏》，中華書局，1980 年。

4. 許慎，《說文解字》，中華書局，1963 年。

5. 岳利民，《〈經典釋文〉音切的音義匹配研究》，巴蜀書社，2017 年。

關於《玄應音義》的音系性質和特點*

太田齋*

摘 要

　　進行歷史文獻的音韻研究時，即使該文獻中含有從前人小學書等文獻中引用的注音，但一般都把它們看作是與作者所反映的語音系統一致的成份而接受，且仍可保證音韻特徵的全面同質性。但反切這種標音方法對於不熟悉音韻學的人而言並不容易創造。因此亦有可能並沒有經過深刻檢討，而從前人文獻不改字面地直接引用其中的反切，最終做出語音性質上並不同質的著作。《玄應音義》就是其一例。編寫早期佛經音義時未有所能依靠的前人佛教語言學書籍，因此只好利用現有的各種小學書以及其他各種文獻裏的注釋、注音。玄應直接從反映江東音的原本《玉篇》中引用了大量反切，最終使他的《音義》雖然也含有反映他自己母語的西北方言（秦音）特點，但整體音系特徵比《切韻》更接近於《玉篇》。

關鍵詞：反切；原本《玉篇》；江東音；《切韻》；《韻集》

一、引　言

　　一般認為某個文獻裡的音注，不管是否是引用的，都可認為其音韻特徵和編者所反映的音韻系統一致。根據這個視點的研究成果的確不勝枚舉。其實這

---

* 基金項目：國家社會科學基金重大招標項目「中、日、韓漢語音義文獻集成與漢語音義學研究」（19ZDA318）。

* 太田齋，男，日本神戶市國語大學教授。

個假設不一定都是對的。與中國小學有悠久的研究積累不同，佛教大概於六朝時期纔開始編這方面的著作，即音義。總的來說，從無著手編輯詞典十分困難，早期佛經音義亦不例外。自己沒有這方面的積累，只好利用中土先行小學書的訓釋。筆者懷疑文字學大德玄應和尚的大部分貢獻在博搜先行（對於儒教等經學以及其他經典著作的）小學書的適當注文。這些注文中含有各種音注，當然亦包括反切。大家認為反切雖然是中土發明的，但到了六朝受到印度音學即悉曇學的影響飛躍發展成為最嚴密的注音法。玄應使用的先行小學書已含有如此高度發達的反切。《玄應音義》引用它們作為自己音義的反切。這可說為《玄應音義》是在小學影響之下寫成的著作的同時，也可說為中國傳統語言學和印度音學互相給與影響而出產的最早成就之一了。

反切用字主要選出易識易寫的，本身總是跟意義毫無關係，因此對於未能深刻理解音韻學的人來說，不能輕易隨意改變字面，結果會發生間或無意識地接受與自己音系不同音注的情況。玄應從原本系《玉篇》大量引用反切，其中含有所謂的「江東音」（即沿襲東晉以來的含有部分吳音特徵的讀書音系統）。結果《玄應音義》就含有異質方音特徵了。

二、玉篇的版本問題

目前我們了解的《玉篇》版本有：

1. 原本系玉篇：顧野王原撰《玉篇》以及之後的與此大同小異的大改（即大廣益會）之前的《玉篇》。中國早已散逸，只有在日本古神社寺廟裡保存著部分唐代抄本（卷八、九、十八、十九、二十二、二十四、二十七的一部分）。把這些湊在一起纔只有全書（收字共 16，917 字）之 12%左右。有些殘卷有異本，互相之間內容稍異，由此得知大廣益會之前的《玉篇》版本並不是只有一種。因此把這些含有異同的諸本暫且稱為「原本系玉篇」。有人簡單地叫做「原本玉篇」。後收錄於黎庶昌、楊守敬《古逸叢書》中。應該注意這是翻刻本，而不是原件的影印，有些部分與原件不一樣。後有羅振玉的《原本玉篇殘卷》（後有中華書局再印本），亦有漏處。目前最好的是 1930 年代出版的日本東方文化學院影印本（卷子本共 8 卷）。此外有見於他書引文裡的佚文。搜集這種佚文的有馬淵和夫 1952。下面簡稱 M。

（1）篆隸萬象名義：日僧空海把原本《玉篇》的所有正文、其開頭注文和反切摘出編為此書。原本《玉篇》原有的很多龐大的注文和又音、又切都被刪去，結果散逸部分的又音、又切，我們現在無法知道了。關於原本《玉篇》的音韻研究有周祖謨 1936 和河野六郎 1937，1939。

（2）敦煌出土唐抄本殘卷 S6311Verso＋Дx1399δ（緬希科夫 1516 號）：只存彡部一小部分。日存《玉篇》殘卷沒有相當部分，無法確認相互之間的異同情況。值得注意的是，注文體例有異，敦煌本《玉篇》引用某個文獻時全都沒提及書名，直接舉出注文。參看高田時雄 1988。書影見於陳祚龍 1982 以及《敦煌寶藏》第 140 冊。

（3）吐魯番出土斷片 TID1013：僅存卷 27 目錄部分。

2. 孫強增補玉篇：上元元年（760）編，已散逸。高田時雄 1987，59 頁注 12）說，所謂原本《玉篇》殘卷的部分異本許是孫強《玉篇》。又木田章義 1998 支持朱彝尊說主張宋本《玉篇》就是上元本。本文對此問題不詳細討論。

3. 大廣益會玉篇（宋本）：最有代表性的版本是清代張士俊加以校勘的澤存堂本。日本宮內廳書陵部藏有宋版（元版補刻）。卷尾有〈分毫字樣〉、〈四聲五音九弄反紐圖〉。

4. 大廣益會玉篇（元本）：卷頭有〈玉篇廣韻指南〉、〈三十六字母切韻法〉等有關等韻學的記載。注文亦與宋本有異，更加刪節。

原本《玉篇》的注文過於繁重，後經過多次刪節而形成諸多節本，大廣益會本就是這種節本之一，每條只留下了最多二十字左右的注文而已。並且反切字面亦有修改之處，比如周祖謨 1936，315 頁指出原本《玉篇》原有的江東音特點，如從-邪無別、神-禪無別，今本把它改為有別了。我們應該注意到，日本的所謂上代時期（相當於中國唐代）知識分子的語言生活呈現雙語情況，即日常說話用日語，反而正式文書都是用漢語文言文書寫的。這種文件裡面有很多從原本《玉篇》引用來的古代經典文獻的句子，但根本沒有提及《玉篇》這一書名。這方面的情況已由小島憲之以及其他日本國語學學者的一系列有關《玉篇》逸文研究表明。

三、玄應音義的版本問題

《玄應音義》現存版本的系譜關係相當複雜，有可能玄應在世時沒有完成

該書的編纂工作。上田正 1981 考證的結果表明現存版本大致可以分為兩個系統。且說 A 系比 B 系更多地保存了原來的面貌，B 系有不少增補之處。

A. 高麗藏本、大治本、廣島大學藏本、天理本、敦煌本等

B. 磧砂藏本、叢書集成本等

從總體上來看，A 簡 B 繁。上田斷為 A 系比 B 系更好地保存了原本特點。

四、以往的看法

慧琳的《一切經音義》(788～810 年) 中有數量龐大的內容引自原本系《玉篇》，而玄應的《一切經音義》(661 年) 中《玉篇》的書名僅出現過 2 例，其中 1 例不見於 A 系版本之中。因此學術界一般認為這是後人增訂的結果，《玄應音義》的原版本中本沒有《玉篇》的引用。

A 系 (除大治本、天理本外)、B 系都出現的明確記載《玉篇》書名的引用有以下 1 例。

> 澀泥　又作溂。同排咸白監二反。無舟渡河也。《說文》涉渡水也。《玉篇》皮氷反。(麗 18 / 31～32；豐 18 / 12a / 5；磧 18 / 14　豐、磧缺「又作溂」。「氷」，磧訛作「水」)

> cf. 莊炘曰。《說文》無澀字。此引未知所本。《玉篇》澀蒲監切。無解。此皮氷反乃係舊音。《廣韻》作薆。步渡水也。自 (〉白) 衍切。(豐 18 / 12a / 5)

> 澀泥　又作溂。同排咸白監二反。無舟渡河也。《說文》涉渡水也。(大 507 / 1；天理 350 / 11)

大治本、天理本中看不到「《玉篇》皮冰反」，我們認為末尾只有書名和反切是不自然的。因此，上述部分應該也為後人增補。

只出現於 B 系中的另外 1 例的反切及注文如下：

> 髕腨　蒲忍反。《說文》膝骨也。《玉篇》云，膝端也。《大戴禮》曰，人生朞而髕。下又作踹，同時克反。腨腸　(豐 4 / 13a / 7；磧 149 中 7～8)

> cf. 髕腨　扶忍反。《說文》膝骨也。下又作踹，同時克反。腨腸也　麗 4～28 / 23~29 / 1 (Vol.9～186 / 3)

髕　伕（〉扶）忍反。膝骨也。　萬 2 / 61b2

髕　蒲忍切。膝端也。《大戴禮》曰，人生朞而髕。　宋玉 34 上
68b9

髕　蒲忍切。人生朞而端生。　元玉 121 / 12

上例下劃線的部分不見於高麗藏本。此注文與宋本《玉篇》完全一致，其
反切和宋本《玉篇》同，而與《篆隸萬象名義》不同。這部分明顯是後補的。

總結來說，上面 2 例都可以認為是以後增訂所致，因此不予考慮。

五、不提及書名的引用

（一）釋文的一致程度

然而，把《玄應音義》的注文與《玉篇》（例子中簡稱為「玉」）的進行對
比可以發現在不列舉書名的情況下隨意取捨引用《玉篇》正文的例子，這樣的
一致很容易就讓我們聯想到上代日本文獻中《玉篇》的利用情況。以下便是其
一端。

「綢」

　　玄　綢繆。直周反。下莫尤反。《詩傳》曰：綢繆猶纏綿也。（豐
7 / 6a / 1；磧 7 / 6；麗 7 / 12 莫尤反，麗作莫侯反）

　　玉　綢　直周反。《毛詩傳》綢繆束薪。《傳》曰：綢繆猶纏綿之
也。……（原玉 296 / 4）

「際」

　　玄　耳際　子例反。《廣雅》際，方也。《爾雅》際，捷，謂接續
也。際，畔處也。（豐 13 / 9a / 1；磧 13 / 8；麗 13 / 13；大 293 / 7 《爾雅》，
磧作《尓雅》，麗作《尓疋》）

　　玉　際　子例反。……《爾雅》際，捷。郭璞曰：捷也。謂接
續。……《廣雅》際，合也。方也。（原玉 243 / 6）

「奠」

　　玄　奠食　徒見反。奠，陳也。獻也。《廣雅》奠，薦也。調也。
（豐 15 / 16a / 11；磧 15 / 20；麗 15 / 42；大 407 / 5）

玉 奠 <u>徒見反</u>。……賈逵曰。奠，陳也。……鄭玄曰：奠，獻也。……《廣雅》奠，薦也。調也。……（原玉 115／4）

「訾」

玄 不訾 又作訾。同。<u>子移反</u>。訾，量也。思也。<u>稱意也</u>。（豐20／9a／12；磧20／12；麗20／21；大557／2 思也，大缺「也」字）

玉 訾 <u>子移反</u>。……賈逵曰：訾，量也。……鄭玄曰：訾，思也。《說文》思<u>稱意也</u>。……（原玉19／6）

「工」

玄 工業 <u>古紅反</u>。《詩》云：工祝致告。《傳》曰：商其事曰<u>工也</u>。（豐23／2b／12；麗23／5 麗無「也」字）

玉 工 <u>古紅反</u>。……《毛詩》工祝致告。《傳》曰：商其事曰<u>工</u>。……（原玉118／4）

如此看來，上田正1981，7頁斷定為加字、加訓的下面2例也說明B系相對比較忠實地引用了《玉篇》，而A系則省略了其書名。可以想像省略書名的過程比在注文中給引用部分添加出典名的過程似乎更加合理。2例中的其中1例如下：

玄A 攀擥 又作擥攬二形。同力敢反。《說文》撮持也。<u>云。擥，取也。</u>（麗12／17；大257／7；玄琳53／5均缺廣雅二字）

玄B 攀擥 又作攬攬二形。同力敢反。《說文》撮持也。《廣雅》云。擥，取也。（豐12／8a／11；磧12／9 擥，磧作擥）

玉 攬 此攬字也。又擥字也。力甘力敢二反。《說文》撮持也。《廣雅》攬，<u>取也</u>。（新撰字鏡6／33；M385 被注字當作「攬」「攬」當作「攬」）

玉 擥 <u>力甘力敢二切</u>。手擥<u>取也</u>。（宋玉上57b／3；元玉105／10）

玉 樫 <u>力甘反</u>。特也。取也。（萬2／31a／5）

值得注意的是玄應的注文與《新撰字鏡》中殘留的《玉篇》逸文較為相似。如果引用自《玉篇》，則可以認為《玄應音義》中原是有「廣雅」的，即B系版

本的形式在先，A 系缺少了「廣雅」2 字。

　　还有一个例子是磧和麗幾乎相同，豐缺少了引用書名「廣雅」。上田正 1981 認為它與上 1 例相同把書名部分看作加訓。

　　玄　森竦　所金反。《說文》多木長皃也。下古文竦。同先勇反。《廣雅》竦，上也。謂高上也。（磧 12／9；麗 12／18　磧缺前「竦」字，麗缺「同」字）

　　玄　森竦　所金反。《說文》多木長皃也。下古文愯。愯。同先勇反。　竦，上也。（豐 12／8b／5；玄琳 53／5＝玄卷 12 均缺《廣雅》二字　玄琳缺《說文》二字）

　　琳　森竦　上澀金反。《說文》云：森，多木長皃也。從林木。讀若上黨人參也。參音所林反。下粟勇反。《廣雅》云：竦，上也。顧野王云：高也。《說文》從立，從束。束自申。束亦聲也。（琳 62／22　M740）

　　琳　枝竦　粟勇反。《廣雅》云：竦，上也。顧野王云：高也。《說文》從立，從束。束亦聲。律文從耳作聳。假借用。亦通。（琳 62／29　M740）

　　琳　竦密　粟勇反。《廣雅》云：竦，上也。顧野王云：竦，高也。《說文》從立，束聲。論作聳。誤也。（琳 69／27　M740）

　　玉　森　所金反。大（）木）眾長皃也。（萬 4／26b／1）

　　玉　森　所金切。長木皃。或作槮。（宋玉中 22b／6）

　　玉　森　所今切。長木皃。或作槮。又眾也。（元玉 194／13）

　　切　森　所今反。木長皃。（王二　十韻彙編 104）

　　切　森　長木皃。所今切。（廣韻 2／45b　侵韻）

　　說　森　木多皃。從林從木。（說文 6 上／68a 274）

　　玉　捒　先勇反。竦字也。敬也。懼也。執也。上也。跳也。（萬 2／48a／2）

　　玉　竦　先隴反。敬也。執也。<u>上也</u>。跳也。（萬 3 / 59b / 6）

　　玉　竦　息隴反。敬也。（宋玉上 101a / 1；元玉 166 / 11）

　　玉　竦豎　上息拱反。《爾雅》曰：竦，懼也。《切韻》敬也。顧
野王云：<u>上也</u>。跳也。《國語》云：竦善抑惡也。（希 6 / 9　M740）

　　上述「森」的訓釋中《說文》的引用與萬和宋玉、元玉均不一致，《玉篇》所依據《說文》的注文有可能與今本《說文》不同，是「多木長皃（也）」或「眾木長皃（也）」。或如同王二的「木長皃（也）」一樣壓縮了，後來纏成為了宋玉、元玉及《廣韻》中所見的「長木皃」。從反切一致這一點上看，可以認為整體為《玉篇》的引用。關於後者的「竦」的訓釋的部分我們不能草率地下判斷，但與慧琳中相同內容的注文進行對比可以認為兩者情況相同。慧琳的反切與《玉篇》不一致，但訓釋部分出現了顧野王的名字這一點值得注意。《慧琳》的訓釋部分中「顧野王云」以前的部分也很有可能是引自《玉篇》的。如果是這樣的話，與其內容基本相同的《玄應音義》中的訓釋部分也應該是引自《玉篇》。上例也一樣，認為有「《廣雅》」（以及「《說文》」）者在先的觀點比較可信。

　　然而，即使上述例子是引自《玉篇》的，也不能立刻否定簡單注文形式在先的看法。即上田 1981 認為缺少書名的推測。不應該輕視 A 系比 B 系更有存古性質這一點。如上介紹，高田時雄 1988，166 頁指出敦煌本《玉篇》根本不提引用書名（另外有反切改為直音的特點，這與目前論點無關）。那麼我們可以推定當時《玉篇》已有幾種異本，大體可分為不提引用書名的節本和原本以及與此內容相近的繁本。先 A 系引用《玉篇》節本，後來 B 系用繁本《玉篇》来修訂，補充書名。

　　目前還有另外兩種解釋。

　　第一種是：原本《玄應音義》撰成，也許跟上代日本一樣，《玉篇》曾經作為「蔭（ケ ke）の小學書」在中國本土經常被使用。大家都認為這是部眾所周知的必——提及書名的辭典。「蔭的小學書」是小島憲之 1986，119 頁的用語。「蔭」義為大家無意識地日常使用（informal），與「晴（ハレ hare）」，即正式、講究禮節（formal）相反，是日本民俗學的概念。漢語可叫做「影子小學書」或「無需明言的辭典」。當時在中國作為旁徵博引的小學書恐怕沒有勝過（原本系的）《玉篇》的。也就是說，節略型的引用出現在先，在此基礎上

古人自如地運用自己手中的《玉篇》，或重新查《玉篇》，或憑借記憶完成了標注出典的工作。

第二種：《玄應音義》本身曾經進行過加字、加訓。不僅限於與佛典有關的部分，音義書中隨處可見同樣的訓釋。也有可能是使用其他部分的訓釋進行了校訂。但是，這樣並不能完全解釋清楚《玄應音義》中加字、加訓的部分，重新擺在我們面前的問題是，加字、加訓所依據的例子中表現出的異同是如何產生的，他們也很有可能是依據了某些先行文獻，那麼改訂工作又是依據哪些先行文獻進行的呢？目前尚無法斷定《玄應音義》諸版本的異同是應該解釋為由於加字、加訓而產生的，還是由於節略產生的結果，但與《玉篇》一致這一點是不可否認的事實。

太田齋 1998b 時，未知北山由纪子 1997a，1997b 的存在，前者是其富山大學本科畢業論文，後者是研討會上的報告提要，皆未公開發表。北山公開發表的文章只有載於《訓點語和訓點資料》第 100 輯 155～156 頁（1997.9.30）上的僅僅 600 字左右的發表要旨，只有相關結論並無具體內容。筆者將太田齋 1998b 抽印本郵寄給北山的導師富山大学小助川貞次（OSUCKEGAWA Teiji）教授後，小助川教授特意讓北山由纪子寄給我此二篇。這時纔知道北山把《玄應音義》的案語體例和原本《玉篇》進行了對比，證明玄應果然使用了原本《玉篇》。拙文下面討論未能嚴格證明玄應直接使用了原本《玉篇》，但根據某種先行小學書中的間接引用，至少可以證明玄應使用的《玉篇》訓釋是未經過徹底刪去之前的，還相當保留原来面貌，尤其是反切字面未改變的早期異本。此異本也許不只一種。總之北山由纪子 1997a，1997b 的結論支持我的看法。

（二）反切的一致程度

以上從訓釋方面討論了《玄應音義》與《玉篇》的一致性，實際上在反切方面也能夠看到很強的一致性。首先，討論《玄應音義》中與《玉篇》字面全都一致的不附合《切韻》音系的例外反切。被切字的音韻地位從《切韻》。以下是「匣—于混同」的例子。

被切字于母—上字匣母

　　玄　痃　胡軌反（豐 4／3／4 p.123；磧 4／2 p.145 上；麗 4／4；廣 148
／5）

　　　　玉　疧　胡軌反（萬 3 / 76a / 5）

這些字在《玄應音義》、《玉篇》中整個具體舉例形式分別如下。

　　　　玄　痏疧　……。下胡軌反。《廣雅》痏瘢也。疧毆傷。青黑腫

也。（豐、磧　毆，磧作歐）

　　　　玄　痏疧　……。下胡軌反。　痏瘢也。疧毆傷。青黑腫也。

（麗、廣　毆，廣作毆缺《廣韻》二字）

　　　　玄　痏疧　……。下于軌反。《廣雅》痏瘢也。疧毆傷。青黑腫

也。（玄琳 34 / 47）

　　　　玉　疧　胡軌反。毆傷也。疨疧也。（萬 3 / 76a / 5）

　　　　玉　疧　胡軌反。　疨疧。　又瘢也。（宋玉中 8b / 7；元玉 176 / 8）

　　兩者注文也較為相似，可以認為包括反切在內的所有內容都引自《玉篇》。
反切的一致從統計上可以明確證實。具體數值請參照末尾附表（據太田齋
1998a，修訂了幾處數值）。

　　對《玄應音義》的基礎音系進行過最詳細論述的是周法高先生。周法高先
生曾想盡一切辦法去解釋玄應音系酷似《切韻》音系的原因。周法高 1948a，
376 頁推斷玄應音系與《切韻》一同反映了「七世紀上半首都所在地的長安方
音」[註1]，其後受到陳寅恪 1949 指出的《切韻》的音韻體系為「洛陽舊音」
的影響，周法高 1952，407 頁改為「切韻音（筆者：即玄應亦同樣）代表隋
唐首都長安士大夫階級所公認的標準音；此標準音可能淵源於『洛陽舊音』
之系統」，周法高 1948a 被收入周法高 1968 時，將之前邊提到的表述改為「首
都士大夫階級的讀書音」（170 頁）。周法高先生最終的見解見於周法高 1984，
但周法高 1952 之後沒有變化[註2]。

[註1] 王力 1980 / 1982 說「玄應既是長安的和尚，他的反切必能反映唐初首都長安的語
　　　音系統。……另一方面，陸法言的《切韻》並不反映隋代的長安語音系統。否則，
　　　玄應《一切經音義》和陸法言《切韻》的差別不會那麼大。陸法言自己聲稱，他的
　　　《切韻》是『論南北是非，古今通塞』寫成的，當然不是一時一地之音。」（123 頁）
　　　《玄應音義》和《切韻》兩者的音系不同，這一點和周法高先生意見相差較遠。
[註2] 周法高 1948b 被收入 1963 時，把「說他的音義裡的反切是代表長安音也是很合理
　　　的」（41 頁）改為「說他的音義裡的反切是代表當時長安的讀書音也是很合理的」
　　　（7 頁。筆者加以下劃線）了。

玄應的事蹟不詳，但從他在玄奘的譯場連名的情況來推測，其音系反映長安音的可能性較大。但《玄應音義》卻反而與《切韻》體系極為相近，因此周氏纔苦於如何解釋。但是這是因為他認為玄應自造了反切的緣故。筆者認為，這是由於《玄應音義》大量使用了《玉篇》反切，因此所反映的音韻體系與《玉篇》並無太大差異。也就是說《玄應音系》與《玉篇》音系相似，所謂與《切韻》相似的說法，只是由於《玉篇》音系與《切韻》音系相似，因此從結果上看似乎是一个即使不正確也相去不遠的結論，但嚴格地講這不是正確的判斷。

本節開頭部分列舉了例外的反切的一致，從它們來推斷，按照筆者的觀點，具有與《玉篇》相同而與《切韻》不同的特徵的反切應該能夠看到極強的一致性。周法高 1948a、1984 指出，在這方面可以舉出以下 7 條特徵。如 8、9 條是筆者加上的。後文將舉例說明。

1. 匣—于混同。
2. 舌尖音與舌面音的混同。
3. 已有輕唇音分化的傾向。
4. 尤—幽混同。
5. 嚴—凡混同。
6. 真—臻-欣無別。
7. 脂—之混同。
8. 船—常混同。
9. 從—邪混同。

以上 1-7 條是河野六郎 1937 / 1979，147 頁列舉的《玉篇》音系和《切韻》音系之間有異的九條之七。筆者有新增的就是第 8、9 條。這 8、9 條也可以包括在內。

下面我們逐一探討與上述 9 條相應的玄應反切與《玉篇》反切一致的情況。以下為《玄應音義》的反切，用下劃線標注它們與《玉篇》反切和用字一致的部份。被切字所屬按《切韻》音系判斷。有下劃線的被切字說明《玉篇》存在被切字、上字、下字三者全同的反切。反切後邊標注的數字是《玄應音義》中出現的次數。該反切為周法高 1948a 舉出，經過周法高 1968、上田正 1986a 以及筆者訂正過的。首先使用本節開頭部分舉的一例（被切字于母—上字匣母一

等）加以被切字匣母四等—上字于母的例子來討論第 1 條。符合這一條件的例子並不多，周法高 1948a 似乎在回避是將其算作混同還是算作分離這一問題。

玄應音義	玉 篇
被切字匣母四等—上字于母	
・撋：于桂 2	鐼：于桂
cf. 集韻　撋：胡桂	cf. 宋玉　撋：俞桂（俞，羊母）
被切字于母—上字匣母一等	
・痏：胡軌 1	痏：胡軌　＝宋玉
cf. 痏：于軌	
・祐：胡救 5	祐：胡救　cf. 宋玉　祐：于救
cf. 祐：于救 1	閣（＝祐）：于救

如此看來，顯示《玄應音義》混同的反切全部都是與《玉篇》反切和用字相同的，而且被切字也是 3 例（共計 8 例）中有 2 例（共計 6 例）相同。也就是說《玄應音義》中「匣—于混同」的例子只出現在與《玉篇》反切和用字一致的部分。

第 2 條的「舌尖音和舌面音混同」的特徵也與筆者推測無異。那麼兩者之間的所謂類隔切的反切用字情況如何呢，下邊列舉周法高 1948a 所提示的例子與《玉篇》反切進行比較。

被切字端母一等—上字知母三等	
誀：竹候 1	誀：竹逅 cf. 誀：竹候 cf. 宋玉　誀：丁逅
被切字知母二等—上字端母三等	
咤：都嫁 1 cf. 咤：竹嫁 5	咤（無）cf. 佗，吒：都嫁 cf. 宋玉　咤（＝吒）：知加陟嫁
戅：都降 6 戇：都降呼貢 1 戅：丁絳 1 cf. 戅：陟降 2；竹巷 1	戅：都降　cf. 宋玉　戅：陟降 戅：都絳
憃：丁絳傷恭 1	憃（無）　cf. 戅：都絳 cf. 宋玉　憃：丑江尸容
斲：都角 1 cf. 斲：竹角 5	琢、瑑、斲、斸、穛、斀、椓：都角 cf. 宋玉　斲：竹角（竹，知母） 斸（＝斲）：竹角

謫：都革 5 cf. 謫：知革 1 謫：知革	摘：都革　cf. 宋玉　謫：知革 謫：知革 椓：都角　－宋玉
㧻：都角 1	㧻：都角　cf. 宋玉　㧻：知朔
晫：都角 1	晫：知角　cf. 穛etc.：都角　＝宋玉
啄：丁角 1	啄：丁角　＝宋玉
摘：都格 2 （cf. 麗作　摘:竹格〔註3〕	摘：都革，矺、碩：都革　cf. 宋玉　摘：多革 乇、磔、㨖：竹格
被切字知母三等—上字端母一等	
湩：都用 1 湩：竹用都洞 4	cf. 宋玉　湩：都貢 湩：都洞（端母送一韻　是否應算別音）
輟：丁劣 1 cf. 輟：陟劣 1；張劣 1	輟：中劣　cf. 宋玉　輟：知劣 輟：中劣，啜：陟徹

被切字透母一等—上字徹母三等	
探：勑含 1 cf. 探：他含 7	探：勑含　cf. 宋玉　探：他含（他，透母）
黮：勑感 3 cf. 黮：他感 4	噡、醓：勑感　cf. 宋玉　黮：敕感都甚 黮：他感
嘆：勑旦 1 cf. 嘆：他旦 1	嘆：勑旦　cf. 宋玉　嘆：敕旦敕丹 歎：他旦
儻：勑朗 1	儻：勑朗　cf. 宋玉　儻：他朗又他浪
帑：勑朗 1 cf. 儻：湯朗 1	不收「帑」字。cf. 儻：勑朗 cf. 宋玉　帑：乃胡又他朗
橢：勑果 1	不收「橢」字。cf. 橢：勑果
討：恥老 2	討：恥老　cf. 宋玉　討：他倒（他，透母）
瘓：勑管 2 瘓：勑斷 1	不收「瘓」字。cf. 墥：勑管 不收「瘓」字。
被切字透母四等—上字徹母三等	
揥：勑細 2 揥：徒帝勑細 1 揥：勑詣 1 cf. 揥：他細 2	揥：勑細　cf. 宋玉　揥：勑細又都悌 揥：勑細

〔註 3〕高麗本用字不同，並不是類隔切。但也能在原本《玉篇》裏找到上下字一致的反切。

渶：勅計 4 cf. 渶：他計 2	cf. 宋玉　渶：弋之他計（他，透母） 渶：他計
挑：勅堯 1 挑：勅聊 1 cf. 挑：他堯 6；土彫 1	窕：勅堯　cf. 宋玉　挑：他堯又徒了（他，透母） 佻：勅聊 挑：他堯
侹：勅頂 1 cf. 侹：他頂 3	脡：勅鼎，艇：徒頂　cf. 宋玉　侹：他頂（他，透母） 侹、斑：他鼎
惕：勅歷 2 惕：勅歷 2 惕：恥擊 1 cf. 惕：他狄 3	侹、斑：他鼎 惕：恥激，趯：勅歷　cf. 宋玉　惕：他的（他，透母） 惕：他狄
瘨：勅典 1 瘨：相傳 勅顯 1	鍤：勅典 悀、壩：勅顯
眺：丑弔 1	眺：丑弔　＝宋玉
被切字徹母二等—上字透母一等	
獺：他曷他轄 2 獺：他曷他鐇 3	獺：他轄　cf. 宋玉　獺：他達

被切字定母四等—上字澄母三等	
趒：他弔直彫 1	鬈：直聊，跳：徒彫 cf. 宋玉　趒：他弔徒聊（徒，定母）
被切字澄母二等—上字定母一等	
茶：徒加 1 cf. 茶：直加 1；馳家 1；宅加 1	躇：徒加 不收「茶」字。cf. 秅：直家；宅加
茶：徒加 1 cf. 茶：宅加 1	躇：徒加 茶：宅加
媞：徒皆 1 cf. 媞：除皆 1	不收「媞」字。皆韻開无端母字。 不收「媞」字。皆韻開无端母字。
瞪：徒萌 1 cf. 瞪：直耕 3	窏：杜萌 瞪：直耕　＝宋玉
撞：徒江 2	撞：徒江　＝宋玉
擢：徒卓 3 櫂：徒角，俗音 徒格 1	擢：除卓，濯：徒角　cf. 宋玉　擢：達卓 濯：徒角，檡：徒格 cf. 宋玉　櫂：馳效（馳，澄母）
濯：徒角 1	濯：徒角　cf. 宋玉　濯：直角（直，澄母）

綻：徒莧₂	不收「綻」字。cf. 綻（＝綻）：除莧，淀：徒見
敠：徒孟₁	不收「敠」字。敬韻无端組字。
讁：知革徒历₁	讁：知革　cf. 檡：徒格，窢：大厄　宋玉不收
麺：徒革₁	檡：徒格，摘：都革　cf. 宋玉　麺：徒赤

被切字娘母二等─上字泥母一等（「娘二以泥三切」、「娘二以泥四切」除以下列舉的均省略）	
拏：奴加₁ cf. 拏：女家₅；女加₃	cf. 宋玉　拏：尼牙（尼，娘母） 拏：狃牙，尼牙，袈、詉、莢：女加
淖：奴孝₁ 淖：奴挍₁	淖：奴教　cf. 宋玉　淖：女教（女，娘母）
撓：奴教₁ 撓：乃教₁	cf. 宋玉　撓：乃飽乃教又音蒿
鐃：奴交₁ cf. 鐃：女交₁	鐃：女交　＝宋玉
赧：奴盞₁	赧：如棧（「如」當作「奴」） cf. 宋玉　赧：女版 101（女，娘母）
cf. 赧：女盞₁	
獶：乃交₁	獶：乃膠　cf. 㧈：乃交 cf. 宋玉　獶：女江乃刀又女交（女，娘母）
被切字娘母三等─上字泥母一等	
你：奴履〔註4〕₁ cf. 你：女履	不收「你」字。 cf. 宋玉　伱：乃里

從以上示例中可以看出《玄應音義》中幾乎所有「舌尖─舌面」類隔切都與《玉篇》反切和用字相同。可以斷定玄應使用了《玉篇》。如果能夠把「孝」看做是「教」的省體、「女」是「奴」的省體，進而把它們看作是同一字的話，一致程度還會大大提高。

　　關於第 4 條（第 3 條後述），河野六郎 1937 指出，「尤─幽混同」在《玉篇》中只限於平聲的例子，但上田正 1986b 則認為《玉篇》的去聲也有以下混同的例子，由此可以看出《玉篇》中混同不僅限於平聲。我們沒有找到上聲混

〔註4〕此切被切字止韻，切下字「履」，旨韻。可看作旨-止混同例。玄應旨韻相當反切有「柅：女履」。

同的例子。大概黝—有亦無別，因黝韻字很少，偶然沒有見到該例而已。

被切字宥韻—下字幼韻		
來母	翏：力幼	新撰字鏡 739 / 8
莊	瘷：壯幼	萬 3 / 80b / 3
章	椆：之幼	萬 4 / 2b / 4

《玄應音義》中混同例也不僅限於平聲，上、去聲各有 1 例。

	被切字幽韻—下字尤韻
呦：於州 $_1$ cf. 呦音幽 $_1$	呦：幽反（cf. 宋玉、元玉均作音幽）
虯：渠周 $_3$	不收「虯」字。虬：奇樛　cf. 球 etc.：渠周 cf. 宋玉　虯：奇樛（樛，幽韻）
蚪：渠留 $_1$	虬、裘、俅 etc.：渠留
虬：渠周 $_2$	虬：奇樛　cf. 蛷etc.：渠周
	被切字黝韻—下字有韻
糾：居柳 $_1$	不收「糾」字。紏：居黝，玖、敨、久：居柳 cf. 宋玉　糾：飢黝
cf. 糾：居黝 $_2$	紏：居黝
	被切字宥韻—下字幼韻
皺：壯幼 $_1$	不收「皺」字。瘷：壯幼 cf. 廣韻　皺、瘷、縐：側救 cf. 宋玉　皺：側救（救，宥韻）
cf. 皺：側救 $_2$	縐：側救

上述示例中，除了最初的反切以外，在《玉篇》中都有相同的用字。如果《玉篇》裡上、去聲沒有混同，那麼可能是由於玄應的音韻體系本身沒有區別，因此將兩者混同來使用其反切。與其他條目的例子不同的是，這裡完全沒有包括被切字在內三字都一致的例子，因此看上去這種可能性比較大。但是，前邊我們已經了解到《玉篇》中「尤—幽混」也不僅限於平聲。雖然從音韻理論的解釋上還有待於進一步探討，這個條目的特徵應該也是源自《玉篇》的使用。周法高 1948a 還舉了「繆：莫尤 $_1$」，該反切只出現在豐（7 / 5b / 12p.220）、磧（7 / 6p.164 中）之中，麗（7 / 12）、玄琳（28 / 15）中為「繆：莫侯」，因此沒有算在符合條件的例子中。《玉篇》裡有「繆：莫侯」的被切字、上、下字全部一致的反切。

　　這裡順帶提到上田正 1986a 在其卷頭凡例 c 中說的：「尤幽混同限於被切字或下字為舌齒音聲母」。其實如《玉篇》中的尤幽混同並不限於舌齒聲母之下。這是由於《玄應音義》裡引自《玉篇》的反切不知什麼理由只限於舌齒音聲母的結果。這只不過是偶合的現象，並不是在一定語音條件下的演變現象的反映。

　　第 5 條也與第 1 條一樣，都顯現了與《玉篇》的高度一致。周法高 1948a 舉了以下例子說明凡韻字中使用嚴韻字反切的情況。

帆：<u>扶嚴扶泛</u>₂	不收「帆」字。cf. 颿：扶泛
	cf. 宋玉　帆：扶嚴扶汎
<u>凡：扶嚴</u>₁	凡：扶嚴　＝宋玉
舤：<u>扶嚴</u>₁	舤：扶嚴

與此相匹配的去聲韻的釅梵中，也例舉了釅韻字中使用梵韻字的例子。

| 釅：魚劍₁ | 不收「釅」字。釅、梵韻無疑母反切。 |
| | 宋玉亦不收 |

我們沒有發現入聲混同的例子。此外，嚴韻上聲儼韻僅有下面 2 例。都不是與凡韻上聲的范韻之間，而是與鹽韻上聲的琰韻之間存在混同。《切韻》部分版本也無儼韻，有的即使有此韻目，該有的小韻大都屬於琰韻。下面例子也許應看作琰韻。

| 儼：宜撿₁ | 儼：宜撿　cf. 宋玉　儼：宜檢 |
| 㦔：魚儉₁ | 嬐、嶮：魚撿，鹼：魚檢　cf. 王二　广：魚儉 |

這些特徵除了沒有符合《玉篇》中去聲韻的例子這一點外，都與《玉篇》完全相同，而且下線劃標注的反切與《玉篇》用字完全一致。這可以看作是由於使用了《玉篇》而產生的一致。

　　符合第 6 條的反切如下。

被切字臻韻—下字真韻		
莊母	臻：側巾₁	臻：側陳　cf. 宋玉　臻：側巾
	<u>臻：側陳</u>₂	
崇	榛：仕巾₄	榛：側銀（莊母）
		cf. 宋玉　榛（＝亲）：側詵（詵，臻韻）
	榛：士巾₁	
	榛：助巾₁	

生	侁：所隣 1	侁：所隣　cf. 宋玉　侁：所臻
	抾：所隣 1	抾：所隣　cf. 宋玉　抾：所巾（巾，真 B）
	詵：使陳 1	詵：使陳　cf. 宋玉　詵：所陳
	詵：所巾 1	駪、铣 etc.：所巾
	粝：所巾 1	粝：所臻，駪、铣 etc.：所巾
		cf. 宋玉　粝：山人
被切字櫛韻—下字質韻		
莊母	櫛：側帙 1	櫛：側袟（萬作袾。誤。帙亦從衣作袟。）
		cf. 宋玉　櫛：側瑟（瑟，櫛韻）
	蝨：所乙 1	蝨：所乙　＝宋玉

9 例（共計 13 例）中 5 例（共計 6 例）與《玉篇》的反切用字相同，其中 4 例
（共計 5 例）被切字也相同。並非所有問題都可以用《玉篇》的使用來解釋，
但這種音韻特徵的形成很明顯是與《玉篇》密切相關的。河野六郎 1937 / 1979，
97 頁認為除了真臻，欣韻也存在合流。《玄應音義》中只有 1 例，應是該例。

被切字欣韻—下字真韻		
見母	筋：居銀居欣 1	筋：居銀　cf. 廣韻　巾：居銀
		（切三、王三　巾：居鄰）
	cf. 筋：居欣 1；居殷 1	cf. 宋玉　筋：居勤（勤，欣韻）
		cf. 琳　筋：居銀、謹銀、薑銀；
		謹欣、謹殷、居殷

如河野六郎先生所說，《玉篇》音系真臻以及欣韻無別，那麼「居銀」和「居
欣」實際同音。周祖謨 1936 / 1966，386 頁也指出，曹憲《博雅音》亦真—臻
—殷一韻（諄—文有別）。此外，慧琳也有很多真—欣相混的例子，如：勤（欣
韻群母）：近銀（真韻）、斳（欣疑）：魚巾（真）、忻（欣曉）：香銀（真）等。
這裡介紹的例子都是「被切字欣韻—下字真韻」的，也有「被切字真韻—下字
欣韻」例，如：瑱：知斤；齦：語斤、齗：魚斤等。現在上、去、入聲的例子
一律省略。不止江東音，秦音也同樣真臻欣不分。那麼，許是玄應把本來同音
的二切作為別音而將之並列了。按照玄應音系兩者不同。從玄應來看，這樣處
理是十分合理的。總之，不可否認的是「筋：居銀」與《玉篇》反切字面完全
一致，我們也可以認為玄應亦引用了它。

　　以上探討的音韻特徵的形成可以說與《玉篇》關係密切。下邊再來看與《玉
篇》反切一致程度相對來說稍微低的第 7 條。上田正 1986a 所舉的與「脂—之

混同」相關的反切例子如下。

（1）被切字之韻—下字脂韻（9條共17條次）

來母	勞：力咨1	勞：力咨　＝宋玉
精	勞：力資1	
	滋：子夷3	鰦：子夷，滋：子時
		cf. 宋玉　滋：子怡（怡，之韻）
從	鶿：才資1	鷥：材茲　cf. 宋玉　鶿（＝鷥）：才茲（茲，之韻）
邪	詞：似資1	詞：似茲，辭：似咨　＝宋玉
莊	輜：側飢2	輜：側飢　＝宋玉
	錙：側飢1	錙：側飢　cf. 宋玉　錙：仄飢
昌	蚩：昌夷3 cf. 蚩：充之4	覗：昌釐　cf. 宋玉　蚩：尺之 蚩：充之

（2）被切字脂韻—下字之韻（11條共15條次）

徹母	郗：勑釐1	郗：勑釐　cf. 宋玉　郗：勑梨（梨，脂韻）
精	咨：子辞1	咨：子辞　cf. 宋玉　咨：子祗（祗，脂韻）
章	祗：旨時1	
	祗：諸時1	祗：諸時　＝宋玉
見	飢：几治4	飢：羈治　cf. 宋玉　飢：几夷（夷，脂韻）
羊	夷：餘之1	尸：餘之（尸，脂韻字）　cf. 宋玉　夷：弋脂
	夷：余之1	洟、荑、栜、彝：余之
	夷：弋之1	飴、柩：弋之（飴、柩，之韻字）
	夷：以之1	頤：以之（頤，之韻字）
	痍：與之1	痍：餘脂，姨、胰、恞、羠：與之　＝宋玉
	痍：羊之2	

（3）被切字止韻—下字旨韻（8條共17條次）

泥母	你：奴履1	不收「你」字。cf. 抳：女几（旨止韻的泥母字只有這個）　cf. 宋玉　伱：乃里（里，止韻）
	你：女履2	cf. 切三、王一、王二、王三、廣韻　旨韻柅：女履
	儞：女履1	不收「儞」字。　cf. 抳：女几（旨止韻的泥母字只有這個）
	禰：女履1	
莊	第：側几1	第：莊几　＝宋玉

初	差：初履〔註5〕1	旨止韻無初母字
		cf. 宋玉　差：楚宜又楚佳（不收上聲音）
崇	俟：事几6	俟：事几　cf. 宋玉　俟：牀史（史，止韻）
	涘：事几1	涘：事几　＝宋玉

（4）被切字旨韻—下字止韻（6條共計9條）

幫母	匕：卑以3	匕：俾以　cf. 宋玉　匕：必以
	秕：卑以1	秕：俾以　cf. 宋玉　秕：卑几（几，旨韻）
邪	兕：徐里2	兕：存里（存，從母），祠：徐里（被切字止韻）
		cf. 宋玉　兕：徐姊（姊，旨韻）
章	旨：諸以1	旨：支耳，支視，時：諸以（被切字止韻）
		cf. 宋玉　旨：支耳（耳，亦止韻）
	旨：脂以1	
于	痏：位里1	痏：胡軌　＝宋玉

（5）被切字志韻—下字至韻（7條共12條次）

澄母	值：直致1	值：除致（致，至韻）
		cf. 宋玉　值：時職又除吏（吏，志韻）
從	字：慈恣1	不收「字」字。cf. 食：慈吏（食、吏，志韻）
		cf. 宋玉　字：疾恣
邪	嗣：辞利2	嗣：囚吏，囚利，牸：辞利　cf. 宋玉　嗣：似利
	飼：囚恣5	飼：囚吏，囚恣　cf. 宋玉飼：夕恣
初	廁：側冀1	廁：側冀　cf. 宋玉　廁：測吏（吏，志韻）
書	弑：尸至1	弑：尸至　cf. 宋玉　弑：式吏（吏，志韻）
常	蒔：時至1	蒔：承異，侍：時至　cf. 宋玉　蒔：石至

（6）被切字至韻—下字志韻（4條共5條次）

知母	致：徵吏2	致：徵利　cf. 宋玉　致：陟利
	躓：豬吏1	躓：竹利　cf. 宋玉　躓：知利
見	概：居置1	概：居致　＝宋玉
影	饐：於吏1	饐：於吏　cf. 宋玉　饐：於利

這些例子的反切用字的一致程度也很高，但c）、d）、f）沒有類似上述「舌尖—舌面類隔切」上顯著的一致性。在不一致的例子中也許有些與原本系《玉篇》丟失部分中存在的反切一致，但並非所有不一致的部分都能做此解釋。

〔註5〕據豐（與磧同）。麗作「差　初理反」（與金同）。「理」，止韻。

符合第 8、9 條的例子極端稀少，因此，周法高 1948a，1984 不把它當作玄應的音韻特點，但是該反切中也有與《玉篇》反切用字一致的。首先我們來看看與第 8 條相關的。

玄應音義	玉　篇
被切字船母—上字禪母	
貰：時夜₁ cf. 廣韻　貰：神夜（船母）	貰：時夜　＝宋玉
被切字禪母—上字船母	
蠩：食餘₁	不收「蠩」字。cf. 璹：時餘，藷：上餘　（時、上，禪母）
cf. 廣韻　諸：章魚切……蠩　蜛蠩。一頭數尾，長二三尺左右，有腳狀如蠶。可食也。（章母）；切二、切三、王一、王三「諸：章魚」小韻均不收「蠩」字	
cf. 切二、切三　蜍：署魚（禪母）；王三不收	
cf. 廣韻　蜍：署魚（禪母），又音余	
cf. 切二、王一、王三　余：与魚反。……蜍　蜘蛛	
cf. 切三　余：与鱼反。……蜍　鼃黽	
cf. 廣韻　余：以諸切。……蜍　蜘蛛。又常魚切（禪母）	
cf. 切三　詹：職廉切……蟾：丶［註6］蜍，蝦蟆。	
cf. 王一　詹：職廉切……蟾：丶蜍，蝦蟇。	
cf. 王二　詹：職廉切……蟾：丶蜍，蝦蟇屬。	
cf. 王三　詹：職廉切……蟾：丶蜍，蟇蝦。	
cf. 刊　詹：織廉切……蟾：蟾蟆，……。	
cf. 廣韻　詹：職廉切……蟾：蟾蜍，蝦蟆也。……。 　　　　　㮡：視占切……蟾：蟾光，月彩。又職廉切。	

切三、王一、王三、刊「㮡：視詹反」小韻均不收「蠩」字。王二「㮡：視占反」小韻亦不收。後者的反切「蠩：食餘」並不與《玉篇》完全一致，只有下字相同的反切而已。其中一个被切字與《玄應音義》反切的被切字的聲符相同。《玉篇》的反切上字為「時、上」的均為中古禪母。以下列舉《玄應音義》的相當部分僅供參考。

　　蟾蜍　上之鹽反、下以諸反。《爾雅》蟾蠩。郭璞曰：似蝦蟇，

　居陸地。淮南謂之去父，山東謂之去蚥。蚥音方可反。江南俗呼蟾

蟵。蟵音食餘反。（豐 10／2b／7；磧 10／2：麗 10／4　cf. 之鹽反，磧作「之
塩反」。《爾雅》，麗作「《尔疋》」。山東，麗誤作「此東」。餘同。）

　　蟾蜍　上之鹽反、下以諸反。《爾雅》蟾蠩。郭璞曰：似蝦蟇居
陸地。淮南謂之去父，山東謂之去蚥（＞蚙）。蚥（＞蚙）音方可反。
江南俗呼蟾蜍者音食餘反。（玄琳 47／55）

（「蟾蜍者音食餘反」應是「蟾蠩。音食餘反」或「蟾蠩。蠩音食餘反」之訛）

　　該反前面有「江南俗呼」四字，那麼其後的反切「食餘反」，如果是如原書
記載且未經過後人改字，應是反映禪—船無別的江東音反切。雖然《玉篇》裡
沒有找出同一反切，但此切也許和前後訓釋一同來自別的文獻，應該也是禪—
船有別，北方音系的《玄應音義》將其不改字面直接收錄，結果成為區別於禪
母的船母反切。

　　我們也要注意，注文與《玉篇》的體例相去甚遠。周法高 1948a 把這些表
現出「淮南……山東……江南……」等方言差異的形式看作是玄應的案語。如
果真是如此，玄應有可能按照自己的方式修改了《玉篇》的反切。《玉篇》存
在共有同一聲符的一連串文字使用相同反切用字的傾向。因此也許我們能夠
推斷出這樣的可能，即玄應在該傾向的基礎上，在給《玉篇》中沒有的文字加
反切時，對《玉篇》中同一聲符文字的反切進行加工後使用。前邊在探討反切
用字的一致時沒有提起這個問題，《玄應音義》的反切中與《玉篇》的反切、
被切字、下字一致，但上字不同的例子也不在少數。從這些反切或許可以找出
玄應反切用字改變的一些傾向，但關於這一點我們尚未進行調查。

　　如果排除後一例，剩下來的唯一「船—禪混同」的例子亦見於《玉篇》。
我們可以認定《玄應音義》的「船—禪混同」現象來自《玉篇》。

　　符合第 9 條的反切如下。

被切字邪母—上字從母	
<u>燼：似進（邪母）才刃（從母）</u>₁	燼熭：似進，熭：才刃
	cf. 宋玉　燼（＝熭）：才進
cf. 燼：似進₇	cf. 廣韻　熭：徐刃。又疾刃（疾，從母）
cf. 燼：似刃₁	燼：似進
cf. 熭：似刃₁	
<u>蓋：才刃</u>₁	蓋：徐各　cf. 宋玉　蓋：疾刃（疾，從母）

吮：徂兗（從母）似兗（邪母）₁	吮：似兗　cf. 宋玉　吮：食允，徂兗（徂，從母）
	cf. 廣韻　吮：徂兗，又徐兗
cf. 吮：似兗₆	吮：似兗
cf. 吮：食兗（船母）₂	cf. 宋玉　吮：食允，徂兗；廣韻　吮：食尹

按中古音系來說，「夋」聲字，在《玉篇》中切上字有用邪母的，也有用從母的。「燼」字可作「似進」，亦可作「才刃」，其實在邪—從無別的江東音中讀起來沒有差異。兩者在《玉篇》中是表現同音的反切。但一个是邪母，一个是從母，由於北方兩者有別，玄應認為不同音而並列為二反。《切韻》系韻書之間此小韻存在非常有趣的異同，王一、王二、TIVK75-100a 均作「賮：疾刃」，這大概是原本的反切字面。王三、《廣韻》把它分別改為「似刃」（不收又切）、「徐刃」（僅首字收又切「疾刃」），都是邪母反切。筆者認為由於「夋」聲字反切多用邪母上字，王三、《廣韻》把此小韻反切改為邪母字，《廣韻》把原有的反切保留作為又切了。玄應也是按中古音系處理這些反切而發生混亂。「燼」，《廣韻》收於「賮：徐刃」（邪母）小韻中，沒有記載從母又切，而《玄應音義》作「才刃反」（從母）。「藎」，此字《玉篇》讀邪母，但玄應讀從母，在《廣韻》僅見於「賮：徐刃」（邪母）小韻中。與玄應反切字面相同的反切果然可見於《玉篇》中。這也是「賮」、「燼」、「藎」三字同音的緣故。宋玉與原本《切韻》同出一轍，將之看作從母字。

「吮」，豐、磧為「徂兗食兗」（豐 22／1a／12；磧 22／1），如果這是《玄應音義》原本的反切，那麼它能夠成為「從—邪混同」的例子（「食」，船母。「食兗」一切不是目前討論的對象），而麗、大、玄琳中為「似兗食兗」（麗 22／1；大 602／3；玄琳 48／2）。從這種情況來看，《玄應音義》中似乎「吮」無從母反切。但宋玉為「吮：食允，徂兗」，「徂」，從母。這些反切如果是沿襲原本《玉篇》的（口部已散逸，有關佚文亦不存，現無法確認），並且玄應的「吮：徂兗」原先既有的話，那麼亦有可能引自原本《玉篇》，北方音把它看做別音而將之並列了。別處，亦有豐、磧為「徂兗食兗」（豐 21／6b／8；磧 21／7）的例子。「徂」，豐訛作「祖」。此部分，麗、大作「食兗似兗」（麗 21／17；大 582／4），玄琳中作「徐兗反……又音絕兗反」（玄琳 13／26），「徐」邪母，「絕」從母。「絕兗反」不見於《玉篇》。《玄應音義》原始形式到底如何，現在很難復

原。《玄應音義》中，另有「吮：似兗」6 例，「吮：食兗」2 例，這些都是單切，不跟別切排在一起。現在暫且推測「吮」字在《玄應音義》裡原有船母和邪母二切。把江東同音的「似兗」、「徂兗」（和「絕兗」）二切看做別音，了解不夠深入，其處理缺乏一貫性，按其切上字字面並沒有仔細斟酌，有的當作邪母，有的當作從母，結果異本之出現了相互矛盾的記載。我們也要注意，第二節中已介紹周祖謨 1936 指出「原本《玉篇》原有的江東音特點，如從─邪無別、神─禪無別，今本把它改為有別了」。即宋本《玉篇》把原本《玉篇》裡反映江東音的反切往往改為符合中古音系的。上面例子裡能找到實例。眼前的「爒（＝妻）：才進」可看作其中的一个。

上述第 3 條，對象反切很多，調查未完，還不能具體探討。值得注意的是，河野六郎 1937 指出《玉篇》雖有重唇音─輕唇音之別的傾向，但只有唇音次濁即「明─微」無別，這一點玄應亦同，而且反切字面也大都一致。其實玄應本身也有幫組─非組分別的傾向。現在與玄應的相混反切相比，兩者字面很少一致。雖然兩者都含有一些「明─微」無別的反切，可說為因引用《玉篇》反切，玄應的幫組─非組分別的傾向更為明顯了。參看下面的例子：

		以非切幫	以幫切幫
真	幫 A	濱：父人	
	幫 A		濱：比人
	幫 B	邠：府貧	
	幫 B	邠：府旻	
	幫 B	甫貧	
	幫 B		邠：鄙旻
	幫 B	邠：府旻	
	幫 B		份：彼陳
	滂 A		繽：匹仁
	並 A		頻：毗人
	並 A		臏：脾身
	明 A		泯：彌賓
	明 B	緡：亡巾	
	明 B		岷：武貧
勁	幫 A		摒：卑政　＝切韻
	幫 A	摒：方政	

	幫 A　併：甫政	
	滂 A	娉：匹勁
	以幫切非	**以非切非**
梵	滂 C　汎：匹劍	
	滂 C	汎：孚劍
	滂 C	氾：孚劍
	滂 C	氾：敷劍
	滂 C	泛：敷劍
	滂 C	泛：麩劍
	滂 C　泛：匹劍	
	並 C	梵：凡泛
	並 C	梵：扶劍
	並 C	帆：扶泛

以上是該韻裡的所有唇音反切。下劃線標注的反切是和《玉篇》字面一致，除了「明—微」以外都屬於重唇音—輕唇音分開不混的反切，反而「明—微」以外，「幫組—非組不分」的反切都不帶下劃線。這一條待詳細調查提出具體數值。

六、結語和贅言

這一節根據太田齋 2019 修改補充。參看以下《玄應音義》裡出現的所有蕭韻去聲嘯韻的反切例子。下劃線標注的是和《玉篇》一致的。其他反切都和《切韻》一致。間或也有兩者反切字面都一致的。《玄應音義》裡完全沒有提及《切韻》書名。《玄應音義》的成書時期未詳，但大家公認比原本《切韻》只晚半個世紀，那麼就不能保證玄應是否直接引用《切韻》〔註7〕。即使利用《切韻》，所根據的大概是原本，不然就是最早期的異本，訓釋非常簡單，甚至只有反切，缺少訓釋。所以與《切韻》反切之間的一致不能排除偶然的可能性。值得注意的是如果站在都是引用的前提來看的話，二者似乎有點呈現互補關係的印象，有可能《切韻》就是另一種「影子小學書」了。

〔註 7〕唐蘭先生在《王仁昫刊謬補缺切韻》影印本（國立北平故宮博物院，1947）卷尾追記裡推測此書為神龍二年（706）成書。據序文得知王仁昫是衢州信安縣尉。雖然《切韻》意外快速普及，但當時印刷技術未發達，只能靠抄寫普及，原本除了正本之外不會有很多副本，剛成書之後的開頭幾十年的普及速度應該十分緩慢。還是較難設想玄應其人使用了原本《切韻》。

蕭去 嘯韻

聲　母	反　切	原本《切韻》	被切字所出現版本 （亦據李永富 1973）
1. 透	眺：丑弔		
2.	眺：他弔	一致	王二、王三、唐韻、廣韻
3.	趒：他弔	一致	王二、王三、唐韻、廣韻
4.	趠：他弔	一致（無）	（《廣韻》無）
5.	踔：他弔	一致（無）	（《廣韻》無）
6.	跳：他弔	一致（無）	（《廣韻》無）
7. 定	銚：徒弔	一致	王一、王二、王三、唐韻、廣韻
8.	掉：徒弔	一致	王一、王二、王三、唐韻、廣韻
9.	調：徒弔	一致（無）	王二、唐韻、廣韻
10. 泥	尾：乃弔		
11.	溺：乃弔		
12.	尿：奴弔	一致	英倫、王一、王二、王三、唐韻、廣韻
13. 來	爒：力弔	一致（無）	
14. 見	徼：古弔	一致	
15.	噭：古弔	一致（無）	唐韻、廣韻
16. 溪	竅：苦弔	一致	英倫、王一、王二、王三、唐韻、廣韻
17.	竅：口弔		
18.	撆：口弔		
19. 影	黝：一弔〔註8〕		

〔註8〕豐 39／5 作「於糾一子二反」、麗 12 下 11、磧 128 上 12 作「於糺一予二反」、大 53／5 作「於糺一弔二反」、琳卷 42／6 所收《玄應音義》亦作「於糺一弔二反」。《切韻》幽韻上聲黝韻「黝」小韻，切三、王二「於糺（糾）反……又益夷反」，王一、王三、廣韻「於糾反……又於夷反」（廣韻「反」作「切」）。保存該部分的現存諸本都收有此脂韻又音。此又音大概是原本《切韻》中就有的。「黝」、「黝」同義，同聲母，可能「黝」亦通「黝」，帶有了「黝」字脂韻音。雖然未能確認「黝」字音寫作「一夷反」的例子，「一弔」也許原是「黝」字音「一夷反」，誤寫「一夷」（〉「一弔」＝「一弔」）而產生的錯切，不然，「黝：一弔（＝弔）」原來應是「益夷反」或「於夷反」（均見於上面又音中），後來大概誤傳成為「益弔反」或「於弔反」，然後被《玉篇》既有的同一影母反切「一弔」代替（嘯韻反切有「窔：一弔」），最後用異體字記作了「一弔」。與《玉篇》既有的「一弔」同樣看待，「黝」也有了蕭韻去聲嘯韻相當字音了。「一弔反」亦見於《經典釋文‧儀禮音義》，如：「官本又作窔，一弔反」。不然，「益夷反」或「於夷反」誤傳成為「益弔反」或「於弔反」後，以《玉篇》既有的「一弔」代替的結果。《新撰字鏡》所引《玉篇》反切有「（官＝窔）窔）於弔反」，可供參考。

標註下劃線的是與《玉篇》一致的部份。這裡暫且用李永富 1973 代替原本《切韻》。除了切首字以外的被切字都不能保證在原本《切韻》中確是存在。上面的「原本《切韻》」、「被切字所見具體版本」分別意味著李永富 1973 所構擬的《切韻》原文小韻中是否收錄該被切字（「無」就指不收），具體版本的簡稱亦據李永富 1973。「（《廣韻》無）」指該被切字連《廣韻》都不收。上面共有 19 例，其中與《玉篇》一致的有 12 例，與《切韻》一致的有 7 例，與兩者一致的（即與《玉篇》和《切韻》一致）有 5 例，都不一致的無。由此可知《玄應音義》嘯韻反切字面或與《玉篇》一致，或與《切韻》一致，沒有都不一致的。這一點大家都不可否認。

如果兩者反切一致不是玄應沒有直接引用《切韻》而是利用與《切韻》所根據的同一先行小學書的話，那有可能是已經不傳世的只能看到佚文的五家韻書之一的《韻集》。周法高 1948 介紹唐蘭先生寄給他的私信裡說，「玄應書所本，當為韻集」（364 頁）〔註9〕。因為有各種字面的異切存在，序文沒有說根據《韻集》，周法高先生駁回並不同意此說。但玄應如筆者所說含有不少引用的話，《玉篇》本身已對同音字有不少異切。而且雖然《韻集》與《玉篇》（和《切韻》）不同，《玄應音義》中出現 51 次，另外「呂靜《韻集》」出現 2 次，書名較為多見，一看不像「影子小學書」，但如果《韻集》是當時十分普及的小學書之一，那麼也有可能不必一一提到名字而引用反切和訓釋。唐蘭先生的意見不能立刻否定。當然這個假設還有深刻討論的餘地。如果下面例子的釋文全都是根據《韻集》一書的話，就與《切韻》的體例全異：

（1）菸瘦 《韻集》一（「一」他本作「乙」）餘反。今關西言菸，

山東言蔫。蔫音於言反。江南亦言萎。萎又作萎，於為反。菸

〔註 9〕唐蘭先生也在該信中對見於《玄應音義》序文裡的《韻集》說，「玄應引《韻集》，前人多誤以為呂書，實則凡稱引呂書者必曰呂靜《韻集》，而單言《韻集》者，便非呂書也。此《韻集》蓋出隋，唐之間，故云『《韻集》出唐』也。……若呂靜《韻集》時代既久，字亦不備，似不可藉以定音也。此《韻集》蓋為兼綜南北東西方音者，故與陸生亦不多遠耳」（364 頁）。唐蘭先生沒有說明呂靜《韻集》和不提著者名字的《韻集》二書到底有什麼關係。據《隋志》記載，呂靜《韻集》以外，還有無名氏《韻集》十卷、段宏《韻集》八卷。三者都散逸不傳，現無法知道互相之間有什麼關係。《玄應音義》本文中註記呂靜的和不提著者名字的《韻集》二書都出現。後者有可能是《隋志》裡的無名氏《韻集》十卷。本文暫且把玄應所根據的認為是呂靜原書的增補改訂版。

邑無色也。　麗 10／7／22

原本切韻　於　央魚反。五。　……菸　菸萏，茹熟皃。……輯斟 1／131／4

（2）黢簏　又作匲。《小學篇》作攗同，力沾反。《韻集》曰：簏，

所以黢物也。《說文》簏，簏鏡也。今江南亦有粉匲、綦奩也。

674／5

原本切韻　廉　力鹽反。十。（「簏」未收）

（3）袈裟　舉佉反。下所加反。《韻集》音加沙。字本從毛作毠、

毞二形。葛洪後作《字苑》，始改從衣。……59a／9

原本切韻　嘉　古牙反。十五。　……　袈　袈裟。……輯斟 2／109／14

砂　砂石。所加反。六。　裟　袈裟。……輯斟 2／113／13

我們能看到的《韻集》佚文不足 30 條，現在無法確認《韻集》原文如何。大膽推測如下：

陸志韋 1963 說，「《字林》反切就有點怪樣。切上、下字的筆畫一般都比較簡單」（377 頁）。《魏書》〈江式傳〉有如下記載：「忱弟靜，別仿故左校令李登《聲類》之法，作《韻集》五卷，宮商角徵羽，各為一篇，而文字與兄便是魯衛，音讀楚夏，時有不同。」雖有可能《韻集》音系和《字林》音系之間有較大的差異，但看林平和 1976 所舉的例子有「翩：式之、俵：大兮、犁：力奚、煗：乃卵、吭：弋選、掐：口洽」等等。如果這些用字如呂靜原書，則用筆畫較為簡單的切字的傾向亦見於《韻集》。就是說，即使兩者所反映的音系有差異，《韻集》也會有用字法上的同樣傾向。對「文字與兄便是魯衛」一句也可以這麼解釋。

下面指出有可能沒有提及書名而引用《韻集》的例子。這是上面已經介紹過的：

蟾蜍　上之鹽反，下以諸反。《爾雅》蟾蠩，郭璞曰：似蝦蟇，

居陸地。淮南謂之去父，山東謂之去蚁。蚁音方可反。江南俗呼蟾

蠩。蠩音食餘反。（豐 10／2b／7　其他出處在此一律從略。參看上例）

體例酷似上面「（a）菸瘦」，但沒有《韻集》書名。把「蟾蜍」條裡的如「山東……，江南……」列舉地名而說明方言之間差異的訓釋，如上已說，周法高 1948a 將之看作玄應案語（380～385 頁）。如與「（a）菸瘦」條比較，我們

就可推測這也是沒提書名而引用《韻集》的訓釋〔註10〕。可能這一類例子不止這一條。其中會含有不嚴格，不完整的引用。由於筆者還沒有完成調查，現在只能介紹上面一例。未能證明唐蘭先生之說。如果此說可以肯定，我們就能從《玄應音義》找出未知的《韻集》佚文，但非常遺憾的是，我們不得不說其可能較小。

此外，《玄應音義》中還有一些例子像二等重韻混同那樣，具有反切既與《切韻》不同又與《玉篇》不同的特徵。這當然有可能是玄應的創意，但筆者懷疑這也可能是源於其他先行韻書和字書。如果能夠明確《玄應音義》引用的體例，也許就能斷定所引用的是什麼文獻。

上文在討論《玄應音義》中《玉篇》的使用狀況時，指出了上代日本文獻中與《玉篇》的利用狀況相似的問題，實際上在中國也存在過這種利用狀況。古屋昭弘 1979，1983，1984 已經指出王仁昫在進行《切韻》增訂工作時，幾乎沒有列舉《玉篇》書名，隨意引用，說明在中國《玉篇》也有可能被當作「影子小學書」被使用。可以說《玄應音義》反映了早於王仁昫的階段存在的同樣狀況。

上文討論的 9 條特徵應該怎樣結合《玄應音義》的音韻體系進行解釋呢？即便《玄應音義》的反切均為引用，如果與玄應自己建立的音韻體系一致，就不會產生矛盾。但是正因為反切的文字排列沒有什麼意思上的關聯，所以有可能在某學統中被毫無分辨地墨守繼承下去，正如上文所述摻雜了反映江東音的反切。上述 9 條中由於使用《玉篇》產生的一致，有一些該被從《玄應音義》所反映的音韻特徵中排除。如果如前所述是先行文獻的集成，那麼很難判斷《玄應音義》裡的例外字音究竟是在規範音的夾縫中顯露出來的玄應他們所體現的音系特徵的反映，還是由於全盤接受了先行文獻而混雜了的與玄應音系不同的異己分子。闡明這個問題會引起對《切韻》音系的重新探討。

筆者目前的看法立足於後者。那麼玄應為什麼特意收入與自己的音系差

〔註10〕上面推測「蟾蜍」條裡的「食餘反」反映的是江東音。如果此條是《韻集》引文，那麼《韻集》就含有江東音了。呂靜生平難考，傳說為晉任城（今濟寧）人。山東人編的韻書裡會含有江東音嗎？如果不是從某種反映江東音小學書的如字引用，暫且推為呂靜把禪—船作為無別考慮，將時讀禪母，時讀船母的「蜍」字江東讀音作為船母相當讀音錄取了。其實亦可認為與《玉篇》禪母「時餘反」或「上餘反」同音。

異如此之大的反切呢？對此，現只能提出三種初步推測。其一：玄應雖是文字學大德，但對音韻學理解卻並不深刻，看各個反切，不能猜出其具體字音，不能正確判斷其所反映的音到底符合標準音系統與否，因此含有了表示江東音的反切。其二：雖然玄應個人對音韻學造詣很深，但在他指導之下參與編輯音義的部下學僧（們）理解不深，不能嚴格遵守玄應的編輯方針，粗心把本來應該排除的江東音反切收入在內。而玄應亦沒有糾正。我們也應該注意《玄應音義》不是一下子編成的。各卷會有各卷特有的編纂情況。總之，出於杜撰，夾著了方音。其三：玄應為了對抗儒教等經學的小學書，意圖編纂超過小學經典著作的，有權威性質的佛經辭書，所以特意收入與自己語音系統不一致的反切。如果是第三種解釋的話，應該有更多反映江東音以及其他方音的反切，但實際上這種反切並不多。目前筆者認為第一、二種解釋，即出於杜撰的說服力比第三種更強。相對來說，第二種比第一種更有可能。如果是這樣，玄應本來意圖以當代標準音的反切編他的音義，然而出於杜撰卻含有了與此違反的方音反切。

　　上文已經討論過，從與《玉篇》的對照可以看出，《慧琳音義》中音注與義注引用的標準似乎有所不同，訓釋與《玉篇》一致性很強，但反切用字基本不同〔註11〕。與之相反，《玄應音義》雖然沒有出現《玉篇》書名，但音、義都與《玉篇》相當一致。這種情況應該是《玄應音義》的整體現象。通過與其他逸文進行比較對照，尤其是與慧琳相同內容的含有「玉篇」或「顧野王」二詞的訓釋進行對照，如果能夠把握其體例，那麼估計就能夠從《玄應音義》中提取出原本系《玉篇》散佚部分的又音反切，進一步深刻了解原本《玉篇》的音韻系統了。

　　補記：本文所舉出的擬定為《韻集》的佚文不符合韻書體例。我們必須進一步探討《韻集》和呂靜之兄忱所著《字林》的關係，以及到底玄應有無將二書混同引用的可能。另外值得注意的是玄應音義裏的《說文》引文，有的與

〔註11〕上文介紹了慧琳「森竦（枝竦）」詞條所見反切上與玉篇以及玄應之間的字面差異，似乎慧琳換了玉篇（玄應）反切的切上字，如，森（侵韻）：所金反→澀（緝韻）金反；竦（腫韻）：先勇反→粟（燭韻）勇反，把它改為平山久雄1962，187頁所謂「異調同音上字式反切」（切上字和被切字有四聲相配關係的反切）。雖然不能說所有異同都可作如此解釋，但這種異同情況對理解慧琳反切和玉篇（玄應）反切之間的差異等方面具有一定的價值。

《字林》一致,《字林》和《說文》也許最終歸於《說文字林》一書。這些都是待解決的問題。

七、附表 《玄應音義》和《玉篇》反切字面的一致程度

下面《切韻》韻目從平山 1967,117-119 頁所提示對廣韻韻目加以調整的。排列順序稍有異。附表內列出一致度的數值。「切數」為玄應反切的數量,「切總」是玄應反切的總出現數次,「玉切」為「切數」中占有的與《玉篇》反切的上下字面全同的反切數量,後面的( )是其反切的百分比數值,「玉總」是「切總」中占有的與玉篇反切的上下字面全同的反切數量,後面的( )是其反切的百分比數值。「三同」, / 的右邊為分母,是被切字、上字、下字三者字面全異的反切數量,左邊的分子是其中占有的與玉篇被切字、上字、下字三者字面全同的反切數量。後面( )是其百分比數值。「三總」是「切總」中與《玉篇》被切字、上字、下字三者字面全同的玄應反切的出現數次,後面的( )是其百分比。《玄應音義》和《玉篇》基本依據上田 1986a,1986b,但對《玄應音義》、《玉篇》分別加以 98 處、41 處的修訂。然而,並不是因為經過這些修訂,筆者的觀點才站得住,所以其修訂具體內容不在此文一一介紹。可以說由於這些修訂,筆者指出的傾向更為顯著了。

平聲	切數	切總	玉 切	玉 總	三 同	三 總
1. 東	34	73	21（61.8）	53（73.6）	22 / 45（48.9）	42（57.5）
2. 冬	7	13	4（57.1）	10（76.9）	3 / 8（37.5）	7（53.8）
3. 鍾	40	83	10（25.0）	22（26.5）	7 / 53（13.2）	7（8.4）
4. 江	8	10	8（100）	10（100）	3 / 8（37.5）	4（40.0）
5. 支	94	203	42（44.7）	102（50.2）	29 / 131（22.1）	49（24.1）
6. 脂	76	134	29（38.2）	61（45.5）	25 / 87（28.7）	49（36.6）
7. 之	40	106	21（52.5）	65（61.3）	20 / 56（35.7）	39（36.8）
8. 微	24	62	16（66.7）	42（67.7）	11 / 37（29.7）	17（27.4）
9. 魚	41	90	20（48.8）	50（55.6）	15 / 53（28.3）	34（37.8）
10. 虞	83	152	28（33.7）	62（40.8）	18 / 106（17.0）	32（21.1）
11. 模	38	112	20（52.6）	88（78.6）	28 / 71（39.4）	53（47.3）
12. 齊	67	185	30（44.8）	118（63.8）	22 / 116（19.0）	53（28.6）
13. 佳	16	39	10（62.5）	17（43.6）	7 / 23（30.4）	8（20.5）
14. 皆	16	34	5（31.3）	13（38.2）	3 / 16（18.8）	4（11.8）

15. 灰	28	55	15（53.6）	20（36.4）	6 / 35（17.1）	7（12.7）
16. 咍	22	71	12（54.5）	43（60.6）	11 / 34（32.4）	28（39.4）
17. 真	61	121	25（41.0）	51（42.1）	16 / 78（20.5）	20（16.5）
18. 諄			（真諄不分韻目）
19. 臻	8	14	4（50.0）	7（50.0）	4 / 10（40.0）	5（35.7）
20. 文	23	45	15（65.2）	37（82.2）	11 / 35（31.4）	14（31.1）
21. 欣	8	16	4（50.0）	9（56.3）	5 / 12（41.7）	8（50.0）
22. 元	31	82	13（41.9）	45（54.9）	7 / 49（14.3）	13（15.9）
23. 魂	19	59	10（52.6）	38（64.4）	10 / 28（35.7）	24（40.7）
24. 痕	5	11	2（40.0）	4（36.4）	1 / 5（20.0）	1（9.1）
25. 寒	64	130	22（34.4）	42（32.3）	14 / 81（17.3）	20（15.4）
26. 桓			（寒桓不分韻目）
27. 刪	20	43	9（45.0）	18（41.9）	9 / 25（36.0）	14（32.6）
28. 山	18	42	7（38.9）	13（31.0）	7 / 20（35.0）	10（23.8）
1. 先	36	84	21（58.3）	61（72.6）	16 / 51（31.4）	33（39.3）
2. 仙	73	151	22（30.1）	55（36.4）	17 / 95（17.9）	23（15.2）
3. 蕭	19	68	11（57.9）	59（86.8）	12 / 38（31.6）	25（36.8）
4. 宵	46	86	18（39.1）	42（48.8）	12 / 60（20.0）	19（22.1）
5. 肴	34	112	15（44.1）	71（63.4）	12 / 61（19.7）	27（24.1）
6. 豪	45	118	26（57.8）	80（67.8）	22 / 74（29.7）	35（29.7）
7. 歌	65	130	28（43.1）	76（58.5）	21 / 92（22.8）	38（29.2）
8. 戈			（歌戈不分韻目）
9. 麻	57	108	25（43.9）	62（57.4）	17 / 75（22.7）	27（25.0）
10. 陽	50	127	24（48.0）	69（54.3）	14 / 75（18.7）	36（28.3）
11. 唐	42	117	22（52.4）	82（70.1）	21 / 72（29.2）	36（30.8）
12. 庚	40	73	16（40.0）	29（39.7）	11 / 51（21.6）	17（23.3）
13. 耕	27	64	15（55.6）	36（56.3）	11 / 31（35.5）	20（31.3）
14. 清	24	52	5（20.8）	8（15.4）	3 / 28（10.7）	3（5.8）
15. 青	27	55	12（44.4）	33（60.0）	8 / 37（21.6）	16（29.1）
16. 蒸	34	45	10（29.4）	17（37.8）	5 / 37（13.5）	9（20.0）
17. 登	21	56	14（66.7）	46（82.1）	12 / 31（38.7）	22（39.3）
18. 尤	62	156	37（59.7）	118（75.6）	27 / 81（33.3）	68（43.6）
19. 侯	22	58	12（54.5）	45（77.6）	17 / 40（42.5）	29（50.0）
20. 幽	5	7	2（40.0）	4（57.1）	0 / 5（0）	0（0）
21. 侵	44	77	23（52.3）	43（55.8）	18 / 50（36.0）	30（39.0）

22. 覃	27	65	14（51.9）	38（58.5）	13／38（34.2）	15（23.1）
23. 談	12	26	7（58.3）	20（76.9）	7／14（50.0）	17（65.4）
24. 鹽	41	88	20（48.8）	51（58.0）	17／56（30.4）	33（37.5）
25. 添	4	8	4（100）	8（100）	4／5（80.0）	7（87.5）
26. 咸	10	23	6（60.0）	16（69.6）	5／14（35.7）	11（47.8）
27. 銜	18	33	6（33.3）	16（48.5）	4／19（21.1）	12（36.4）
28. 嚴	2	2	0（0）	0（0）	0／2（0）	0（0）
29. 凡	1	5	1（100）	5（100）	2／3（66.7）	2（40.0）
上聲	切數	切總	玉　切	玉　總	三　同	三　總
1. 董	9	10	4（44.4）	5（50.0）	2／9（22.2）	2（20.0）
2. 腫	14	23	7（50.0）	15（65.2）	5／18（27.8）	8（34.8）
3. 講	8	18	4（50.0）	10（55.6）	1／10（10.0）	1（5.6）
4. 紙	69	159	37（53.6）	108（67.9）	18／88（20.5）	40（25.2）
5. 旨	33	67	9（27.3）	16（23.9）	7／37（18.9）	14（20.9）
6. 止	25	47	11（44.0）	25（53.2）	8／29（27.6）	18（38.3）
7. 尾	12	29	4（33.3）	8（27.6）	4／14（28.6）	8（27.6）
8. 語	42	108	15（35.7）	56（51.9）	9／57（15.8）	18（16.7）
9. 麌	47	99	16（34.0）	43（43.4）	12／56（21.4）	27（27.3）
10. 姥	28	111	11（39.3）	90（81.1）	13／44（29.5）	50（45.0）
11. 薺	23	107	18（78.3）	90（84.1）	22／44（50.0）	48（44.9）
12. 蟹	8	22	4（50.0）	16（72.7）	4／11（36.4）	12（54.5）
13. 駭	4	6	3（75.0）	5（83.3）	1／4（25.0）	3（50.0）
14. 賄	11	29	4（36.4）	9（31.0）	4／13（30.8）	6（20.7）
15. 海	9	15	6（66.7）	9（60.0）	5／10（50.0）	7（46.7）
16. 軫	36	88	16（44.4）	48（54.5）	12／49（24.5）	24（27.3）
17. 準			（軫準不分韻目）			
18. 吻	7	22	7（100）	22（100）	5／10（50.0）	11（50.0）
19. 隱	2	5	2（100）	5（100）	2／4（50.0）	3（60.0）
20. 阮	14	27	5（35.7）	12（44.4）	3／16（18.8）	5（18.5）
21. 混	15	52	6（40.0）	31（59.6）	5／23（21.7）	20（38.5）
22. 很	3	10	2（66.7）	5（50.0）	1／3（33.3）	4（40.0）
23. 旱	23	58	13（56.5）	41（70.7）	9／32（28.1）	26（44.8）
24. 緩			（旱緩不分韻目）			
25. 潸	9	11	1（11.1）	1（9.1）	1／9（11.1）	1（9.1）
26. 產	10	23	3（30.0）	3（13.0）	2／13（15.4）	2（8.7）

27. 銑	22	43	11（50.0）	24（55.8）	7 / 33（21.2）	8（18.6）
28. 獮	40	96	19（47.5）	59（61.5）	12 / 48（25.0）	31（32.3）
29. 篠	11	24	7（63.6）	11（45.8）	7 / 13（53.8）	9（37.5）
30. 小	24	52	7（29.2）	14（26.9）	5 / 29（17.2）	8（15.4）
31. 巧	10	46	5（50.0）	28（60.9）	4 / 16（25.0）	12（26.1）
32. 晧	22	49	13（59.1）	37（75.5）	15 / 33（45.5）	26（53.1）
33. 哿	36	115	19（52.8）	62（53.9）	8 / 52（15.4）	22（19.1）
34. 果			（哿果不分韻目）			
35. 馬	27	42	9（33.3）	13（31.0）	6 / 32（18.8）	7（16.7）
36. 養	21	43	12（57.1）	31（72.1）	10 / 24（41.7）	24（55.8）
37. 蕩	20	48	13（65.0）	34（70.8）	6 / 30（20.0）	16（33.3）
38. 梗	17	40	8（47.1）	26（65.0）	5 / 23（21.7）	15（37.5）
39. 耿	2	5	2（100）	5（100）	3 / 3（100）	5（100）
40. 靜	13	19	9（69.2）	12（63.2）	7 / 14（50.0）	10（52.6）
41. 迥	17	39	10（58.8）	29（74.4）	9 / 23（39.1）	20（51.3）
42. 拯	0	0	0（-）	0（-）	0 / 0（-）	0（-）
43. 等			（玄應不收等韻反切）			
44. 有	14	21	7（50.0）	13（61.9）	7 / 16（43.8）	10（47.6）
45. 厚	38	73	13（34.2）	29（39.7）	8 / 46（17.4）	11（15.1）
46. 黝	3	4	3（100）	4（100）	2 / 3（66.7）	3（75.0）
47. 寢	10	32	5（50.0）	20（62.5）	4 / 15（26.7）	12（37.5）
48. 感	16	55	11（68.8）	43（78.2）	10 / 29（34.5）	22（40.0）
49. 敢	5	12	5（100）	12（100）	3 / 8（37.5）	5（41.7）
50. 琰	21	66	12（57.1）	51（77.3）	7 / 29（24.1）	27（40.9）
51. 忝	7	12	5（71.4）	9（83.3）	3 / 8（37.5）	4（33.3）
53. 豏	6	10	2（33）	3（30.0）	2 / 8（25.0）	2（20.0）
54. 檻	2	3	0（0）	0（0）	0 / 2（0）	0（0）
52. 儼	2	2	2（100）	2（100）	1 / 2（50.0）	1（50.0）
55. 範	0	0	0（-）	0（-）	0 / 0（-）	0（-）
去聲	**切數**	**切總**	**玉切**	**玉總**	**三同**	**三總**
1. 送	20	38	9（45.0）	24（63.2）	7 / 23（30.4）	17（44.7）
2. 宋	3	7	1（33.3）	1（14.3）	1 / 3（33.3）	1（14.3）
3. 用	7	14	1（14.3）	1（7.1）	1 / 8（12.5）	1（7.1）
4. 絳	8	18	3（37.5）	9（50.0）	2 / 9（22.2）	8（44.4）
5. 寘	38	78	19（50.0）	46（59.0）	15 / 48（31.3）	23（29.5）

6. 至	80	163	37（46.3）	64（39.3）	27 / 93（29.0）	51（31.3）
7. 志	27	68	12（44.4）	32（47.1）	14 / 36（38.9）	28（41.2）
8. 未	21	32	12（57.1）	21（65.6）	7 / 22（31.8）	12（37.5）
9. 御	31	62	16（51.6）	38（61.3）	13 / 38（34.2）	27（43.5）
10. 遇	34	84	14（41.2）	38（45.2）	11 / 45（24.4）	27（32.1）
11. 暮	36	78	23（63.9）	52（66.7）	15 / 49（30.6）	30（38.5）
12. 霽	56	157	27（48.2）	106（67.5）	25 / 96（26.0）	56（35.7）
13. 祭	55	117	26（47.3）	69（59.0）	21 / 73（28.8）	36（30.8）
14. 泰	29	41	12（41.4）	18（43.9）	8 / 32（25.0）	11（26.8）
15. 卦	15	33	7（46.7）	23（69.7）	4 / 17（23.5）	7（21.2）
16. 怪	30	70	15（50.0）	43（61.4）	10 / 34（29.4）	21（30.0）
17. 夬	14	31	5（35.7）	19（61.3）	6 / 17（35.3）	19（61.3）
18. 隊	27	59	12（44.4）	33（55.9）	12 / 37（32.4）	25（42.4）
19. 代	25	58	7（28.0）	15（25.9）	3 / 29（10.3）	6（10.3）
20. 廢	8	15	1（12.5）	1（6.7）	1 / 8（12.5）	1（6.7）
21. 震	38	101	18（47.4）	58（57.4）	14 / 56（25.0）	33（32.7）
22. 稕			（震稕不分韻目）			
23. 問	8	17	5（62.5）	14（82.4）	2 / 9（22.2）	7（41.2）
24. 焮	5	12	1（20.0	4（33.3）	2 / 6（33.3）	4（33.3）
25. 願	10	17	8（80.0）	12（70.6）	5 / 10（50.0）	10（58.8）
26. 慁	14	36	10（71.4）	31（86.1）	9 / 16（56.3）	26（72.2）
27. 恨			（玄應不收恨韻反切）			
28. 翰	43	111	17（39.5）	56（50.5）	11 / 65（16.9）	26（23.4）
29. 換			（翰換不分韻目）			
30. 諫	21	36	11（52.4）	21（58.3）	6 / 27（22.2）	9（25.0）
31. 襉	5	7	0（0）	0（0）	0 / 5（0）	0（0）
32. 霰	27	93	12（44.4）	43（46.2）	13 / 50（26.0）	22（23.7）
33. 線	33	85	12（36.4）	38（44.7）	11 / 43（25.6）	26（30.6）
34. 嘯	10	38	7（70.0）	27（71.1）	7 / 19（36.8）	18（47.4）
35. 笑	20	46	10（50.0）	25（54.3）	9 / 25（36.0）	15（32.6）
36. 效	27	56	7（25.9）	17（30.4）	4 / 31（12.9）	6（10.7）
37. 號	23	57	12（52.2）	42（73.7）	9 / 32（28.1）	20（35.1）
38. 箇	32	63	13（40.6）	31（49.2）	6 / 37（16.2）	10（15.9）
39. 過			（箇過不分韻目）			
40. 禡	40	90	17（42.5）	40（44.4）	12 / 51（23.5）	21（23.3）

41. 漾	36	80	17（47.2）	49（61.3）	14 / 42（33.3）	39（48.8）
42. 宕	16	27	6（37.5）	12（44.4）	5 / 20（25.0）	5（18.5）
43. 映	10	23	2（20.0）	9（39.1）	2 / 12（16.7）	9（39.1）
44. 諍	7	10	1（14.3）	1（10.0）	1 / 7（14.3）	1（10.0）
45. 勁	10	23	6（60.0）	17（73.9）	4 / 10（40.0）	12（52.2）
46. 徑	16	39	10（62.5）	30（76.9）	8 / 21（38.1）	17（43.6）
47. 證	18	32	5（27.8）	11（34.4）	5 / 23（21.7）	7（21.9）
48. 嶝	10	20	4（40.0）	11（55.0）	3 / 12（25.0）	4（20.0）
49. 宥	34	82	20（58.8）	53（64.6）	13 / 45（28.9）	32（39.0）
50. 候	22	42	14（63.6）	28（66.7）	11 / 29（37.9）	14（33.3）
51. 幼	2	2	1（50.0）	1（50.0）	1 / 2（50.0）	1（50.0）
52. 沁	17	42	5（29.4）	14（33.3）	3 / 19（15.8）	11（26.2）
53. 勘	9	16	6（66.7）	11（68.8）	4 / 12（33.3）	6（37.5）
54. 闞	8	29	6（75.0）	27（93.0）	3 / 11（27.3）	14（48.3）
55. 豔	9	27	4（44.4）	13（48.1）	1 / 11（9.1）	6（22.2）
56. 㮇	4	4	1（25.0）	1（25.0）	1 / 4（25.0）	1（25.0）
58. 陷	2	2	0（0）	0（0）	0 / 2（0）	0（0）
59. 鑑	6	8	1（16.7）	1（12.5）	1 / 6（16.7）	1（12.5）
57. 釅	1	1	0（0）	0（0）	0 / 1（0）	0（0）
60. 梵	9	15	3（33.3）	6（40.0）	2 / 11（18.2）	2（13.3）
入聲	切數	切總	玉切	玉總	三同	三總
1. 屋	87	215	45（51.7）	148（68.8）	27 / 133（20.3）	47（21.9）
2. 沃	21	39	5（23.8）	6（15.4）	2 / 23（8.7）	2（5.1）
3. 燭	21	36	13（61.9）	23（63.9）	8 / 23（34.8）	13（36.1）
4. 覺	35	115	23（65.7）	86（74.8）	19 / 58（32.8）	50（43.5）
5. 質	66	151	27（40.9）	82（54.3）	21 / 88（23.9）	51（33.8）
6. 術	（質術不分韻目）					
7. 櫛	3	3	2（66.7）	3（100）	2 / 3（66.7）	2（66.7）
8. 物	17	30	11（64.7）	21（70.0）	7 / 19（36.8）	11（36.7）
9. 迄	7	14	1（14.8）	5（35.7）	1 / 9（11.1）	5（35.7）
10. 月	22	91	9（40.9）	54（59.3）	8 / 33（24.2）	32（35.2）
11. 沒	33	75	18（54.5）	55（73.3）	10 / 41（24.4）	25（33.3）
12. 曷	70	178	32（45.7）	101（56.7）	20 / 98（20.4）	48（27.0）
13. 末	（曷末不分韻目）					
14. 轄	18	35	8（44.4）	19（54.3）	3 / 20（15.0）	6（17.1）

15. 點	10	20	5（50.0）	8（40.0）	2 / 12（16.7）	3（15.0）
16. 屑	39	131	23（59.0）	104（79.4）	22 / 69（31.9）	43（32.8）
17. 薛	42	115	20（47.6）	73（63.5）	11 / 57（19.3）	34（29.6）
18. 藥	38	87	14（36.8）	41（47.1）	10 / 52（19.2）	17（19.5）
19. 鐸	48	148	29（60.4）	110（74.3）	25 / 82（30.5）	38（25.6）
20. 陌	42	120	16（38.1）	60（50.0）	7 / 56（12.5）	32（26.7）
21. 麥	35	76	20（57.1）	51（67.1）	13 / 47（27.7）	18（23.7）
22. 昔	58	126	19（32.8）	58（46.0）	19 / 78（24.4）	35（27.8）
23. 錫	38	115	18（47.4）	73（63.5）	15 / 60（25.0）	31（27.0）
24. 職	35	81	18（51.4）	52（64.2）	17 / 48（35.4）	37（45.7）
25. 德	18	50	10（55.6）	28（56.0）	7 / 27（25.9）	12（24.0）
26. 緝	34	92	15（44.1）	42（45.7）	10 / 42（23.8）	21（22.8）
27. 合	25	48	15（60）	28（58.3）	8 / 36（22.2）	8（16.7）
28. 盍	17	43	4（23.5）	14（32.6）	2 / 20（10.0）	4（9.3）
29. 葉	30	55	16（53.3）	35（63.6）	8 / 35（22.9）	20（36.4）
30. 怗	27	58	16（59.3）	41（70.7）	15 / 39（38.5）	26（44.8）
31. 洽	18	37	7（38.9）	17（45.9）	9 / 25（36.0）	12（32.4）
32. 狎	12	32	8（66.7）	26（81.3）	9 / 19（47.4）	20（62.5）
33. 業	3	7	1（33.3）	3（42.9）	1 / 5（20.0）	1（14.3）
34. 乏	1	1	1（100）	1（100）	1 / 1（100）	1（100）

　　眾所周知，《篆隸萬象名義》所錄反切並不是原本《玉篇》的所有反切，又切全都被刪去了。如果我們能看到完本原本《玉篇》，應該可以知道附表中表示一致程度的統計數值會更高。另外有經過傳寫發生異體字、省體字以及誤寫的問題，如：呼—吘、資—咨、檢—撿、亦—赤；爾—尒、彌—弥、餘—余；物—勿、智—知等。如何看待它們，都會對上面的數值有所影響。上面的數值是把這些字體異同嚴格處理之後統計的，隨著將來《玉篇》逸文研究進展，會有提高的可能。順便說明一下，關於字面與《切韻》、《玉篇》全異的反切，亦有引自某種先行文獻的可能，但我們當然也要考慮玄應他（們）編音義時改變反切字面的情況。這一點待後考。

　　*此文是太田齋 1998b 的改訂版。根據何琳老師的譯文（2005）進行修改，曾用於在首師大（2015.12.23）和北大（2015.12.25）講演時的底稿。雖然基本觀點沒有變化，但此後繼續修改，最終和太田 1998b 以及太田 2019 合併而成

一篇。趁著一段修改工作，加上了幾個新論點，載於《辭書研究》2023 年第
三期，1～31 頁。這次《漢語音義學研究論集》編輯部特意允許轉載，把全文
改為繁體字，並修正了幾處遺漏的錯誤。除此之外，雖有版面設計上的差異，
但字句沒有異同。順便加上了〔注 11〕。

八、參考文獻

1. 北山由紀子（KITAYAMA Yukiko）1997a『原本玉篇』の受容について～『玄應
一切經音義』との「案語」の比較を通して～（關於《原本玉篇》的接納——
和《玄應音義》之間案語對比——），富山大學本科畢業論文，共 25 頁，資料
部分〈資料《玄應一切經》裡的「案（按）語」〉見於《開篇》26，2007，273
～293 頁。當轉載於《開篇》太田齋加以校勘。

2. 北山由紀子（KITAYAMA Yukiko）1997b 顧野王『玉篇』と玄應『一切經音義』
との關係（顧野王《玉篇》和玄應《一切經音義》的關係），第 76 屆訓點語學
會研究發表提要，於大阪市立大學，6 頁＋1 書影，見於《開篇》26，2007，267
～272 頁；書影 294～298 頁。當轉載於《开篇》太田齋加以校勘。

3. 陳寅恪，從史實論切韻，《嶺南學報》9-2，1949 年，1～18 頁。

4. 高田時雄（TAKATA Tokio）1987 玉篇の敦煌本（敦煌出土玉篇），《人文》33，
53～64 頁。

5. 高田時雄（TAKATA Tokio）1988 玉篇の敦煌本・補遺（敦煌出土玉篇・補遺），
《人文》35，162～172 頁。

6. 古屋昭弘（FURUYA Akihiro）1979 王仁昫切韻に見える原本系玉篇の反切—
又音反切を中心に—（王仁昫切韻所見原本系玉篇的反切——以又音反切為中
心—），《中國文學研究》5，128～140 頁。

7. 古屋昭弘（FURUYA Akihiro）1983『王仁昫切韻』新加部分に見える引用書名
等について（關於《王仁昫切韻》新加部分體現的引用書名等），《中國文學研
究》9，150～161 頁。

8. 古屋昭弘（FURUYA Akihiro）1984 王仁昫切韻と顧野王玉篇（王仁昫切韻與顧
野王玉篇），《東洋學報》65-3／4，1～35 頁。

9. 河野六郎（KŌNO Rokurō）1937 玉篇に現れたる反切の音韻的研究（對玉篇反
切的音韻學研究），東京帝國大學文學部言語學科畢業論文（收錄於《河野六郎
著作集 2》1979，3～154 頁）。

10. 河野六郎・朝鮮漢字音の一特質（朝鮮漢字音的一種特質），言語研究（3），1939：
27～53，又載河野六郎・河野六郎著作集 2・東京：平凡社 1979：155～180。

11. 陸志韋 1963 古反切是怎樣構造的，《中國語文》，第 5 期，349～385。

12. 李永富，《切韻輯斠》，藝文印書館，線裝八冊（簡稱輯斠），1973 年。

13. 林平和，《呂靜韻集研究》，嘉新水泥公司文化基金會研究論文 324 種，共 130 頁，1976 年。

14. 馬淵和夫（MABUCHI Kazuo）1952 玉篇佚文補正，《東京文理科大學國語國文學會紀要》3，共 152 頁（簡稱 M）。

15. 木田章義（KIDA Akiyoshi）1998『玉篇』とその周邊（玉篇及其周邊事情），《訓點語和訓點資料》記念特輯，訓點語學會，26～42 頁。

16. 平山久雄（HIRAYAMA Hisao）1962 切韻系韻書の例外的反切の理解について——「為・支反」——をめぐって（怎樣理解切韻系韻書的例外反切——以「為・支反」為例——），《日本中國學會報》第 14 集，180～196 頁。

17. 平山久雄（HIRAYAMA Hisao）1967 中古漢語の音韻（中古漢語的音韻），《中國文化叢書 1 言語》，東京，大修館書店，112～166 頁。

18. 森博達（MORI Hiromichi）1991《古代の音韻と日本書紀の成立（古代音韻與日本書紀的成立）》，大修館書店，共 392 頁。

19. 上田正（UEDA Tadashi）1976《切韻諸本反切總覽》，均社，京都共 222 頁。

20. 上田正（UEDA Tadashi）1981 玄應音義諸本論考，《東洋學報》63-1，2，1～28 頁。

21. 上田正（UEDA Tadashi）1986a《玄應反切總覽》，著者自印，共 280 頁。

22. 上田正（UEDA Tadashi）1986b《玉篇反切總覽》，著者自印，共 563 頁。

23. 太田齋（ŌTA Itsuku）1998a 玄應音義反切と玉篇反切の一致（《玄應音義》反切與《玉篇》反切的一致），《開篇》17，134～140 頁。

24. 太田齋（ŌTA Itsuku）1998b 玄應音義に見る玉篇の利用（《玄應音義》中《玉篇》的使用），《東洋學報》80-3，01～024 頁；何琳譯，《音史新論　慶祝邵榮芬先生八十壽辰學術論文集》，董琨等主編，學苑出版社，2005.5，223～237 頁。

25. 太田齋（ŌTA Itsuku）2019 玄應反切と切韻反切——中古效攝所屬字の分析——（《玄應音義》反切和《切韻》反切——中古效攝字的分析——），《日本中國學會報》71，45～59 頁。

26. 小島憲之（KOJIMA Noriyuki）1986 原本系『玉篇』をめぐって—空海の表現に及びつつ—（關於原本系〈玉篇〉—兼顧空海的表現—），《神田喜一郎博士追悼中國學論集》二玄社，116～136 頁。

27. 王力，玄應一切經音義反切考，《武漢師範學院學報》1980 年 3，18～24 頁，後收於《龍蟲並雕齋文集》第三冊，1982 年，123～134 頁。

28. 周法高，玄應反切考，《中央研究院歷史語言研究所集刊》20，1948a，359～444 頁。

29. 周法高，從玄應音義考察唐初的語音，《學原》2／3，39～45 頁，1948b，後收於周法高 1963 年，1～20 頁。

30. 周法高，三等韻重唇音反切上字研究，《中央研究院歷史語言研究所集刊》，1952 年，385～407 頁。

31. 周法高，《中國語文論叢》，正中書局，1963 年，共 451 頁。

32. 周法高，《玄應反切字表（附玄應反切考）》，崇基書店，1968 年，共 280 頁。

33. 周法高，玄應反切再論，《大陸雜誌》69-5，1984 年，1～16 頁。

34. 周祖謨萬象音義中之原本玉篇音系，《問學集》，中華書局，1966 年，270～404 頁（篇末說明 1936 寫成），1936 年。

35. 周祖謨，《唐五代韻書集存》（全二冊），中華書局，1983 年，1022＋23 頁。

九、使用版本及其簡稱

玄應音義

　　大治本（簡稱大）；廣島大學藏本（簡稱廣）；天理藏本（簡稱天理）：古辭書音義集成 7、8、9，汲古書院，1980 年；1981 年；1981 年。

　　高麗藏本：《高麗大藏經》第 32 冊，東國大學校，1975 年（簡稱麗）。

　　磧砂藏本：《宋版磧砂大藏經》第 30 冊，新文豐出版公司影印，1987 年（簡稱磧）。

　　金藏廣勝寺本：《中華大藏經（漢文部分）》第 56 冊，中華書局，1993 年（簡稱金）。

　　同治八年仁和曹氏重刊本：新文豐出版公司影印，1980 年（簡稱豐）。

　　（慧琳音義所收玄應音義簡稱為玄琳）。

　　叢書集成本：《百部叢書集成》0739-0744 所收海山仙館叢書本，中華書局影印，1985。

慧琳音義（簡稱琳）

　　高麗藏本：慧琳希麟一切經音義（共 5 冊），大通書局影印，1970 年。

　　（同時參考了東國大學校刊行《高麗大藏經》第 42、43 冊（1976））。

希麟音義（簡稱希）

　　高麗藏本：《高麗大藏經》第 41，東國大學校，1976 年。

玉篇

　　原本系：《玉篇零卷》，大通書局，1972（簡稱原玉）。

　　宋刻本：《大廣益會玉篇》（張氏澤存堂本），中華書局，1987 年（簡稱宋玉）。

　　元刻本：《大廣益會玉篇》（國學基本叢書經部），新興書局，1968 年（簡稱元玉）。

敦煌本：陳祚龍《敦煌古抄文獻會最》，新文豐出版公司，1982 年。

黃永武編著《敦煌寶藏》，新文豐出版，1894 年，第 140 冊。

篆隸萬象名義（簡稱萬）

高山寺古辭書資料第一（高山寺資料叢書第六冊），東京大學出版會，1977 年。

此外，切韻系韻書（簡稱切）使用了《十韻彙編》（學生書局影印本）以及《廣韻》（澤存堂本藝文印書館影印本），各版本的簡稱均從《十韻彙編》（如「切三」、「刊」、「王一」、「唐」等等）。說文解字（簡稱說）使用了《說文解字注》（藝文印書館影印本）。所引用馬淵和夫，1952 年（簡稱 M）搜集的逸文裡含有筆者未確認其出處的。

淨土三經音義在日本
——以乘恩撰《淨土三部經音義》為中心[*]

梁曉虹[*]

摘　要

　　本文對日本所傳存的「淨土三經音義」加以考察。首先簡單梳理日本曾經流傳的「淨土三經音義」及日僧所撰「淨土三經音義」的基本綫索，然後重點考察江戶時代乘恩（1725～1785）所撰《淨土三部經音義》（五卷本）。該音義為日本現存「淨土三經音義」中篇幅最大者，且全書以漢文寫成，對考察研究漢文佛教文獻具有一定價值。

關鍵詞：淨土宗；淨土三部經；佛經音義；淨土三部經音義；乘恩

一、「淨土三部經音義」在日本

（一）關於「淨土三部經」與「淨土三部經音義」

1. 漢譯「淨土三部經」

淨土宗以稱念阿彌陀佛名號，求往生西方極樂淨土為宗旨而得名。作為漢

＊　基金項目：日本學術振興會（JSPS）科學研究費基盤研究（C）「日本中世における異體字の研究—無窮會系本『大般若經音義』三種を中心として」（2023 年度；課題號：19K00635）以及 2023 年度南山大學パッヘ研究獎勵金 I-A-2 成果之一；國家社會科學基金重大項目「中、日、韓漢語音義文獻集成與漢語音義學研究」（19ZDA318）。

＊　梁曉虹，日本南山大學，南山大學綜合政策學部教授。

傳佛教中影響最大，信眾最多宗派之一，淨土宗一直以「三經一論」為其基本理論根據。「三經」為《無量壽經》、《觀無量壽經》、《阿彌陀經》；「一論」乃《往生論》，也稱《淨土論》。其中，《無量壽經》二卷，曹魏·康僧鎧譯，又稱《雙卷經》、《兩卷無量壽經》、《大無量壽經》、《大經》，主要揭示在阿彌陀佛因位的願行及果上功德，並叙及淨土之莊嚴，勸發諸天眾生精進修行，以求往生佛國淨土。《觀無量壽經》一卷，劉宋·畺良耶舍譯，又稱《觀無量壽佛經》、《無量壽佛觀經》、《無量壽觀經》、《十六觀經》，略稱《觀經》，主要揭示往生淨土之行業，示現西方極樂淨土，並說修三福、十六觀為往生法。《阿彌陀經》一卷，姚秦·鳩摩羅什譯，又稱《一切諸佛所護念經》、《諸佛所護念經》、《小無量壽經》、《小經》、《四紙經》，主要揭示淨土之莊嚴及執持名號、諸佛護念的利益。《往生論》（《淨土論》）實際是《無量壽經優婆提舍願生偈》的略稱，一卷，世親菩薩造，元魏·菩提流支譯，主要揭示淨土之教法，贊述三經之要義。

淨土宗的理論以修持者念佛行業為內因，以彌陀願力為外緣，內外相應，從而可於死後往生西方極樂世界。因為淨土宗的修行法門簡便易行，其所宣傳的西方極樂世界又極為美好，故而在漢土得以廣汎傳播，成為中國佛教中影響最大的宗派之一。而且即使在經過了有唐一代—中國佛教發展頂峰之後，有些宗派已逐漸失去往日光環，繁盛之景不再，然淨土宗卻能一直延綿不斷，廣為流傳。不僅歷代名師輩出，五代至宋以降，淨土信仰還進一步深入民間，甚至滲透至其他宗派，許多宗師常聯繫淨土信仰而提倡念佛的修行。以「禪淨合一」為中心而形成的佛家各派大融合實際上成為宋代以後中國佛教發展的主要特色，故而「家家彌陀佛，戶戶觀世音」正是中國淨土信仰流傳盛況的生動寫照。

2. 漢撰「淨土三經一論音義」

中國傳統佛經音義中，有玄應的《觀無量壽經音義》，在其《眾經音義》卷五，慧琳則將其轉錄收於《一切經音義》第三十二卷；另《玄應音義》卷八有《阿彌陀經音義》和《無量壽經音義》，前者《慧琳音義》轉錄增補於第十六卷，後者《慧琳音義》轉錄於第十六卷[註1]。慧琳在轉錄增補玄應的《阿彌陀經音

〔註1〕參考徐時儀《一切經音義三種校本合刊》（修訂版），上海古籍出版社，2012 年，第122 頁、174 頁。又岡田希雄《淨土三經音義攷》一文指出《觀無量壽經音義》在《玄應音義》卷六；《阿彌陀經音義》與《無量壽經音義》在卷九（《龍谷學報》，第 324 期，1939 年 3 月）或許有誤。筆者經過調查，認為徐說準確。

義》外，也在卷三十二專為《阿彌陀經》又重撰音義。但是經過查檢，我們發現，玄應與慧琳這兩位唐代音義大家有一共同特色，即他們為三部經所撰音義之內容皆頗為簡單。玄應的《觀無量壽經音義》祇有 1 條，而玄應的《阿彌陀經音義》雖有上下二卷，但也僅有 15 條，而且其中有 9 條僅注音而不釋義。又玄應的《無量壽經音義》祇為上卷音義，共 8 條。慧琳在卷十六轉錄增補玄應《阿彌陀經音義》，共有 25 條，增加了 10 條，各條內容也有所補充。但慧琳自己為《阿彌陀經》重撰的音義卻也僅有 4 條。至於《往生論》（《淨土論》），玄應無音義，慧琳撰著了音義，收於《慧琳音義》卷第四十七，目錄稱《無量壽經論》，而正文則稱《無量壽論》。這是因為《無量壽經優婆提舍願生偈》除可稱《往生論》、《淨土論》外，還可稱《無量壽經論》、《無量壽論》。但是，如同上述「淨土三經」音義一樣，慧琳的《無量壽論音義》也很簡單，僅收釋《無量壽論》中 5 個雙音節詞。

據上所述，一般可以認為以玄應、慧琳等為代表的漢僧為「淨土三經一論」所撰音義，內容似乎較為簡單。筆者認為其主要原因有兩點：其一，因其撰著目的所決定。玄應、慧琳等音義大家所撰皆屬「眾經音義」、「一切經音義」，而「淨土三經一論」在卷帙浩繁的藏經中篇幅並不算長，故而音義內容較少。其二，淨土修行法門本身簡便易行，「淨土三經一論」中難詞難字也不算多，故在玄應與慧琳兩位大師看來，或許所需「音義」的內容無需太多，也是有情可原。

（二）日本淨土宗與「淨土經」音義

與其他宗派相較，日本淨土宗的正式創立相對較晚，已是平安末期。然而彌陀信仰、淨土思想等卻早在飛鳥時代（600～710 年）就伴隨佛教東渡而傳入日本。奈良時代（710～794 年）中期，「淨土三經一論」以及中國、新羅諸師對其的注疏，〔註2〕皆陸續傳入日本，這就促進了彌陀信仰的普及和淨土典籍的研究。所以儘管「奈良六宗」〔註3〕與「平安二宗」〔註4〕中並無淨土宗，

〔註2〕 重要的「淨土經」註疏有如：《無量壽經義疏》（2 卷，隋・慧遠撰）；《無量壽經義疏》（1 卷，隋・吉藏撰）；《兩卷無量壽經宗要》（1 卷，新羅・元曉撰）；《無量壽經連義述文贊》（3 卷，新羅・璟興撰）；《觀無量壽經義疏》（2 卷，隋・慧遠撰）；《觀無量壽經義疏》（1 卷，隋・吉藏撰）；《觀無量壽經義疏》（1 卷，隋・吉藏撰）；《阿彌陀經義記》（1 卷，隋・智顗說）；《阿彌陀經疏》（1 卷，唐・窺基撰）；《佛說阿彌陀經疏》（1 卷，新羅・元曉述）等。
〔註3〕 指奈良時代形成的佛教宗派：三論宗、成實宗、法相宗、俱舍宗、華嚴宗、律宗。
〔註4〕 指平安時代由最澄創立的天台宗和由空海創立的真言宗。

但淨土思想的影響，淨土信仰的傳播，卻是早期日本佛教值得關注的現象。根據石田茂作《写経より見たる奈良朝仏教の研究》，奈良時代，不僅「三經一論」皆已有傳播，《無量壽經》之異譯、《阿彌陀經》之別譯等也混合在一起流傳。另外，有關淨土教的經論注疏有不少也已傳來，其中特別是書寫善導《觀無量壽經》（四卷）之記事還見於正倉院文書（石田茂作 1930：160～161）。善導作為中國淨土宗的實際創始人，其所謂「五部九帖」〔註5〕的著述，除去《觀念法門》一卷外皆曾傳到日本。不僅如此，甚至連「奈良六宗」中最有影響的三論宗、華嚴宗、法相宗中也有研究淨土經典的學者，如三論宗的智光、東大寺華嚴宗學者智憬、法相宗的善珠等，皆有多種研究淨土教典的著作。

　　雖然淨土宗正式成立時代較晚，但早期淨土經典的流傳以及諸宗名師直接或間接的提倡，大大促進了淨土信仰的流傳，所以此宗一直擁有廣大的受眾群體，淨土信仰頗為興盛。從簡單念佛到學術研究，皆有呈現。故而，隨著淨土宗的成立與興盛，淨土宗據以立宗的「三經一論」的讀者群亦愈加廣汎。如果說，在玄應與慧琳兩位大師看來，「淨土三經一論」對漢地信徒來說，或許所需「音義」，即所需詮釋的內容並不多的話，那麼在東瀛，無論是淨土宗派內的僧侶，亦或是一般「念佛」的信眾，因其畢竟是作為外來語來誦讀接受的經典，而且當時日本文字已經產生，人們的閱讀與書寫也與早期純粹使用漢文有所不同，故而為信眾閱讀「淨土三經」的各種註釋書也隨之出現，其中以辨音釋義為主的音義書自然也不少。水谷真誠（1949、1994：22）共刊登出有關淨土三經的音義共有以下十種：

　　　　001 兩卷經字釋　撰者不記　天平十二年寫

　　　　002 無量壽經字記一卷

　　　　003 無量壽經註字釋一卷　善珠撰

　　　　004 淨土三部經音義集四卷　釋信瑞（—弘安二）撰

　　　　005 淨土三部經音義二卷附六時禮讚偈　珠光（—天正十八年）
　　　　　　撰

　　　　006 淨土三部經音義五卷　乘恩（享保一〇—天明五）撰

　　　　007 淨土三經字音考一卷　玄智（享保一九—寬政六）撰

〔註5〕也作「五部九卷」，即《觀經四帖疏》四卷、《觀念法門》一卷、《法事讚》二卷、《往生禮讚》一卷、《般舟讚》一卷。

008 三經合注字音考一卷　玄智景耀（享保一九─寬政六）撰

009 三經字音正訛考一卷　京都大學所藏據東京大學岡本保考

　　自筆本影寫本

010 三部經字引一卷　東條逢傳撰　明治十一年刊本

僅從以上「書目」，不難看出「淨土經」音義在日本要比在中國更為豐富。以上祇是「三部經音義」，水谷真成在其《佛典音義書目》第十「諸宗部」還記有三種有關《淨土論注》的音義：

011 淨土論注音釋一益湛益（奕）撰

012 淨土論注字選二卷　轉〔註6〕超撰

013 淨土論注捃貼書二卷　輪超撰

《淨土論注》也可稱《往生論注》，是北魏淨土高僧曇鸞為《往生論》撰寫的注釋書。《淨土論注》非常重要。曇鸞在其注釋中主張的「他力易行道」，對後世中國乃至日本的淨土教影響深遠。然而，這樣一部重要的淨土著作，卻在唐末佚失，流傳至日本。直至清朝末年，因楊仁山居士之緣，才重新回到故土，現收於《大正藏》第 40 冊，共上下兩卷，全名為《無量壽經優婆提舍願生偈婆藪槃頭菩薩造（并）註》（卷上；卷下）。因為《淨土論注》在中國本土長久遺失，故其音義著者皆為日本僧人，且以德川時代（1603～1867）後期為主。

本文主要以日僧撰「淨土三經音義」為資料，有關《淨土論注》音義將於他文另行考察。

除以上水谷貞成《佛典音義書目》外，岡田希雄（1939）也有專門考證，指出現存日僧所撰淨土三經的音義有以下七種：

（1）淨土宗信瑞所撰《淨土三部經音義集》，四卷。

（2）《淨土三部經音義》，一卷，撰者時代不詳。

（3）《淨土三部經音義》，上下二卷，淨土宗僧人珠光撰，天正十八
　　　年暮春上澣自序。

（4）《三部經字引》，刊，一卷。

（5）《淨土三部經音義》，美濃版五卷五本，真宗本願寺派僧人乘恩
　　　撰，寶曆五年五月成，六年十月刊。

〔註6〕「轉」字誤，應為「輪」字。此音義作者與以下《淨土論注捃貼書》為同一人。

（6）《淨土三經字音考》，四六型小本一卷，真宗本願寺派玄智（景耀）撰，永安元年十二月成，二年閏三月刊。

（7）《三部經字引》，四六型小本一卷，大谷派東條逢傳撰，明治十一年六月刊。

以上所記七部音義，基本上可與水谷先生《書目》參照比對。有的標有著者名，如（1）信瑞、（3）珠光、（5）乘恩、（6）玄智（景耀）、（7）東條逢傳。但水谷《書目》記載玄智景耀所著有兩種，其中008《三經合注字音考》一卷不見岡田文，水谷《書目》標見《淨土真宗教典志第二》。而009《三經字音正訛考》一卷，亦不見岡田文，然此音義卻現存，京都大學文學研究科圖書館藏有寫本《淨土三部妙典附尾三經字音正訛考》，標明著者為「義山」，書寫者不明，書名別名為《三經字音正訛考》。此書本文末有「或人云三經字音正訛為京師智恩院中入信寺義山上人作之云云」〔註7〕字樣，又卷末有「右者乃據東京帝國大學文科大學所藏之岡本／保孝〔註8〕自筆本謄寫／明治四十四年七月二十四日」〔註9〕字樣。

而岡田論文中所提及的（4）《三部經字引》，不見水谷《書目》。根據岡田（1939）研究，在元祿九年（1696）或寶永六年（1709）的《增益書籍目錄》「さ」之「佛書」條記有二冊的珠光音義，標有出售處與價格，但同處之末記有一冊本《三部經字引》，且標有出售處與價格，與前不同。據此可見，此應與珠光音義有異，並非同一本。因岡田先生自己並未見此書，故言不知其詳，或許頗為簡略。另外，江戶時代年間其他書目，包括《蓮門類聚經籍錄》等亦未見記有此書，因其極其簡單，故可忽略不計。

以上日僧所撰「淨土三經」音義，篇幅各有不同，有的頗為簡略，如以上所舉「經字引」類，但也有的篇幅很長，如信瑞的《淨土三部經音義集》，有四卷；乘恩《淨土三部經音義》，則共五卷。體例與內容也頗為豐富，既有傳統的「卷音義」，也有後來發展而成的「篇立音義」。所用語言也有不同，有的用漢語書寫，也有的漢日夾雜，當然還有全用日語標音釋義者。其中，較早為

〔註7〕此為筆者譯文。原文為「或人云三經字音正訛八京師智恩院中入信寺義山上人作之云々」。

〔註8〕此字水谷《書目》作「考」，蓋誤。

〔註9〕此為筆者譯文。原文為「右者東京帝國大學文科大學所藏ノ岡本／保孝自筆本二依リテ謄寫セル也／明治四十四年七月二十四日」。

學界矚目的有鎌倉時期淨土宗學僧「敬西房」信瑞的《淨土三部經音義集》。除此，戰國時期珠光所撰《淨土三部經音義二卷附六時禮讚偈》不僅有「天正版」流傳至今，江戶時代還多有其他刊本（岡田希雄 1939）。然而「淨土三經」音義中篇幅最長的乘恩《淨土三部經音義》所受到的關注卻很少，雖有寶曆六年（1756）刊本，但學界對其所作研究幾乎不見。有慨於此，本文即以此音義為資料，對其加以專門論攷。

二、乘恩撰《淨土三部經音義》（五卷本）考

（一）作者與時代

《淨土三部經音義》（五卷）作者為乘恩。乘恩（1725～1785）字湛然，號大珠，近江河原〔註10〕人，江戶中期淨土真宗本願寺派學僧，住京都桃華坊特留山淨教寺，並曾擔任過該寺住持。其最初法名是法慧，後改為乘恩。乘恩學識淵博，被認為是淨土真宗本願寺派「學匠」〔註11〕。其曾是江戶前期淨土真宗本願寺派學僧西吟〔註12〕（1605～1663）「學林」中一員，學問淵博，尤精於古文辭學。延享元年（1744）甲子八月，乘恩曾為好友，另一位淨土宗學僧，著名韻鏡學者釋文雄〔註13〕的《磨光韻鏡》撰寫後序，當時年僅 19 歲。而乘恩為自己的《三部經音義》撰寫自序的寶曆五年（1755），也才 31 歲。乘恩於天明五年（1785）十月入寂，時 61 歲。乘恩有多種著作，除以上《淨土三部經音義》五卷外，還有《無量壽經莊嚴記》一冊，《淨土真宗七祖傳》一卷等。另外據說還有《淨土三部經音義續集》、《淨土論疏音義集》等，大概未能來得及完成（岡田希雄 1939），令人遺憾。

《淨土三部經音義》成於寶曆五年（1755）五月。如上述及，當時的乘恩祇有 31 歲，堪稱之為當時佛學界的青年才俊。寶曆六年（1756）十月《淨土三

〔註10〕現日本滋賀縣東北部，米原市西南部的舊鎮區域，位於琵琶湖東岸。

〔註11〕岡田希雄《淨土三經音義攷》。

〔註12〕西吟是江戶時代前期淨土真宗本願寺派學僧。江戶幕府初期，鼓勵寺廟僧人研究學問，本願寺派成立以鑽研學問為主的「學林」，西吟即為初代學林「能化（相當於「學頭」，諸大寺廟中統轄學問之職，也就是現在「學長（校長）」。本願寺派的學林即為龍谷大學前身，而第一代能化西吟，也就是第一代學長，即第一代校長。在龍谷大學主頁上，還記有「初代能化（のうけ）（學長）　永照寺　西吟 1647 年～1663 年」。

〔註13〕釋文雄（1700～1763）是江戶時代語言學家。一生致力於《韻鏡》研究，成果豐碩，主要有《磨光韻鏡》、《磨光韻鏡餘論》、《韻鏡指要錄》、《翻切伐柯篇》等。

部經音義》開版。題簽書名為「淨土三部經音義」，並有副標題「日本撰述」。

（二）體例與內容

寶曆六年刊《淨土三部經音義》〔註14〕前後共收有以下序跋：

三部經音義序：園城祐常〔註15〕序并書（寶曆7年）

三部妙典音義序：興正教寺闡揚序〔註16〕并書（寶曆8年）

淨土三部經音義序：大珠釋乘恩湛然序，法友北春倫書（寶曆5年）

淨土三部經音義跋：了蓮寺沙門文雄〔註17〕撰（寶曆6年）

以上祐青以及闡揚序時間是寶曆七年和八年，此蓋或為後所加，或開版成功拖後了相當時間（岡田希雄1939）。

乘恩在「凡例」開始部分，概括性地回顧了漢傳佛經音義歷史，從有傳承的玄應的《眾經音義》、慧琳的《一切經音義》等到已失佚的郭迻與行瑫所撰音義等，實際是為了說明編撰此音義的目的。在乘恩看來，中國傳統佛經音義，無論是現存還是已失，儘管有淨土三經的內容，但都非常簡單，「其中音訓我三經者不下數紙」。乘恩對此頗感憤懣，有慨於此，故搜集參閱數家音義，比較其異同，並類聚蘊崇新舊章疏，加以挑選，在此基礎上撰著了《淨土三部經音義》。

寶曆六年版共五冊五卷。卷第一、卷第二、卷第三，是為《無量壽經》上卷所作音義；卷第四是為《無量壽經》下卷所作音義；卷第五是為《觀無量壽經》和《阿彌陀經》所撰音義。很明顯，作為「淨土大經」的《無量壽經》上下兩卷占了五分之四的篇幅。之所以有如此之差，按照乘恩「凡例」中的解釋，是因為「小經之語，已見雙卷〔註18〕。觀經者一汰之，觀經之見，雙卷亦然。前修音義，雖隨函而復陸，三經元自一具，故不疊也。讀者察諸。」由此可見，乘恩採用先頗為詳密地為《無量壽經》上下兩卷撰著音義，而因「三經元自一

〔註14〕此為本文所用刊本，為佛教大學所藏。

〔註15〕祐常（1723～1773），江戶中期天台宗僧人。江戶中期公卿二條吉忠之子，隨聖護院忠譽入道親王出家，住近江園城寺圓滿院門跡（皇族貴族出家當住持的寺院）。

〔註16〕闡揚法名為法高，江戶中期真宗興正派僧人，京都興正寺第24代住持。

〔註17〕釋文雄，號無相，江戶中期淨土宗學僧。幼年在京都玉泉寺出家，後到京都了蓮寺師事誓譽，並擔任過該寺住持。

〔註18〕即指《無量壽經》之上下兩卷。

具」,《觀無量壽經》和《阿彌陀經》中的很多內容已經包含在內,讀者可自行
參考。因此,二經音義內容相對簡單,只占五分之一。

此音義為卷音義,按照經本文順序,摘錄三部經中的主要語句(合成詞和
詞組)為辭目,用漢文加以詳密解說。

> 我聞如是[註19]:一時佛住王舍城耆闍崛山中,與大比丘眾萬二
> 千人俱,一切大聖神通已達,其名曰:尊者了本際、尊者正願、尊者
> 正語、尊者大號、尊者仁賢、尊者離垢、尊者名聞、尊者善實、尊者
> 具足、尊者牛王、尊者優樓頻蠡迦葉、尊者伽耶迦葉、尊者那提迦葉、
> 尊者摩訶迦葉、尊者舍利弗、尊者大目揵連、尊者劫賓那、尊者大住、
> 尊者大淨志、尊者摩訶周那、尊者滿願子、尊者離障閡[註20]、尊者
> 流灌、尊者堅伏、尊者面王、尊者果乘、尊者仁性、尊者喜樂、尊者
> 善來、尊者羅雲、尊者阿難,皆如斯等上首者也。[註21]

案:以上是《無量壽經》卷上的開頭部分。下劃綫部分皆是《無量壽經音
義》所收辭目。不難看出基本是逐字逐句加以詮釋。這是《無量壽經音義》上
下兩卷占五分之四的重要原因。而在《佛說觀無量壽經》第一段中:

> 一時,佛在王舍城耆闍崛山中,與大比丘眾千二百五十人俱;
> 菩薩三萬二千,文殊師利法王子而為上首。爾時王舍大城有一太子,
> 名阿闍世,隨順調達惡友之教,收執父王頻婆娑羅,幽閉置於七重
> 室內,制諸群臣,一不得往。國大夫人,名韋提希,恭敬大王,澡
> 浴清淨,以酥蜜和麨,用塗其身,諸瓔珞中盛葡萄漿,密以上王。
> 爾時大王,食麨飲漿,求水漱口;漱口畢已,合掌恭敬,向耆闍崛
> 山,遙禮世尊,而作是言:「大目乾連是吾親友,願興慈悲,授我八
> 戒。」時目乾連如鷹隼飛,疾至王所;日日如是,授王八戒。世尊
> 亦遣尊者富樓那,為王說法。如是時間經三七日,王食麨蜜得聞法
> 故,顏色和悅。[註22]

相對於《無量壽經音義》,《觀無量壽經音義》的辭目已有所選擇。《阿彌陀

[註19] 用雙綫處,表示是另一辭目。下同,不另注。
[註20] 宋元明本無「閡」字。
[註21] CBETA 電子佛典 2016 / T12 / 0265。
[註22] CBETA / T12 / 0340。

經音義》亦同此，不贅。之所以如此的原因，上已述及。但即使如此，所收釋
辭目也還是遠超於玄應、慧琳等為「三部經」所撰音義。這正體現出其作為專
書音義的特色。

此音義所收錄辭目，除了以上所舉出的「耆闍崛山中」「與大」「萬二千人
俱」「皆如」「者也」等一些短語詞組外，大部分都是複音詞，其中又大多數是
雙音詞。我們抽樣調查了卷三，其中有雙音節語詞 232 條，三音節 12 條，四音
節 17 條，共 261 條。卷三實際上是五卷中篇幅最小的一卷。由此不難發現其收
詞量很大，不愧為日本「三部經」音義之冠。這些辭目包含專有佛教名詞，也
有一般語詞。而其詮釋方法，正如作者在「凡例」所指出的那樣：「搜集參閱數
家音義」「類聚蘊崇新舊章疏」。以下為《觀無量壽經》開頭一段中的一句，衹
有 37 字，但乘恩在卷五《觀無量壽經音義》卻還是收釋了八個語詞。以下我們
就以其中五詞為例，考察其釋文體例。

　　　　國大夫人，名韋提希，恭敬大王，澡浴清淨，以酥蜜和麨，用塗

其身，諸瓔珞中盛葡萄漿，密以上王。〔註23〕

　　1. 標音釋義主要參考諸種內典音義，尤其是《玄應音義》、《慧苑音義》與
《慧琳音義》等唐代音義大家的著作。如：

　　　　澡浴　應音七（十九〔註24〕）曰：祖老切。說文：澡，灑手也。

浴，灑身也。

　　　　琳音八（四右）曰：子老反。廣雅澡，治也。蒼頡篇澡，盥也。

顧野王云澡，猶洗令潔也。下音欲，說文云浴，洗身也。從水從谷

省聲。（卷五／3）

　　案：上例乘恩全引玄應、慧琳兩位音義大家來解釋「澡浴」一詞。衹是現
在我們見到的二十五卷本《玄應音義》「澡浴」條在卷六，是為《妙法蓮華經》
第五卷所撰音義，而乘恩所標為卷七，故其所見《玄應音義》應是二十六卷本
（徐時儀 2005：36）。而《慧琳音義》卷八則是為《大般若經》卷五百六十八卷
所作音義。

　　2. 在內典音義的基礎上，同時也參引其他外典文獻用以標音釋義。如：

　　　　和麨　應音五（二十）曰：歡波那食，或云怛鉢那，譯云麨也。

_____

〔註23〕 CBETA／T12／0340。
〔註24〕 此用行間小注，蓋為乘恩所用寫本之頁數。以下括號內同此，不再另注。

又十六（二左）曰：麨糒，說文：乾飯也。一曰熬大豆與米者也。

律文從麥作麱，非體也。埤蒼云：炒米麥為麨也。正體從酉作䊡。桂

苑珠叢曰：軍粮曰䊡。本草（廿五）釋名：糗，齲也。飯而磨之使齲

碎也。藏器曰：河東人以麥為之，北人以粟為之，東人以粳米為之，

炒乾飯磨成也。粗者為乾糗糧。（卷五／4）

案：以上所引《玄應音義》，二十五卷本在卷四和卷十六。而其後所引《埤蒼》與《桂苑珠叢》，經筆者考證實際是《慧琳音義》卷十三為《大寶積經》第五十五卷「乾麨」一詞中詮釋下字的內容：「昌沼反。俗字也。廣雅：麨，食也。埤蒼云炒米麥為麨也。正體從酉作麱。桂苑珠叢云軍粮曰麱。」而據此筆者查考相關字書的結果，發現「䊡」實際應作「麱」，「麱」才是「麨」的正字。這顯然是因「酉」與「酉」相似而有的訛寫，應為訛俗字。除了玄應、慧琳兩位大家外，乘恩還引用了李時珍的《本草綱目》第二十五卷中關於「麨」的解說。

夫人　苑音三（六右）夫人者，梵本云第脾，此翻女天。案鄭注

禮云：諸侯之妃曰夫人。玉篇曰：呼婦人為夫人者，亦所以崇敬之

稱也。又夫者，男子美稱，婦因夫以成人故名夫人也。西域呼王妃

為第脾，呼男夫為第婆也。探玄記二十（十六）曰：夫人者，梵名

提婆多，正翻應名天后，古人就義名曰夫人。釋名曰諸侯之妃曰夫

人。夫，扶也。扶助其君也。（卷五／3）

案：「夫人」在翻譯佛典中明顯是一個「舊瓶裝新酒」類型的詞。以上關於「夫人」的詮釋，乘恩全引唐僧慧苑《大方廣佛華嚴經音義》卷三、唐僧法藏《華嚴經探玄記》卷二十以及漢劉熙《釋名》卷三的內容，其中「鄭注禮」「玉篇」等皆為《慧苑音義》中引文。《慧苑音義》中此條實際是為八十卷本《華嚴經》中第四十八卷「夫人」一詞所作音義。

3. 以內典章疏、音義為主，也參考外典文獻，釋梵文音譯或梵文意譯詞。如：

韋提希　法華祥疏二曰：韋提希，翻為思惟，亦云四維。涅槃

音：此云勝妙身夫人也。法華音：吠題四，勝身吠是勝義。題四云

身，即東洲之名毘題訶，男聲呼此，女聲呼此，是山神名，從彼乞

得，即母稱也。（卷五／3）

　　案：「韋提希」，梵名「Vaidehī」，巴利語作「Vedehī」，音譯又作「鞞陀提夫人」、「毗提希夫人」、「吠提哂夫人」，意譯為「思勝夫人」、「勝妙身夫人」、「勝身夫人」等，中印度摩揭陀國頻婆娑羅王之夫人，阿闍世王之生母，為《觀無量壽經》中的重要人物。以上「法華祥疏」，指跨六朝與唐初的「嘉祥大師」吉藏（549～623）所撰《法華義疏》。經查撿，以上內容在《法華義疏》卷一。而「涅槃音」，經查撿，出自北涼沙門釋雲公《大涅槃經音義》卷下。雲公《大涅槃經音義》後由慧琳刪補後收入其《一切經音義》卷第二十五和卷第二十六。另外，所引「涅槃音」中內容實際出自玄奘大弟子、大慈恩寺的窺基法師《法花（華）經音訓》。窺基法師的《法花（華）經音訓》（一卷），後由慧琳詳定收入其《一切經音義》卷第二十七卷。

　　　　酥蜜　　梵語千文：伽哩（二合）多。摩乞叉迦。上孫徂切，酪屬。牛羊乳為之，牛酥差勝。若氂牛復優於家牛也。下覓畢切。說文：蠶甘飴也。本草卅九：時珍曰：蜜以密成，故謂之蜜。本經原作石蜜。蓋以生巖石者為良耳。頌曰：食蜜亦有兩種：一在山林木上作房，一在人家作窠，檻收養之，蜜皆濃厚味美。（卷五／4）

　　案：「酥蜜」並非佛經中少見之詞，有意思的是，玄應與慧琳皆未釋此詞。乘恩引唐三藏法師義淨的《梵語千字文》出其梵文音譯。義淨原書為「伽哩（二合）多，酥。摩乞叉迦，蜜」〔註25〕。其後「酥」字所標音義，則完全引自《韻會·虞韻》。而對於下字的詮釋，標音採用《集韻》，釋義採用《說文》和《本草綱目》卷三十九。

　　所以，總體來看，乘恩在詮釋字詞時，基本採用的是「抄引」「內外典」文獻的方式，自己對字、詞、語的詮釋似乎不多。

　　除了收釋「三部經」中語詞以外，乘恩在每部經音義之後（《無量壽經》則在上下各卷後）附有「校讎」，分別為：「大經上卷校讎」、「大經下卷校讎」、「觀經校讎」、「小經校讎」。「校讎」內容包括統計各經或各卷的行數、字數，並指出宋元明本中所在函冊名，如、「小經校讎」：

　　　　小經文字百二十行，千八百五十七字，宋本養函，麗本鞠函，明本貞函。

────────────

〔註25〕CBETA／T54／1241。

　　除此，還有經過校讎後所發現的宋本、麗本和明本之間的不同，或有用字不同，或有脫字衍字之別，也有音譯詞不同寫法等。如「小經校讎」：

　　　　姚秦：麗本本下有龜茲二字。

　　　　法師：二字麗無。

　　　　奉詔：明無。

　　　　比丘眾：麗明作僧。

　　　　目犍連：麗作軋。

　　　　迦旃延：宋明作㮈。

　　　　……

　　這些內容對瞭解宋本、麗本和明本藏經本貌具有重要的參考價值。正如乘恩在「凡例」中所指出的：

　　　　三經文字，宋本、明本、麗本等不同，舛豕亥，謬魚魯，毫釐千

　　　　里。可不謹記乎！聞宋元二藏，中華蚤散失，麗版亦罹於兵燹，可

　　　　惜也！獨日本古代將來至今宛在。雒之建仁寺，藝之嚴嶋寺等。幸

　　　　可以匡謬漏，闕疑管。

　　乘恩在「小經校讎」末尾還統計了三經總行數和總字數：

　　　　三經總計千六百三十五行。二萬六千六百十三字。

（三）特色與價值

　　岡田希雄曾經指出：乘恩的《淨土三部經音義》，在日本現存音義中篇幅最大，與信瑞的《淨土三部經音義》相比，堪稱「巨著」，而且質量也很不錯。但因純用漢語寫成，並無與國語相關的說明，所以跟日本國語學似乎沒有什麼關係，應該只能從三部經研究史的角度來加以評價（岡田希雄 1939）。而這一點倒或許正是我們應該注意的地方。作為一部由日本學僧撰寫的音義著作，且成於「近世」的江戶時代，其特色頗為明顯，從漢文佛教文獻研究的角度來看，應該具有一定的價值。

1. 從辭目到釋文皆為漢語

　　一般來說，日本僧人撰寫的音義著作，全用漢語寫成的有，但相對較少。即使在日本文字尚未正式產生的奈良末、平安初期出現的早期音義著作，雖從文字上看皆用漢文書寫，彰顯古風，但其中也或多或少有「和訓」，即用萬葉假

名訓釋的內容，如小川家藏本《新譯華嚴經音義私記》、石山寺藏本《大般若經音義》（中卷）等。而隨著日本文字中假名的出現，一些和訓內容開始用片假名標示。且隨著時代遞進，假名的比重逐漸增加，遂致漢文注消失，只用假名標註音訓、義訓的體式開始出現。此可稱為「和式音義」或「日式音義」。時代越後，「日式音義」的比例越高。實際上，被稱為「近世」的安土桃山時代、江戶時代所出現的音義著作，大部分只是收錄漢文佛典中的漢字辭目，音注與義注皆為日文，或是日漢夾雜混合，像乘恩《淨土三部經音義》這樣幾乎全用漢文書寫者〔註26〕，相對少見，這倒成為其特色之一。

不僅文字上用漢語，而且所引用的文獻資料，也大部分是中國資料。雖也有日本資料，但相對較少。筆者還發現有如下現象：

　　　金剛摩尼華：日本信瑞音云未詳。（卷五／25）

「信瑞音」指鎌倉時期淨土宗僧人信瑞所撰《淨土三部經音義》。按照日本人的說法，信瑞應該是乘恩的「前輩」。這是很有意思的現象。作為「後輩」的乘恩引用其前輩的著作時卻特意標出「日本」二字。之所以會如此，大概只能說明其所徵引大部分不是日本資料，故偶有所引，需特意標出，以免引起讀者誤會。

2. 廣徵博引，資料豐富，對漢語佛教文獻研究具有較大參考價值

如上述及，乘恩編撰此音義，基本特色就是通過「抄引」各類文獻典籍來對辭目進行詮釋。所引資料涉及領域頗廣，有屬內典的佛經、佛經音義、佛典章疏等，也有外典經史子集諸類。而且因此音義成於江戶中期，故所引文獻歷史跨度很大，從上古先秦到近代元明。儘管有相當部分屬於「轉引」，如《玄應音義》、《慧琳音義》等「內典」音義書以及《韻會》等「外典」工具書的引用，但內容之豐富，用乘恩自己所言「類聚蘊崇」來形容，頗為恰當。

很明顯的，乘恩此書引用最多的是佛經音義。其中既有玄應、慧琳、希麟等人的「一切經音義」、「眾經音義」，也有慧苑、雲公、慈恩等人「單經音義」，甚至還偶有日本僧人撰寫的佛經音義，如以上所舉的「信瑞音」。這對現今學界風頭正勁的佛經音義研究具有一定的參考價值。例如：

上已述及，乘恩所引《玄應音義》為二十六卷本，《慧苑音義》三卷本。

〔註26〕此音義在標出《阿彌陀經》梵本字母時，字母旁用小字片假名注音。

他在「凡例」中也指出：「諸經音義，數家浩穰。玄應眾經音義二十六卷……慧苑音義三卷……」。據此，我們可以判定，江戶時代二十六卷本《玄應音義》應該頗為流行。因為乘恩「凡例」說得非常清楚。而關於《玄應音義》的卷數，學界一般認為有二十五卷本和二十六卷本。二十五卷為宋、元、明南藏本，二十六卷為明北藏及嘉興藏本。據莫友芝《邵亭遺文》卷二《〈一切經音義〉寫本序》說，釋藏中的《玄應音義》有南、北藏之異，「蓋北本疏於南本，南本異者，佳處十八九；北本異者，佳處十一二」。「南本第三卷，北本析為二，故北本二十六卷，南本二十五卷。乾嘉諸老引證記卷，悉是南本，益知北本不足據也。」陳垣先生《中國佛教史籍概論》卷三說：「實則南本第三、四卷，北本析為三、四、五卷也。」（徐時儀 2005：36）儘管「南本」優於「北本」，但蓋因「明北藏及嘉興藏本」皆為明版，傳到日本時間不長，故較為流行。

而關於《慧苑音義》的卷數，一般有二卷本和四卷本之說。苗昱博士對《慧苑音義》的版本做過研究，其結論為：《慧苑音義》的版本可以分為三個系統：一為藏內單刻本，二為《慧琳音義》本，三為藏外單行本。三個版本系統的《慧苑音義》體例相同，共 39000 餘字，1292 個詞條，《趙城藏》、《高麗藏》、《磧砂藏》均為兩卷本；《永樂北藏》為四卷本，將上、下兩卷分別為二（苗昱 2006：248）。水谷真成《佛典書目·華嚴部》所收慧苑所撰《大方廣佛華嚴經音義》諸寫本與刊本，共 12 種，亦未見有三卷本。但是乘恩此音義卻明確指出有三卷本。不知是乘恩有訛，還是當時日本確實流傳過三卷本《慧苑音義》，有待於今後進一步考探。

3. 援引梵本經文，並多引梵文工具書詮釋音譯詞，有助於原本經文研究
乘恩在「凡例」中指出：

梵語多含如訓字，瞿有九義，便善那有四義。又中天輕妙，北天魯質而不同。新舊之翻，亦有訛有正，有敵對，有義譯。且夫於一義梵語，亦眾彩說，云提舍那，云皤沙等也。想求那跋陀羅瘝未善宋言，觀音為易首逡矣！西土之音，遐得抗軛乎？！翄伊貝夾世湮，殊可憾也。幸有彌陀經梵本，獨蘊於大和極樂寺、近江石山寺。又心經尊勝梵本藏於法隆寺。吾儕幸獲見之，故思戢用光。更觀諸陀羅尼、梵語千字文、雜名、翻譯名義集等，壹是采甄庶體字相字

　　義，窺其儼避羅矣！

　　乘恩如此感慨梵漢對譯之不易，故當其幸得《彌陀經》梵本後，自然會在編纂「淨土三經」音義時加以充分利用。此書卷五在詮釋《阿彌陀經音義》中梵文音譯詞時，就多先標出其梵本文字，然後再如其前所述，引用玄應、慧琳等人音義及其他「內外典」文獻加以詮釋。如：

　　　　離婆多：梵本𑖪𑖤𑖝〔註27〕。玄應音七……（卷五／41）

　　　　周利槃陀伽：𑖤𑖰𑖝𑖎𑖪𑖝。涅槃音曰……（同上）

　　不贅舉。《阿彌陀經音義》中的音譯詞大部分如上先舉出梵本文字，其右旁標有假名讀音。此蓋為此書唯一使用日語之處。但這些假名讀音乃乘恩原本所有，抑或刊刻時所加，不得而知。無論如何，乘恩所標出的梵本文字對研究《阿彌陀經》原本樣貌具有一定的參考價值。

　　正如乘恩自己所指出，他在解釋梵文音譯詞時還參考了「諸陀羅尼」、《梵語千字文》、《雜名》、《翻譯名義集》等資料。其中《梵語千字文》，為唐代譯經大師義淨所撰。這是一部用梵漢兩種文字對照形式編成的梵漢讀本，也可稱為梵漢小辭典。其中的「千字文」，則是義淨根據自己的經歷和體會，以及西行求法者識別梵語的實際需要，特地挑選的（陳士強 1992：1041）。《千字文》自唐代就傳入日本，見存有三種本子：東京東陽文庫本；享保十二年瑜伽沙門寂明刊本；安永二年沙彌敬光刊本（陳士強 1992：1040）。其中東洋文庫本是九世紀的唐寫本，為最古之寫本。〔註28〕後兩種皆已為江戶時代刊本。乘恩所用何本，有待考證。而《雜名》就是《梵語雜名》之略稱。作者為唐代僧人禮言。《梵語雜名》一卷，是一本為梵語初學者的入門書，收錄日常使用的漢字對譯梵語。全書收漢字約一千七百餘個，一一注以梵語之音譯及悉曇字。陳士強指出：由於禮言精通梵語，故所註的梵音大多比較確切，頗可參考（陳士強 1992：1046）。

　　值得注意的是，筆者注意到乘恩引用的梵語工具書中有《梵語勘文》。如：

　　　　懸鼓：下果五切。梵語勘文：陛里。說文：郭也。春分之音……

　　（卷五／13）

〔註27〕原本為豎寫。

〔註28〕此本已作為大型「東洋文庫善本叢書」之一（《梵語千字文／胎藏界真言》）由勉誠出版社出版（編著：石塚晴通・小助川貞次，2015 年）。

畫：梵語勘文：只怛羅。琳音四……（卷五／15）

關於《梵語勘文》，至今學界所知甚少。佐賀東周（1920）、橋本進吉（1915）、岡田希雄（1939）等早年曾指出：人們對《梵語勘文》一書所知甚少，其著者、卷數等一切皆不明，亦不見有書目類記載，僅是因為信瑞所引，人們才知道有此書存在一事。筆者曾專門輯錄信瑞《淨土三部經音義集》所引《梵語勘文》共得 29 條，得出的簡單結論是：《梵語勘文》的作者是日本人。此書應是「集梵唐千字文、梵語雜名、梵漢相對集、翻梵語等大成者」（佐賀東周 1920）〔註29〕，在日本梵語學史上佔有重要位置（安居香 1972：824）。尤其是《梵語勘文》也已為逸書，故信瑞此音義中的 29 條，更顯珍貴。〔註30〕現在我們在乘恩的音義中也見到了「梵語勘文」書名，這就為進一步對此書展開研究提供了資料。問題是乘恩所引「梵語勘文」是引自信瑞書，即「轉引」，還是乘恩自己也見過此書，是「直接引用」。這還有待於進一步考察。僅就以上兩條來看，實際上也見於信瑞書。

懸鼓：梵語勘文曰：鼓，梵言陛裡（雙對集）。（《觀無量壽經音義》）

有百種畫：梵語勘文云：只怛囉，此云畫也（禮言）。（同上）

因筆者尚未及對乘恩書所引文獻展開全面考察統計，以上到底屬於哪種引用，難以確定。作為課題，有待今後繼續進行。但至少可以認為，這些資料是極為寶貴的。

三、結　論

以上，祇是筆者對乘恩《淨土三部經音義》所作的初步研究，還有待於進一步深入，以下為本文的簡短結論。

1.《淨土三部經音義》作為日本僧人寫於江戶中期的「淨土三經」的「專書音義」，其大量的引證資料，對考察研究漢文佛教文獻（所謂「內典」）具有一定價值。這是毋庸置疑的。當然這要在全面考察的基礎上，才能得出更為準確的結論。

〔註29〕佐賀東周《松室釋文と信瑞音義》。

〔註30〕梁曉虹《信瑞〈淨土三部經音義集〉的語料價值研究——以日本資料為例——》，第十屆漢文佛典語言學國際學術研討會發表論文，中國人民大學文學院，2016 年 10 月。此文後刊於南山大學《アカデミア文学・語学編》101 號，2017 年 1 月。

2. 要能得出可信的結論，筆者認為首先要對乘恩的「引書法」加以考察。乘恩引書有時標出書名，有時用略名。特別是其中有大量的「轉引」，如果不理清其線索脈絡，所得出的結論就不會準確。這實際上也是日本學者撰寫音義時徵引文獻的特色之一，我們在考察時要注意這一特點，不能僅看書名就得出結論。乘恩在其音義中有時甚至不標所引書名，這就更需注意。如以上所舉「和麨」條中所引《埤蒼》與《桂苑珠叢》，實際是《慧琳音義》卷十三的內容。另外，乘恩經常用的工具書之一是《韻會》，他有時會標出書名，但也經常不標。如：

　　　　收執：上尸周切。說文：捕也。从攴丩聲。攴，撲也。今文作

　　攵。廣韻：斂也。……（卷五／2）

以上部分實際是《韻會》卷九詮釋「收」字的前半部分內容，故而《說文》與《廣韻》皆為「轉引」。

3. 從形式上來看，乘恩此書與其前後日本僧人所撰「淨土三經」音義似乎有很大不同，但實際上一定會有某種關聯。如以上所指出，其中所引《梵語勘文》亦見於信瑞的《淨土三部經音義集》，乘恩也曾引用過信瑞音義。另外，乘恩書中引用《韻會》的內容不少，而這也與另一部「淨土三經音義」——江戶前期珠光所撰《淨土三部經附六時禮讚偈[註31]音義》相似。珠光音義特色之一就是多參考字書（如《玉篇》）、韻書（如《廣韻》、《韻會》，尤其是《韻會》）來為字詞標音釋義，正字辨形。但其中到底有何種關聯，還有待於今後繼續探討。

總之，乘恩《淨土三部經音義》作為日僧所撰「專經音義」，不僅篇幅長，而且特色明顯，對於佛教文獻研究具有一定的價值。以上只是筆者得到資料後所作的初步探討，限於皮毛，且有訛誤。筆者擬將進一步對此書展開較為全面的研究，希望能得出較為可信的結論。

四、參考文獻

1. 安居香，《淨土三部經音義集における緯書》，佐藤密雄博士古稀記念論文集刊行會編《佐藤博士古稀記念仏教思想論叢》，山喜房仏書林，1972 年。
2. 陳士強，《佛典精解》，上海古籍出版社，1992 年。
3. 乘恩，《淨土三部經音義》，1756 年。

〔註31〕原為雙行小字。

4. 岡田希雄，《淨土三經音義攷》，《龍谷學報》，1939 年第 324 號。

5. 梁曉虹，《信瑞〈淨土三部經音義集〉的語料價值研究——以日本資料為例——》，南山大學《アカデミア文学・語学編》101 號，2017 年。

6. 苗昱，《華嚴音義版本考》，徐時儀・陳五雲・梁曉虹編《佛經音義研究——首屆佛經音義研究國際學術研討會論文集》，上海古籍出版社，2006 年。

7. 橋本進吉，《信瑞の淨土三部經音義集に就いて》，《佛書研究》第十二號，1915 年。

8. 水谷真誠，《佛典音義書目》，《大谷學報》第 28 卷第 2 號，1939 年。

9. 徐時儀，《玄應眾經音義研究》，中華書局，2005 年。

10. 徐時儀，《一切經音義三種校本合刊》（修訂版），上海古籍出版社，2012 年。

11. 佐賀東周，《松室釋文と信瑞音義》，真宗大谷大學佛教研究會編《佛教研究》第壹卷，第叄號，1920 年。

12. CBETA 電子佛典，中華電子佛典協會，2016 年。

《可洪音義》勘誤舉隅（二）*

韓小荊*

摘　要

　　大型佛經音義書《可洪音義》對於近代漢字研究和佛教文獻整理都很有參考價值，但是該書中也存在許多錯誤，可分為原發性錯誤和繼發性錯誤兩大類。原發性錯誤主要是由於作者自身的學識局限造成的，故總歸為注釋疏誤；繼發性錯誤是指該書在流傳過程中後增的版本訛誤。本文再就學界尚未論及的 78 例錯誤進行了詳細考辨，考辨結果對於《可洪音義》的深入研究和全面整理具有一定參考價值。

關鍵詞：可洪音義；注釋疏誤；版本訛誤

　　五代僧人釋可洪的《可洪音義》（全稱《新集藏經音義隨函錄》）是一部大型佛經音義書，書中所收俗字異體對於近代漢字研究很有價值。不僅如此，該書對佛教文獻的校勘對於後人整理佛典也很有參考價值。目前該書已經引起教外學者們的高度重視，研究者和利用者日漸增多，但是在參考利用的同時，我們也應該注意到該書中存在許多問題，需要引起重視。

　　《可洪音義》目前只有高麗大藏經本，其他版本都是對此版本的影印或轉刻，基本屬於同一個系列。《可洪音義》中的錯誤可分為原發性錯誤和繼發性錯誤兩大類。所謂原發性錯誤，就是由於作者自身囿於學識局限而產生的錯誤，

＊　基金項目：国家社科基金項目「佛經音義與佛典的綜合比較研究」（21AYY019）的階段性成果。

＊　韓小荊，女，1973 年生，河北蠡縣人，博士，教授，蘇州大學文學院，主要研究文字學、訓詁學、古典文獻學。

錯誤原因主要如下：（1）由於所據版本有誤而作者失校、誤校，進而誤釋；（2）由於對經文理解有誤而誤改、誤釋；（3）由於其編纂思想局限、參考資料不足等原因而造成的注釋疏誤。說到底，原發性錯誤主要還是由於作者自身對經文理解不夠透徹造成的，故總歸為注釋疏誤。對於原發性錯誤，只有通過與各種版本佛經原典和其他佛經音義的對比分析才能發現。至於繼發性錯誤，就是指佛經音義在流傳過程中後增的版本錯誤，即在傳抄刊刻中新增的訛、脫、衍、倒等錯誤，我們將其歸入版本校勘類進行討論。這類錯誤，有些通過本校、理校可以解決，還有很多只能通過和其他佛經音義對勘、和佛經原典對勘才能發現並解決。

本文再就學界尚未論及的《可洪音義》中的 78 例錯誤進行詳細考辯，提出了自己的意見。這些錯誤即按上述的錯誤類別進行分類探討，考辯結果對於《可洪音義》的深入研究和全面整理具有一定參考價值。

一、注釋疏誤類

這類疏誤的產生既有可洪的主觀原因，也有時代的客觀原因。主觀上，可洪受限於自身學識和有限精力；客觀上，可洪所接觸到的藏經版本有限，不可能做到全面對勘，兩種情況都會導致其著述中的疏誤在所難免。

（一）失　校

由於對經文的校勘不夠全面細緻，原文的一些訛脫衍倒沒有發現，以至於對錯誤的經文進行音釋，結果導致其結論無的放矢。例如：

（1）不勘，苦含反，正作堪。（《大方廣十輪經》第 3 卷音義；03／058／

05）〔註1〕

按，大正藏本《大方廣十輪經》卷 3 作「堪」：「最大智者福德莊嚴堪為法器。」〔註2〕據經意可知，可洪所見佛經衍一個「不」字，可洪失校。

（2）沮及，上子預反，丨洳，漸濕也。亦作沮。（《拔陂菩薩經》音義；

03／076／02）

〔註1〕「03／058／05」表示該詞條出自《可洪音義》第 3 冊第 58 頁紙第 5 列，下同。
〔註2〕本文所引佛經基本來自中華電子佛典協會免費提供的電子佛典資料庫（CBETA），並已核對紙本原文。使用最多的是日本大正一切經刊行會編（1994～1996）《大正新修大藏經》（簡稱「大正藏」），臺北新文豐出版股份有限公司影印本。

按，大正藏《拔陂菩薩經》作「粗及」：「譬如船滿中諸寶，已度大海，粗及此岸。」校勘記曰：「粗」，宋、元、明、聖本作「沮」，宮本作「涅」。考《廣韻·姥韻》：「粗，略也。」「粗」可表「粗略」「剛剛」「纔」之義，古籍常用，如《魏書·廢太子恂傳》：「乃廢為庶人，置之河陽，以兵守之，服食所供，粗免飢寒而已。」又《大唐西域記·屈支國》：「文字取則印度，粗有改變。」可見「粗」更切合《拔陂菩薩經》經意。「沮」乃「濕潤」義，《廣雅·釋詁一》：「沮，濕也。」「沮洳」表「漸濕」義，《廣韻·御韻》：「沮，沮洳，漸濕。」但其詞義重心是「濕潤」而非「逐漸」，況且「沮」單字也不能表「逐漸」義，故可洪以「沮洳」解釋《拔陂菩薩經》經意比較牽強。「沮」和「涅」都是訛字，可洪失校。

（3）干貂，丁聊反。（《廣弘明集》第 18 卷音義；30／001／13）

按，大正藏《廣弘明集》卷 18《釋疑論》作「珥貂」：「比干忠正，斃不旋踵；張湯酷吏，七世珥貂。凡此比類，不可稱言。」校勘記曰：「珥」，宋本作「千」。中華藏影印金藏廣勝寺本作「干貂」，校勘記曰：資、磧作「千貂」；普、南、徑、清、麗作「珥貂」。今考「珥貂」更切文意。「珥貂」指插戴貂尾，漢代侍中、中常侍於冠上插貂尾為飾，後借指成為皇帝近臣、達官顯貴。如《梁書·朱異傳》：「歷官自員外常侍至侍中，四官皆珥貂。」白居易《孔戣可右散騎常侍制》：「可使珥貂，立吾左右。從容侍從，以備顧問。」又考《唐護法沙門法琳別傳》卷 2：「張湯酷吏，七世垂纓。比干正臣，一身屠戮。」「垂纓」即垂下冠帶，古代臣下朝見君王時的裝束，後常借指出任官職，與「珥貂」同義，此亦可證《釋疑論》作「珥貂」為是。蓋原書「珥」作「耳」，殘訛作「干」或「千」。可洪所據版本有誤，可洪失校。

（4）踳踧，上尺尹反，下力玉反。（《廣弘明集》第 24 卷音義；30／037／01）

按，大正藏《廣弘明集》卷 24《東陽金華山栖志》作「踳駁」：「行藏紛糺，顯晦踳駁。」中華藏影印金藏作「踳駁」。「踳駁」同「踳駁」，指錯亂、駁雜，切合文意。又考「踧」指「恭踧」，《廣韻·燭韻》：「踧，恭踧也。」又《集韻·燭韻》：「踧，恭也。」或者用為「躍」的異體字，《玉篇·足部》：「躍踧：二同，力谷切，又力玉切，行皃。」而「踳」同「舛」，指乖背、雜亂，「踳踧」連用古籍罕見，作為詞組也不切合《廣弘明集》文意，「踧」當是訛字，可洪失校。

（5）攎苯蕈，上蘇條反，正作樔。中布損反，下茲損反。下（上）

又蘇了、蘇叫、息六、所六四反，從木者正也。（《廣弘明集》第

24卷音義；30／038／04）

按，「攎」是「櫹」字異寫，釋文曰正作「樔」，「樔」亦「櫹」字異寫。可
洪所據底本「櫹」後脫「盡」字，中華藏影印金藏《廣弘明集》卷24《東陽金
華山栖志》即作「櫹盡苯蕈」，大正藏本作「櫹楙苯蕈」，校勘記曰：「楙」，宋、
元、明、宮本作「盡」。「櫹楙」同「櫹爽」，指草木茂盛貌，出《文選・張衡〈西
京賦〉》：「鬱蓊薆薱，櫹爽欀槮。」李善注：「皆草木盛貌也。」「櫹盡」指竹木
長直貌，見《文選・左思〈吳都賦〉》：「櫹盡森萃，蓊茸蕭瑟。」李善注：「櫹
盡，長直貌。」又南朝梁江淹《靈邱竹賦》：「夾池水而檀欒，繞園塘而櫹盡。」
「苯蕈」指草叢生貌，見《文選・張衡〈西京賦〉》：「苯蕈蓬茸，彌皋被岡。」
李善注引薛綜曰：「彌猶覆也，言草木熾盛，覆被於高澤及山岡之上也。」《龍
龕・艸部》：「苯蕈：上音本，下慈本反，草叢生貌。」《宋本玉篇・艸部》：「蕈，
作緄切，苯蕈，草叢生。」《慧琳音義》卷99《廣弘明集》第24卷音義也作「櫹
苯蕈」，亦脫「楙／爽」或者「盡」字，二人皆失校。

（6）菌榭，上巨殞反，下似夜反。（《廣弘明集》第24卷音義；30／039／

04）

按，《慧琳音義》卷99《廣弘明集》第24卷音義也作「菌榭」，大正藏和麗
藏本《廣弘明集》卷24《東陽金華山栖志》作「蘭榭」：「蕙樓蘭榭，隱曖林篁。」
「蘭」字較「菌」字為優。「蘭」和「蕙」皆指香草，古籍中常連言，如《漢書・
揚雄傳上》：「排玉戶而颺金鋪兮，發蘭蕙與穹窮。」又漢趙壹《疾邪之二》：「被
褐懷金玉，蘭蕙化為芻。」而且，「蘭榭」也較「菌榭」常用，如梁蕭綱《善覺
寺碑銘》：「掩映花臺，崔嵬蘭榭。」唐李嶠《王屋山第之側雜構小亭暇日與羣
公同遊》：「桂亭依絕巘，蘭榭俯回溪。」而「菌榭」除此之外罕見，故原文宜
作「蘭」，「菌」當是訛字，慧琳和可洪皆失校。

（7）紫莱，郎才反。（《廣弘明集》第28卷音義；30／064／07）

按，「莱」乃「菜」字訛誤，諸藏《廣弘明集》卷28《與約法師書》皆作「紫
菜」：「石耳紫菜，愴焉興想。」可洪失校。

（8）搜圖，上所愁反。（《廣弘明集》第29卷音義；30／073／14）

按，諸藏《廣弘明集》卷29《遊七山寺賦》皆作「披圖」：「刻石記於嬴德，

披圖悟於禹心。」「披圖」指展閱圖籍、圖畫等，古籍常用語詞，如《後漢書·盧植傳》：「今同宗相後，披圖案牒，以次建之，何勳之有？」又北周庾信《三月三日華林園馬射賦序》：「舜以甲子之朝，披圖而巡洛。」「披圖」較「搜圖」更切合《遊七山寺賦》文意，況且古籍中只常見有「搜圖籍」「搜圖書」之說，「搜圖」罕見，故疑「搜」當為「披」字訛誤，可洪失校。

（9）道蠖，烏郭反。（《廣弘明集》第30卷音義；30／089／12）

按，中華藏、大正藏《廣弘明集》卷30《詠山居》皆作「道蠖」：「跡從道蠖屈，道與騰龍伸。」大正藏校勘記曰：宋、元、明、宮本作「尺蠖」。當作「尺蠖」，「尺蠖」指尺蠖蛾的幼蟲，體柔軟細長，屈伸而行，常用為先屈後伸之喻。《易·繫辭下》：「尺蠖之屈，以求信也；龍蛇之蟄，以存身也。」「道蠖」乃「尺蠖」涉下文「道」字而誤，可洪失校。

（10）函渝，上音含，下音逾。（《廣弘明集》第30卷音義；30／090／05）

按，大正藏《廣弘明集》卷30《法樂辭十二章》亦作「函渝」：「川上不徘徊，倏間函渝滅。」校記曰：「函」，明本作「亟」。中華藏影印金藏作「圅渝」，校勘記曰：「圅」，徑山藏作「亟」。明張溥編《漢魏六朝百三家集》也作「亟」，「亟」指疾速、快速，切合詩意，且與上文「不」同為副詞，相互對仗。「函」字不合詩意，當是「亟」字訛誤，可洪失校。

（11）隰丹搉，上音習，下音盈。（《廣弘明集》第30卷音義；30／091／06）

按，今藏《廣弘明集》卷30《簡文蒙華林戒》皆作「濕丹楹」：「紅藥間青瑣，紫露濕丹楹。」字頭「隰」指低濕的地方，名詞，不合詩意，當是動詞「濕」字訛誤，可洪音「習」，實不可取。字頭「搉」是「楹」字異寫。

（12）兩帔，披義反。（《南海寄歸內法傳》第2卷音義；30／101／02）

按，王邦維（1995，76）校本作「裙兩帔有雙」，與可洪本同，大正藏本作「二帔」：「三衣并坐具，裙二帔有兩，身面巾剃髮，遮瘡藥直衣。」義淨譯《根本說一切有部百一羯磨》卷10亦作「裙二帔有兩」，譚代龍（2015：10）認為「二帔」是，其說可取，可洪、王邦維所見版本有誤，二人皆失校。

（13）麩漿，上芳無反。（《南海寄歸內法傳》第4卷音義；30／106／10）

按，可洪認為「麩」即「麩」字，王邦維（1995，219）校注本亦作「麩漿」：「佛言：『汝諸苾芻，若有依我出家，不得將酒與他，及以自飲，乃至不合茅尖渧酒，瀝置口中。若將酒及糟起麵并糟羹之類，食者咸招越法之罪。』

律有成制，不須致疑。靈巖道場常以麰漿起麵，避其酒過，先人誠有意焉。」金藏、麗藏、大正藏本皆作「麰漿」，大正藏校記曰：「麰」，宋、元、明本作「麩」。今按「麰」字切合文意，《說文·麥部》：「麰，麥甘鬻也。从麥，去聲。」段玉裁注：「《釋名》曰：漬麥曰麰。麰亦糷也。漬熟亦糷壞也。按，麥甘鬻者，以麥為粥，其味甜也。《急就篇》云『甘麰殊美奏諸君』是也。其法當用大麥為之，或去皮，或粉之，皆可為粥，其性清虛，於夏日宜。」「麰漿」即「麥鬻漿」，可以起麵。「麩」指小麥的皮屑，即麥麩，只堪作肥料，不是食品，故不合文義，可洪、王邦維皆失校。

（二）誤　校

原經文有訛誤，但是可洪給出的正字並不契合文意；或者原經文切合經意，或者只是俗字異寫而已，但是可洪卻要改為別的字，實屬多此一舉。上述處理方式皆不妥，統稱為誤校。例如：

（14）挰長，上都管反。（《大方等大集經》第 12 卷音義；03／007／01）

按，上字可洪音「都管反」，即以其為「短」字俗體，可是大正藏本《大方等大集經》卷 11 無「短長」二字，只有「極長」：「菩薩修行禪波羅蜜時，獲得禪定，不能調伏一切眾生，心生悔厭，貪著禪樂……愛無色身，壽命極長，不見諸佛，不聞正法，遠離善友，不知方便受捨修捨，是名魔業。」據經意，作「極長」為優，「挰」蓋「極」之俗訛，可洪校改有誤。「亟」字手書作「亙」〔註3〕「亟」〔註4〕等形體，進而訛作「豆」，故「極」有可能訛作「挰」。

（15）不熱，市六反，正作熟。（《大方等大集經》第 20 卷音義；03／011／10）

按，大正藏《大方等大集經》卷 19 作「不熱」：「令其國土和安無諍，無有疫病，兵革不起，無惡風雨，不寒不熱，穀米豐熟。」字頭「熱」應該是「熱」字異寫，可洪校作「熟」字，實不可取。

（16）迥示，上胡頂反，今作迴。（《大方廣十輪經》第 1 卷音義；03／056／09）

〔註3〕出自中國社會科學院考古研究所編，《居延漢簡甲乙編》第 505.27 號簡，中華書局，1980 年。

〔註4〕出自顏師古《等慈寺碑》，見周培彥，《唐楷書字典》，天津人民美術出版社，2004 年，頁 31。

按，今大正藏《大方廣十輪經》卷1作「迴示」：「若趣險道，迴示正路。」
《佛說地藏菩薩陀羅尼經》卷1亦曰：「若起嶮，迴示正路。」可見「迴示」不
誤，正切經意，可洪改作「逈」，「逈」同「迥」，「迥」不合經意。

（17）為鬓，莫顏反。（《虛空藏菩薩經》音義；03／063／05）

按，大正藏《虛空藏菩薩經》卷1作「為鬚」：「當於眾會作此念時，即於
佛前有寶蓮華從地踴出，白銀為莖、黃金為葉、金剛為臺、琉璃為實、馬瑙為
鬚、梵色寶珠以為鬚本、頗梨為藥，其華縱廣百踰闍那，有八十億諸寶蓮華周
匝圍遶。」「鬚」切合經意，可洪字頭乃「鬚」字異寫，而可洪音「莫顏反」，
乃是認作「鬘」字，「鬘」不合經意。

（18）奉橄，桑割反，放也，逬散也，以手拋物也，正作槃。（《大方等
大集菩薩念佛三昧經》第8卷音義；03／071／09）

按，今大正藏《大方等大集菩薩念佛三昧經》卷8作「奉散」：「即以天栴
檀、末香、沈水香、多伽羅香、多摩羅跋、牛頭栴檀、黑沈水香……等奉散佛
上。」「散」切合經意。「散」俗書作「㪔」「㪚」，進而訛作「橄」。可洪以「槃」
替之，《說文・米部》：「槃，糕槃，散之也。」段玉裁注：「槃本謂散米，引申
之凡放散皆曰槃。」「槃」亦作「糝」，經文作「槃／糝」亦通，字頭「橄」也
可能是「糝」字訛誤。但是「槃／糝」字佛經不常用，故此說稍嫌迂曲。

（19）著洿，而陝反，正作染。（《拔陂菩薩經》音義；03／075／12）

按，大正藏《拔陂菩薩經》作「著污」：「聞有好女名為蓮華色，從聞展轉
著污，轉自作貪，是諸男子皆未見好女，但遙聞數數起意生念，便有婬起，從
臥便夢見，便往到女處。」「著污」切合經意，字頭「洿」當是「洿」字異寫
[註5]，「洿」用同「汙／污」，《廣雅・釋詁三》：「洿，濁也。」王念孫疏證：
「洿，與污同。」《集韻・莫韻》：「汙，《說文》：穢也。或作洿。」可洪認作
「染」字，於字形未安。

（20）瑰殊，上苦迴反，下宜作朱。（《寶女所問經》第1卷音義；03／092
／10）

按，今大正藏《寶女所問經》作「瑰珠」：「尊上琦珍，寶英最勝；今以瑰
珠，恭奉安住。」《集韻・灰韻》：「瑰、瓌、瑰：《說文》：玫瑰；一曰圓好；

〔註5〕 參見韓小荊，《可洪音義研究》下編《異體字表》「汙」字條，巴蜀書社，2009年，
頁725。

一曰瓊瑰，石次玉。或作瓌、瓊。」又：「瑰、瓊：玫瑰，火齊珠，或从貴。」
又《左傳・成公十七年》：「初，聲伯夢涉洹，或與己瓊瑰，食之。」杜預注：
「瓊，玉；瑰，珠也。」孔穎達疏：「瓊是玉之美者。《廣雅》曰：玫瑰，珠也。
呂靖《韻集》云：玫瑰，火齊珠也。」據此，「瓊珠」即「瑰珠」，「瑰珠」大
概就是指玫瑰，也就是火齊珠。故字頭「殊」當是「珠」字之誤，二字形近。
可洪改作「朱」，不合經意。

（21）怖嚇，呼格反，正作赫。（《奮迅王菩薩經》上卷音義；03／097／08）

按，大正藏《奮迅王問經》作「怖嚇」，《玄應音義》卷 8《奮迅王菩薩所問
經》音義：「怖嚇，呼駕反。『反予來嚇』箋云：距人謂之嚇。《方言》作恐赫。」
據此，字頭「嚇」應該是「嚇」字異寫，可洪曰「正作赫」，不妥。

（22）橑觀，上力條反，窓也，空也，穿也，亦遠也，正作寮、遼二

形也。又音老，簷前木也。（《大方廣佛花嚴經》第 4 卷音義；03／104

／14）

按，大正藏《大方廣佛花嚴經》作「寮觀」：「其城寮觀，雜寶莊嚴，覆以
雜華及諸寶網，微風吹動，出妙音聲。」聖本作「橑觀」，宋、元、明、宮本
作「樓觀」。「寮」同「寮」。《玄應音義》卷 1《大方廣佛花嚴經》音義作「寮
觀」：「寮觀，力堯反。寮，窓也。《蒼頡篇》：寮，小空也。《說文》：寮，穿也。
經文有從手作撩，或從木作橑，二形並非今用也。」「寮」指僧舍，《釋氏要覽》
卷 3「長老巡寮」下注曰：「言寮者，《唐韻》云：同官曰寮。今禪居意取多人
同居，共司一務，故稱寮也。又欲別律住房名故。」「觀」指樓觀，「寮觀」皆
言建築，是並列短語。可洪曰正亦作「遼」，但是「遼觀」無論解釋為定中短
語還是狀中短語都不合經意，故可洪的第二個正字不可取。

（23）花髯，莫顏反。（《大方廣佛花嚴經》第 37 卷音義；03／113／04）

按，大正藏《大方廣佛華嚴經》卷 36 作「華鬚」：「一一光明各出無量阿
僧祇妙寶蓮華；一一蓮華各有不可說不可說妙寶華鬚；一一華鬚各有寶師子
座。」據經意，作「華鬚」為優，字頭「髭」應該是「鬚」字異寫，可洪音「莫
顏反」，則是認作「鬘」字，「鬘」不合經意。

（24）之莽，古敗反。（《廣弘明集》第 19 卷音義；30／011／14）

按，「莽」可洪音「古敗反」，即以其為「芥」字異寫，而《廣弘明集》卷 19
無「之芥」二字，今考此二字在「坳堂」、「蟭螟」之間，當出自下句：「譬坳堂

之水隨百川而入巨海，猶蟭蟟之目因千日而窺大明。」「之荼」當與「之水」互為異文，「荼」當為「水」字訛誤，可洪失考，致使校改有誤。

（25）鏘鏘旰旰，上二七羊反，下二古岸反，多威儀皃也。下正作榦。

按，金藏、麗藏《大法頌》皆作「旰旰」：「鏘鏘旰旰，瓌譎雜錯，邈乎其不可名。」「旰旰」指盛貌，如《史記·河渠書》：「瓠子決兮將奈何？皓皓旰旰兮閭殫為河！」《文選·何晏〈景福殿賦〉》：「皓皓旰旰，丹彩煌煌。」李善注：「旰旰、煌煌，皆盛貌。」又晉郭璞《鹽池賦》：「揚赤波之煥爛，光旰旰以晃晃。」可洪改「旰旰」為「榦榦」，「榦」是古代築牆時豎在夾板兩邊起固定作用的木柱，《說文·木部》：「榦，築牆耑木也。」「榦榦」古籍未見用例，不知可洪何據，竊以為不必校改。

（26）壞譎，宜作瓌鑭，上古迴反，下古血反。（《廣弘明集》第 20 卷音義；30／014／09）

按，「壞」，「瓌」字訛誤。今大正藏《廣弘明集》卷 20《大法頌序》作「瓌譎」：「鏘鏘旰旰，瓌譎雜錯，邈乎其不可名。」「瓌」同「瑰」，表奇異之義，《文選·張衡〈西京賦〉》「瑰異日新」李善注：「瑰，奇也。」又《東京賦》「瑰異譎詭」李善注：「瑰，奇也。譎詭，變化也。」「譎」也有詭異、怪異之義，如《莊子·天下》：「俱誦《墨經》，而倍譎不同，相謂別墨。」成玄英疏：「譎，異也。」又《文選·傅毅〈舞賦〉》：「軼態橫出，瑰姿譎起。」李善注：「譎，異也。」「瓌譎」乃同義連言，指奇異、怪異，如漢王延壽《魯靈光殿賦》：「邈希世而特出，羌瓌譎而鴻紛。」李善注：「瑰，異；譎，詭也。」又《新唐書·卓行傳·元德秀》：「河內太守輦優伎數百，被錦繡，或作犀象，瓌譎光麗。」可見「瓌譎」切合《大法頌序》文意。再看「鑭」字，《說文·角部》：「觼，環之有舌者。從角，夐聲。鐍，觼或從金、矞。」桂馥義證：「今馬腹帶，其環有舌，穿革者是也。」「鑭」字不合文意，「瓌鑭」也義無所取。故可洪改「譎」為「鑭」不妥。

（27）古樂，上合是蝦，古雅反。（《廣弘明集》第 20 卷音義；30／017／14）

按，金藏、麗藏《廣弘明集》卷 20《莊嚴旻法師成實論義疏序》皆作「古樂」：「奏古樂於文侯，猶稱則睡。」此句典出《禮記·樂記》：「魏文侯問於子夏曰：吾端冕而聽古樂，則唯恐臥；聽鄭衛之音，則不知倦。敢問古樂之如彼，

何也？新樂之如此，何也？」可見序文作「古樂」不誤。可洪改作「嘏」，《爾雅·釋詁上》：「嘏，大也。」《說文·古部》：「嘏，大、遠也。」又《廣韻·馬韻》：「嘏，福也。」古書中只見有「嘏辭」，「嘏辭」是古代祭祀時，執事人（祝）為受祭者（尸）致福於主人之辭。《儀禮·特牲饋食禮》：「主人坐，左執角，受祭祭之，祭酒，啐酒，進聽嘏。」又《禮記·禮運》：「脩其祝嘏，以降上神。」鄭玄注：「祝，祝為主人饗神辭也；嘏，祝為尸致福於主人之辭也。」孔穎達疏：「祝謂以主人之辭饗神，嘏謂祝以尸之辭致福而嘏主人也。」古籍中未見有「嘏樂」一詞，故可洪之校改實不可取。

（28）灃浦，上芳東反，水名，在咸陽。又音礼。下音普。（《廣弘明集》

第 23 卷音義；30／033／01）

按，金藏、麗藏《廣弘明集》卷 23《南齊安樂寺律師智稱法師行狀》皆作「澧浦」：「西望荊山，南過澧浦，周流華夏，博採奇聞。」澧水在湖南省與湖北省交界處，《書·禹貢》：「岷山導江，東別為沱，又東至于澧。」《楚辭·九歌·湘君》：「捐余玦兮江中，遺余佩兮澧浦。」法師是南朝齊人，當以作「澧浦」為是，上文的荊山應該是湖北的荊山。可洪首音「芳東反」，則是以「澧」為「灃」字異寫，灃水在陝西咸陽附近，《史記·封禪書》：「霸、產、長水、灃、澇、涇、渭皆非大川，以近咸陽，盡得比山川祠，而無諸加。」如果灃水在咸陽附近，那麼上文的荊山應該就是陝西的荊山，但是二地皆在北朝，不在法師的遊歷範圍之內，故可洪把字頭認作「灃」字不合適。

（29）禺然，上牛容反，丨然，靜坐皃也，正作顒也。又愚、遇二音，

非。（《廣弘明集》第 24 卷音義；30／035／06）

按，中華藏、大正藏《廣弘明集》卷 24《述僧設會論》皆作「昺然」：「出家之人本資行乞，誠律昺然，無許自立廚帳并畜淨人者也。」據文意，「昺」字為優，「昺然」亦作「昞然」「炳然」，指鮮明貌，例如《漢書·劉向傳》：「（陛下）決斷狐疑，分別猶豫，使是非炳然可知，則百異消滅而眾祥並至。」又《魏書·袁翻傳》：「時說昞然，本制著存，而言無明文，欲復何責。」「昺」「禺」形近而誤。可洪校改作「顒」，釋為「靜坐皃也」，不合《廣弘明集》文意，故不取其說。

（30）霜鶍，上正作鶴也，下陟刮、都活二反，並鳥名也。（《廣弘明集》

第 24 卷音義；30／039／12）

按，今金藏、麗藏《廣弘明集》卷 24《東陽金華山栖志》皆作「霜鶊」：「春鱉旨檀（膳）碧雞，冬蕈味珍霜鶊。」「霜鶊」指降霜時節的鶊，定中短語。《文選·張協〈七命〉》：「晨鳧露鵠，霜鶊黃雀。」李善注引《說苑》：「魏文侯嗜晨鳧。霜露降，鵠鶊美。」可見原文作「霜」字不誤。可洪改「霜」為「鸘」，認為「鸘鶊」皆是鳥名，是並列結構的短語，則與上文「春鱉」「碧雞」「冬蕈」結構不對稱，且不合文意，故其說不可取。

（31）蠱象，上直中反，虛也，正作盅也。（《廣弘明集》第 25 卷音義；30 / 045 / 14）

按，原文作「蠱象」不誤，金藏、麗藏《廣弘明集》卷 25《司戎議》皆作「蠱象」：「是以大易經綸三聖，蠱象不事王侯，大禮充牣兩儀，儒行不臣天子。」「蠱象不事王侯」語出《易·蠱》：「上九：不事王侯，高尚其事。象曰：不事王侯，志可則也。」「儒行不臣天子」語出《禮記·儒行》：「儒有上不臣天子，下不事諸侯。」可洪改「蠱」為「盅」，《說文·皿部》：「盅，器虛也。從皿，中聲。《老子》曰：道盅而用之。」「盅象」無典無據，實不可取。

（32）乞丐，音盖。（《廣弘明集》第 25 卷音義；30 / 048 / 03）

按，「丐」，可洪音「盖」，即以其為「匄」字異寫，今作「丐」，而中華藏、大正藏《廣弘明集》卷 25《大莊嚴寺僧威秀等上請表》皆作「正」：「伏惟陛下，匡振遠猷，提獎幽概，既已崇之於國，亦乞正之於家。」據文意，「正」字為優，「丐」乃「正」字之訛，可洪回改有誤。

（33）操槩，上古杏反，正作挭、挭二形。下古代反，挭槩，大略也。（《廣弘明集》第 25 卷音義；30 / 050 / 02）

按，大正藏《廣弘明集》卷 25《究竟慈悲論》作「操概」：「服膺至訓，操概彌遠。」金藏作「操槩」，「概」同「槩」。「操概」指節操、氣度，古籍有類似用法，例如晉陶潛《祭從弟敬遠文》：「於鑠我弟，有操有概。孝發幼齡，友自天愛。」「操概」切合《廣弘明集》文意。可洪改為「挭槩」，釋為「大略也」，不合文意。「挭槩」即「梗概」，「挭」「挭」皆「梗」字異體。《方言》卷十三：「梗，略也。」郭璞注：「梗概，大略也。」不過，「梗」也有耿直、剛猛之義，《爾雅·釋詁下》：「梗，直也。」郭璞注：「梗，正直也。」又《方言》卷二：「梗，猛也。」《廣雅·釋詁四》：「梗，強也。」王念孫疏證：「梗之言剛也。」故「梗概」也表「剛直的氣概」或者「慷慨」等義，如南朝梁劉勰《文

心雕龍·時序》：「觀其時文，雅好慷慨。良由世積亂離，風衰俗怨，並志深而筆長，故梗概而多氣也。」又《魏書·李彪傳》：「臣雖下才，輒亦尚其梗概，欽其正直，微識其褊急之性，而不以為瑕。」可洪若釋「梗概」為此義，也合《廣弘明集》文意。但是，既然原文作「操概／槩」已經文從字順，按照校勘通例，就不應該再改字為訓。

（34）螺虵，上郎禾反。下直尼反，貝也，正作蚳，或作蚔。（《廣弘明集》第25卷音義；30／054／01）

按，「虵」，「蚳」字異寫。可洪以「蚔」替「蚳」，「蚔」是「蚳」之異寫。《廣韻·脂韻》：「蚳，貝之黃質有白點者。」「螺蚳」皆指貝類。今大正藏《廣弘明集》卷25《與蕭諮議等書》作「螺蚳」：「螺蚳登俎，豈及春蔬為淨。」《慧琳音義》卷99《廣弘明集》音義：「螺蚳，上力和反。下直離反，《周禮》云：祭祀供蚳，以授醢人。鄭眾注云：蚳，蟻卵也。《說文》從虫、氐聲。」《周禮》、《禮記》中皆有「蚳醢」，就是用蟻卵做的醬。故書信原文作「螺蚳」即可，且有典故可依，不必改為「蚳」字。

（35）輪軏，月、兀二音，車軏也。（《廣弘明集》第27卷音義；30／058／12）

按，中華藏、大正藏《廣弘明集》卷27《慚愧門頌》皆作「輪軌」：「羽毛共以勢，輪軌相為通。」「軌」指車輪碾壓的痕跡，「輪軌」相輔相成，二字連言古籍比較常見，如南朝梁釋僧祐《出三藏記集》卷7《王僧孺〈慧印三昧及濟方等學二經序讚〉》：「一音一偈莫匪舟梁，一讚一稱動成輪軌。」又南朝梁劉孝綽《啟謝東宮》：「但未渝丹石，永藏輪軌，相彼工言，構茲媒譖。」故字頭「軏」當是「軌」字異寫。然而，可洪認為是「軏」字異寫。「軏」是古代車上置於車轅的前端與車橫木銜接處的銷釘，《論語·為政》：「大車無輗，小車無軏，其何以行之哉。」何晏集解引包咸曰：「軏者，轅端上曲鉤衡。」《說文·車部》：「軏，車轅耑持衡者。」「軏」也指車轅前端用以扼牛馬之頸的器具，類似車輗，如晉葛洪《抱朴子·詰鮑》：「促轡銜鑣，非馬之性；荷軏運重，非牛之樂。」「輪」和「軏」雖然都是大車上的器具，但是二者關聯度低，古籍中罕見「輪軏」連言，卻多見「輗軏」並舉，後二者關聯度高，如漢劉向《新序·節士》：「信之於人，重矣，猶輿之輗軏也。」《龍龕·車部》：「軏，正：月、兀二音，輗軏，車轅端曲木也。」故可洪把「軏」認作「軏」字不妥。

（36）悅悴，下音忰。（《廣弘明集》第 28 卷音義；30 / 068 / 05）

按，「忰」是「悴」字異寫，可洪大概認為字頭「悴」是「忰」之訛字。但是，大正藏《廣弘明集》卷 28《六根懺文》作「悅染」：「耳根闇鈍，多種衆惡，悅染絲歌，聞勝法善音昏然欲睡，聽鄭衛淫靡聳身側耳。」「染」謂「染著」，切合文意，「悴」應該是「染」字訛誤，可洪的校改不可取。

（37）暌孜，上直稔反，下子慈反。（《廣弘明集》第 29 卷音義；30 / 086 / 09）

按，據注音可知，可洪認為「暌」是「朕」字異寫。但是今本諸藏既無「暌孜」，亦無「朕孜」，大正藏《廣弘明集》卷 29《平魔赦文》作「發孜」：「顧惟多闕，有慚庶政，明發孜孜，不遑啟處。」「明發」指黎明、平明，語出《詩・小雅・小宛》：「明發不寐，有懷二人。」朱熹集傳：「明發，謂將旦而光明開發也。」「孜孜」指勤勉，不懈怠，語出《書・益稷》：「予何言？予思日孜孜。」孔穎達疏：「孜孜者，勉功不怠之意。」「明發孜孜」指從黎明就開始勤勉地工作，正合文意，「暌」應該是「發」字訛誤。

（38）攕羅，上疾結反，斷也；傍出前也，正作截、趲二形也。又子悉、子列二反，摘也，非。（《廣弘明集》第 29 卷音義；30 / 086 / 10）

按，可洪認為正作「截」，「截」是「戳」的異體字。《說文・戈部》：「戳，斷也。從戈，雀聲。」《玉篇・戈部》：「戳，亦作截。」又《集韻・屑韻》：「戳，《說文》：斷也。或作攕。」可洪認為作「趲」字亦合文意，「趲」是「趲」字異寫，《玉篇・走部》：「趲，傍出前。」《龍龕・走部》：「趲，傍出前也。又走意。」又《類篇・走部》：「趲，邪出前也。」

可洪曰「又子悉、子列二反，摘也」，此指「攕」字，亦作「扻」。《廣韻・薛韻》姊列切：「扻，摘去也。」又《龍龕・手部》：「扻，子列反，摘去也。」（218）《集韻・質韻》子悉切：「扻，摘也。或作攕。」「攕」俗書作「攕」，與斷攕之「攕」同形，故可洪以又音辨別之，排除之。

今大正藏《廣弘明集》卷 29《平魔赦文》作「截羅」：「唯波旬一人，單馬奔迸，百道截羅，組繫不久，且令五道告清，寰外咸一，思與天下同茲福慶。」慧琳所見經文作「攕羅」，慧琳認為「攕羅」同「纖羅」，《慧琳音義》卷 99《廣弘明集》第 29 卷音義：「攕羅，息閻反。《毛詩》傳云：攕攕，猶纖纖也。孔注《尚書》：纖，細也。與此攕同。」「纖羅」指細眼網，如《後漢書・馬融傳》：

「繒碧飛流，纖羅絡繀。」又《廣弘明集》卷 30《北城門沙門》：「俗璽厭纏絲，因田抽善穀。長披忍辱鎧，去此纖羅服。」「纖羅」正合《平魔赦文》文意，可見，可洪所據底本「攡羅」之「攡」乃「攕」字異寫，可洪的校改不可取。

（39）夰雙，上音了。（《廣弘明集》第 30 卷音義；30 / 089 / 04）

按，「夰」，當是「卡」字異寫，「卡」同「弄」〔註6〕。中華藏、大正藏《廣弘明集》卷 30《述懷詩》皆作「弄」：「總角敦大道，弱冠弄雙玄。」可洪音「了」，大概認為字頭是「了」字之誤，但是「了」不合詩意，故其校改不可取。

（40）朏朏，妃尾反，日欲出也，正作昢。又佲、配二音。（《廣弘明集》

第 30 卷音義；30 / 090 / 04）

按，可洪認為正作「昢昢」，據《楚辭·王逸〈九思·疾世〉》：「時昢昢兮旦旦，塵莫莫兮未晞。」王逸注：「日月始出，光明未盛為昢。昢，一作朏。」洪興祖補注：「昢，日將曙。朏，月未盛明。」又《廣韻·沒韻》：「昢，明旦日出貌。」但是字韻書中「昢」未見有「妃尾反」之讀音，可洪雖然改字為訓，但是注音與正字不匹配。「朏」字《廣韻》音「敷尾切」，音同「妃尾反」，本指月未盛明，《說文·月部》：「朏，月未盛之明。」引申指日月之初出、升起皆曰「朏」，《廣韻·隊韻》：「朏，向曙色也。」《淮南子·天文訓》：「（日）登于扶桑，爰始將行，是謂朏明。」高誘注：「朏明，將明也。」故《廣弘明集》原文作「朏朏」亦不誤，中華藏、大正藏《廣弘明集》卷 30 皆作「朏朏」：「亭亭霄月流，朏朏晨霜結。」《慧琳音義》卷 99《廣弘明集》第 30 卷音義也作「朏朏」：「朏朏，芳尾反。孔注《尚書》云：朏，明也。《說文》從月、出聲。」故可洪改作「昢昢」實無必要。

（41）梅莟，乎感反。（《廣弘明集》第 30 卷音義；30 / 091 / 07）

按，今本藏經《廣弘明集》卷 30《簡文蒙預懺直疏》多作「含」：「新梅含未發，落桂聚還翻。」「含」字為優，與「聚」皆為動詞，正好對仗，「莟」是「含」的增旁異體字。《慧琳音義》卷 99《廣弘明集》第 30 卷音義作「藺未」：「藺未，譚感反。《考聲》：花未開曰藺。……集作菡，亦通。」又《玉篇·艸部》：「菡，胡敢切，菡萏，荷花也。莟，同上。又花開。」「菡」、「藺（莟）」

〔註6〕參見韓小荊《可洪音義研究·異體字表》「弄」字條，巴蜀書社，2009 年，頁 608。

皆以單字代指「菡萏」，但是「菡萏」是名詞，不合文意。可洪音「乎感反」，也以「萏」同「菡」字，亦不可取。

（42）方僄，息玉反，正作㩧。（《廣弘明集》第30卷音義；30 / 091 / 14）

按，中華藏、大正藏《廣弘明集》卷30《昭明太子講席將訖賦三十韻依次用》皆作「方撲」：「器月希留影，心灰庶方撲。」「心灰」指心上灰塵，「撲」表拍拭、擦拭義，《廣韻・屋韻》：「撲，拂著。」又《集韻・屋韻》：「撲，拭也。」可見「撲」字切合詩意，字頭「僄」應該是「撲」字之誤。可洪改作「㩧」，《玉篇・心部》：「㩧，承上顏色也。」又《集韻・燭韻》：「㩧，詭隨也。」「㩧」不合詩意，故可洪之說不可從。

（三）當釋未釋

有些經文用的是假借字，或者用意比較曲折，可洪應該著重加以說明，可惜其著墨太少，當釋未釋，處理不夠妥帖。例如：

（43）為黥，巨京反。（《廣弘明集》第24卷音義；30 / 035 / 07）

按，中華藏、大正藏《廣弘明集》卷24《議沙汰釋李詔并啟》皆作「為鯨」：「自祖龍寢迹，劉莊感夢，從此以歸，紛然遂廣。至有委親遺累，棄國忘家，館舍盈於山藪，伽藍遍於州郡。若黃金可化，淮南不應就戮；神威自在，央掘豈得為鯨？」大正藏校記曰：「鯨」，宋、元、明本作「勍」；宮本作「剠」。「央掘」指央掘摩羅，譯曰指鬘。佛陀在世時，住於舍衛城者，信奉殺人為得涅槃，因此邪說，出市殺害九百九十九人，切取各人之指，戴於首為鬘。據此，則「勍寇」「勍盜」之「勍」切合文意，《說文・力部》：「勍，彊也。《春秋傳》曰：勍敵之人。」「鯨」、「黥」、「剠」皆假借字，可洪應該指明正字。

（44）晼晚，上於遠反，下音免。（《廣弘明集》第28卷音義；30 / 071 / 04）

按，大正藏《廣弘明集》卷28《淨業賦》亦作「晼晚」：「至如香氣馞起，觸鼻發識，晼晚追隨，氤氳無極，蘭麝夾飛，如鳥二翼，若渴飲毒，如寒披棘。」校勘記曰：明本作「婉娩」。「晼晚」指日將入暮，《楚辭・九辯》：「白日晼晚其將入兮，明月銷鑠而減毀。」朱熹集注：「晼晚，景昳也。」晉陸機《感時賦》：「夜緜邈其難終，日晼晚而易落。」又《文選・陸機〈歎逝賦〉》：「時飄忽其不再，老晼晚其將及。」李善注：「晼晚，言日將莫也。」「婉娩」指柔順貌，如《禮記・內則》：「女子十年不出，姆教婉娩聽從。」鄭玄注：「婉謂言語也，娩

之言媚也，媚謂容貌也。」又王逸《〈離騷章句〉後序》：「婉娩以順上，逡巡以避患。」慧琳以「婉娩」為是，《慧琳音義》卷 99《廣弘明集》音義：「婉娩，上冤遠反，下無返反。《考聲》：婉娩，婦人柔順兒也。鄭注《禮記》云：娩，媚也。《說文》：婉，順也。並從女。集從日作婉，《日部》無此字；晚謂日暮也，未詳其深義。」據《淨業賦》文意，「婉娩」為優，可洪的釋文過於簡略。

（四）音釋不當

經文原文不誤，但是可洪的注音釋義不契合經意，或者是對字際關係的解說並不妥當。例如：

（45）洘浪，上莫杏反，正作猛也。（《廣弘明集》第 18 卷音義；30 / 004 / 02）

按，大正藏《廣弘明集》卷 18《通三世論》作「孟浪」：「是以忽疏野懷，聊試孟浪言之。誠知孟浪之言不足以會理，然胸襟之中欲有少許意，子〔註7〕不能默已。」「孟」本指兄弟姊妹排行最大的，《說文·子部》：「孟，長也。」後引申有「大」義，可指誇大的、過激的，如《管子·任法》：「奇術技藝之人，莫敢高言孟行以過其情，以遇其主矣。」尹知章注：「孟，大也。遇，待也。不敢以謬妄姦言妄行以待其主也。」「浪」，《說文·水部》：「浪，滄浪水也。」後來指波浪，引申有放浪、放蕩、輕率、隨便之義，《詩·邶風·終風》：「謔浪笑敖，中心是悼。」程俊英注：「浪，放蕩。」又北魏賈思勰《齊民要術·養鵝鴨》：「先刻白木為卵形，窠別著一枚以誑之。不爾，不肯入窠，喜東西浪生。」故「孟浪」連言，指疏闊而不精要，荒誕而無邊際，如《莊子·齊物論》：「夫子以為孟浪之言，而我以為妙道之行也。」成玄英疏：「孟浪，猶率略也。」「孟浪」聯合成詞後，又引申指粗率的、魯莽的、冒昧的，兩個語素結合的越來越緊密，內部構詞理據逐漸模糊，向單純詞方向發展，進而產生了「猛浪」這一詞形，大概這個詞形中古比較常見，故可洪曰正作「猛」。其實「洘」應該是「孟」字受「浪」字影響而新造的增旁分化字，可洪曰正作「猛」，不確。

（46）岨涘，上子余、七余二反；下床史反。（《廣弘明集》第 29 卷音義；30 / 085 / 13）

按，今大正藏《廣弘明集》卷 29《破魔露布文》作「阻涘」：「又臨圻阻涘，

〔註7〕大正藏校勘記曰：「子」，宋、元、明本作「了」。

大築城壘。」《慧琳音義》卷 99《廣弘明集》第 29 卷音義也作「阻涘」，《爾雅·釋詁》：「阻，難也。」《說文·𨸏部》：「阻，險也。」《廣韻·語韻》側呂切：「阻，隔也。」「阻」指險要之地，切合文意。可洪所據大藏經作「岨」，《說文·山部》：「岨，石戴土也。《詩》曰：陟彼岨矣。」又《五經文字》卷下《山部》：「岨，子余反，又七余反，見《詩》。今《詩》作砠。」「岨」指戴土的石山，未必是險要之地，故不合文意。不過，「阻」另有異體字作「岨」，古籍常用，如司馬相如《上書諫獵》「今陛下好凌岨險，射猛獸」〔註8〕，《史記·司馬相如列傳》、《漢書·司馬相如傳》均作「好陵阻險」〔註9〕。此「岨」與《說文》「岨」字同形，但音義不同，可洪所據大藏經之「岨」當是「阻」之異體字，當依《廣韻》音「側呂切」，而可洪音「子余、七余」二反，不妥。

（47）彫槭，所六、子六二反。（《廣弘明集》第 30 卷音義；30／092／01）

按，中華藏影印金藏本《廣弘明集》卷 30 作「彫槭」，大正藏本作「彫摵」：「藥樹永繁稠，禪枝詎彫摵。」校勘記曰：「彫」，宋、元、明、宮本作「凋」。「凋槭」，或作「凋摵」，謂樹木枝葉凋落而成光禿之狀，此音義之「槭」與「摵」同，皆當音「山責切」，指枝葉凋落，見《廣韻·麥韻》山責切：「摵，殞落皃。」又《集韻·麥韻》率摑切：「槭，木枝空皃。」不過，「槭」和「摵」都是多音多義字，二字的其他音義並不表示凋落義，如《廣韻·屋韻》子六切：「槭，木可作大車輮。」又《集韻·尤韻》甾尤切：「槭，木名，可作大車輮。」又《廣韻·屋韻》所六切：「摵，到也。又子六切。」故可洪注音「所六、子六二反」，此乃指示「槭」是「摵」字異寫，但是「摵」的這兩個音義都不符合《廣弘明集》文意。又考《慧琳音義》卷 99《廣弘明集》第 30 卷音義：「雕摵，子六反，《廣雅》：摵，至也。《說文》從手，戚聲。」慧琳的音釋也不妥。

（48）徒焰，上斯此反；下集文作燄，音琰，非也。（《廣弘明集》第 30 卷音義；30／096／06）

按，《說文·炎部》：「燄，火行微燄燄然也。从炎，召聲。」大徐音「以冉切」。又敦煌殘卷 P.2011《切韻·（琰）韻》以冉反：「燄，火光。」〔註10〕又裴

〔註8〕 （梁）蕭統編，（唐）李善注《文選》，上海古籍出版社，1986，第 1777 頁。
〔註9〕 （漢）司馬遷《史記》，中華書局，2014 年，第 3699 頁。（漢）班固撰，（唐）顏師古注《漢書》，中華書局，1962 年，第 2589 頁。
〔註10〕 張湧泉主編《敦煌經部文獻合集》（第 6 冊），中華書局，2008 年，頁 2798。

務齊《切韻·琰韻》由冉反：「燄，火光。」〔註11〕又《廣韻·琰韻》以冉切：「燄，燄燄，火初著也。」上揭字韻書「燄」皆音「以冉切」。又《玉篇·火部》：「燄，弋贍切。火行皃。」此與「焰」字同音。又考《玄應音義》卷7《正法花經》第1卷音義：「焰明，《字詁》：古文燄，今作燗，《三蒼》作焰，同，餘贍反。《說文》：火行微燄燄然也。」又《慧琳音義》卷12《大寶積經》第35卷音義：「毒燄，鹽塹反。《說文》：火行微燄燄然也。或作燗，《韻英》云：火光也。或省去門作焰，俗字也。」據此，則中古以「燄」為古文，「燗」為今字，「焰」是俗字。集文作「燄」，自有根據，可洪非之，不妥。

（49）諏凤，上音無，正作誣。（《南海寄歸內法傳》第2卷音義；30／102／12）

按，《說文·言部》：「誣，加也。从言，巫聲。」「巫」字《說文》小篆作「」，隸變作「巫」，據此則「諏」應該是「誣」之異寫，又《龍龕·言部》：「諏，通；誣，正。」據此，可洪曰正作「誣」，不妥。

二、版本訛誤類

《可洪音義》在流傳中幾經傳抄刊刻，也會新增一些版本錯誤，麗藏本就有不少，例如：

（50）商主，上尸羊反。又音的，非也。（《大方等大集經》第8卷音義；03／004／08）

按，根據「又音的」，可知字頭當作「啇主」，「啇」音「的」，蓋刊刻者誤改為「商」，致使此又音無的放矢。「啇」與「商」形近相亂，手抄佛經中「啇主」之「啇」經常寫作「商」，故可洪注音「尸羊反」，以注音揭示正字。

（51）皷抴，以世反，撒也，正作拽。（《廣弘明集》第19卷音義；30／005／09）

按，「撒」，當作「檝」；「拽」，當作「栧」，傳刻訛誤。字頭「抴」，「栧」字異寫，《龍龕·木部》：「枻，或作；栧，正：余制反，檝（檝）栧。二。」（383）

（52）稽古，上古号反。（《廣弘明集》第20卷音義；30／017／13）

按，「古号反」，當作「古兮反」，同書其他卷冊「稽」字多音「古兮反」。

〔註11〕周祖謨，《唐五代韻書集存》，中華書局，1983年，頁580。

（53）搴蕖，上居輦反，取也，枝也，正作搴、攓二形。下音渠，蓮
花也。（《廣弘明集》第 20 卷音義；30 / 018 / 03）

按，「枝也」當是「拔也」之誤。《廣雅・釋詁三》：「搴，拔也。」

（54）枸蘭，上古隻反。（《廣弘明集》第 23 卷音義；30 / 034 / 02）

按，「古隻反」當作「古侯反」，刊刻致誤。

（55）深陼，諸與反，丘名也。陼，止也，遮也。（《廣弘明集》第 24 卷
音義；30 / 037 / 07）

按，大正藏《廣弘明集》卷 24 作「深渚」：「靡迤坡陀，下屬深渚。」校勘
記曰：宮本作「深陼」。「陼」同「渚」，《集韻・語韻》：「陼，通作渚。」《廣韻
・語韻》：「渚，沚也。《釋名》曰：小洲曰渚。渚，遮也，能遮水使旁迴也。」《龍
龕・水部》：「渚，之暑反，水涯也；沚也；遮也。」據此，可洪釋文「止也」
當作「沚也」。

（56）永眺，吐吊反，視也，正作眺也。（《廣弘明集》第 24 卷音義；30 /
038 / 08）

按，字頭「眺」字不誤，也不是俗體，而可洪釋文曰「正作眺」，不合體例。
由此推測，字頭當為俗字訛體，頗疑本作「脁」，刊刻時被誤改為正字。「脁」
「眺」形近，經常相亂，如《可洪音義》卷 27《續高僧傳》第 15 卷音義：「慧
脁，他吊反。後《行狀》作眺也。」

（57）紅粟，息玉反，亦作票。（《廣弘明集》第 24 卷音義；30 / 039 / 10）

按，「票」是訛字，蓋「粟」字訛誤。《說文・卤部》：「粟，嘉穀實也。從
卤、從米。孔子曰：粟之為言續也。𥞦，籀文粟。」《玉篇・卤部》：「粟，穀也，
今作粟。」《集韻・燭韻》「粟，須玉切。《說文》：嘉穀實也。孔子曰：粟之為
言續也。籀作𥞦，隸作粟。」

三、其 他

還有一些訛誤不能判定是可洪失校在先，還是後世傳刻失誤所致，今亦羅
列如下，僅供參考。

（58）朱又，音必。（《大方等大集經》第 7 卷音義；03 / 004 / 03）

按，大正藏《大方等大集經》卷 6 作「未必」：「下劣之人不能得聞如是正
法，假使得聞，未必得信。」據此可知「朱」乃「未」字訛誤，「又」是「必」

字異寫。

（59）尸嵜，音耆。（《大方等大集經》第 16 卷音義；03／010／03）

按，大正藏《大方等大集經》作「尼嵜」：「尼嵜弩禰（十一）。」宋、宮本作「尼嵜挐禰」，元、明本作「尼嵜挐禰」，中華藏本作「尼嵜挐祢」。蓋應正作「尼嵜挐祢／禰」，字頭「尸」乃「尼」字殘，宋、宮本「嵜」乃「嵜」字訛，大正藏本「弩」蓋「挐」字誤。

（60）猶稱稱，處陵反。（《廣弘明集》第 20 卷音義；30／017／14）

按，中華藏、大正藏《廣弘明集》卷 20《莊嚴旻法師成實論義疏序》皆作「猶稱」：「奏古樂於文侯，猶稱則睡。」「稱」者，舉也。今字頭衍一「稱」字，不知是可洪失校，還是後世傳刻誤增。

（61）義冊，楚責反。（《廣弘明集》第 22 卷音義；30／024／09）

按，「義冊」乃「羲冊」之誤。大正藏《廣弘明集》卷 22《謝勅齎經序啟》作「羲冊」：「猶且遠徵羲冊，覩奧不測其神。邈想軒圖，歷選並歸其美。」「羲冊」與「軒圖」相對為文，「羲」指伏羲，「軒」指軒轅。

（62）藉藉卉，上自夜反，下許鬼反。（《廣弘明集》第 23 卷音義；30／027／10）

按，中華藏、大正藏《廣弘明集》卷 23《道士支曇諦誄》皆作「藉卉」：「閑宴清宇，藉卉幽谷，或濯素瀨，爰憩翠竹。」今字頭衍一「藉」字，不知是可洪失校，還是後世傳刻誤增。

（63）髫辯，上徒聊反。（《廣弘明集》第 23 卷音義；30／030／03）

按，大正藏《廣弘明集》卷 23《曇隆法師誄》作「髫辯」：「惠心朗識，發於髫辯。」「髫辯」指垂髫與辮髫之時，即幼年，切合文意，可見「辯」乃借字，或是訛字。中華藏影印金藏作「惠心朗識，發於髫亂辮」，衍「亂」字。

（64）乞乞，下丘既反。（《廣弘明集》第 24 卷音義；30／035／07）

按，今各版本《廣弘明集》卷 24 相應位置有「行乞」、「謂乞」、「城乞」，無「乞乞」連言。據可洪音「下丘既反」，故知上一「乞」字乃涉下字而誤。

（65）絡寋，其禹反。（《廣弘明集》第 24 卷音義；30／041／05）

按，「絡」乃「終」字誤。諸藏《廣弘明集》卷 24 皆作「終寋」：「但浮遊之屬萍迸蓬飛，散誕之流且貧終寋。」「終寋」語出《詩·邶風·北門》：「出自北門，憂心殷殷。終寋且貧，莫知我艱。」「終寋」謂境遇艱難。

（66）恩䚻，丘乾反。（《廣弘明集》第 25 卷音義；30／048／02）

按，「恩」是「思」字訛誤；「䚻」是「譽」字異寫，「譽」同「慾」。中華藏、麗藏《廣弘明集》卷 25《大莊嚴寺僧威秀等上請表》皆作「思譽」：「人知慕善，家曉思譽。」大正藏《集沙門不應拜俗等事》卷 6 作「家曉思慾」。

（67）象繫，戶計反。（《廣弘明集》第 27 卷音義；30／056／12）

按，中華藏、大正藏《廣弘明集》卷 27《生老病死門第五》皆作「界繫」：「所以達人興厭，高昇界繫之表；愚夫貪生，恒淪死生之獄。」「界繫」為佛教術語，指繫縛於三界之煩惱，界指欲、色、無色三界，繫乃繫縛、束縛之意。據此可知，字頭「象」乃訛字。

（68）遄及，上市專反。（《廣弘明集》第 28 卷音義；30／063／13）

按，「及」乃「反」字訛誤。今各版本《廣弘明集》卷 28《與劉智藏書》皆作「遄反」：「自林宗遄反，玄度言歸。」「反」與「歸」相對。

（69）振王，上之刃反，別本作攦。（《廣弘明集》第 29 卷音義；30／082／05）

按，「振王」當作「振玉」。今各版本《廣弘明集》卷 29《無為論》皆作「振玉」：「乃動朱履而馳寶馬，振玉勒而曜金羈。」可洪曰別本作「攦」，此蓋「振」之異構俗字，它書未見。

（70）彼爾，音介。（《廣弘明集》第 29 卷音義；30／082／07）

按，「彼爾」當作「攸爾」。大正藏《廣弘明集》卷 29《無為論》作「攸爾」：「先生攸爾而笑。」「攸爾」乃笑貌，《漢書·敘傳上》「主人逌爾而笑」唐顏師古注：「逌，古攸字。攸，咲貌也。」

（71）聞郤，丘逆反。（《廣弘明集》第 29 卷音義；30／085／05）

按，「聞」當作「間」；「郤」是「隙」字俗體。《慧琳音義》卷 99《廣弘明集》第 29 卷音義作「間隙」。麗藏《廣弘明集》卷 29 亦作「間隙」：「專從佞臣之計，伺國間隙，乘釁來侵。」大正藏作「伺國間隙，乘釁來侵」，「間」字不誤，「釁」則誤錄作「釁」。

（72）抱恨，上步保反，別本作怉。（《廣弘明集》第 29 卷音義；30／085／12）

按，「抱恨」當作「抱恨」，字頭「恨」是訛字。大正藏《廣弘明集》卷 29《破魔露布文》作「抱恨」：「弗與之言，抱恨而去。」

（73）計禪，音繕。（《廣弘明集》第 29 卷音義；30／086／09）

按，當作「封禪」，字頭「計」乃訛字。今諸藏《廣弘明集》卷 29《平魔赦文》皆作「封禪」：「人天樂推，無所與讓，遂陟靈壇，受茲封禪。」

（74）首終終，音由，遠也，閑也，正作悠。（《廣弘明集》第 30 卷音義；30／090／01）

按，當作「道悠悠」，「首」字誤。中華藏、大正藏《廣弘明集》卷 30《法樂辭十二章》皆作「天長命自短，世促道悠悠」，悠悠，遠也，閑也。

（75）潤斜，以嗟反，正作斜。（《廣弘明集》第 30 卷音義；30／090／13）

按，當作「澗斜」，「潤」是訛字。中華藏、大正藏《廣弘明集》卷 30《梁昭明太子開善寺法會》皆作「澗斜」：「澗斜日欲隱，煙生樓半藏。」

（76）鑿木，上自作反。（《廣弘明集》第 30 卷音義；30／095／08）

按，「木」乃「氷」字訛誤。今藏《廣弘明集》卷 30《從駕經大慈照寺詩》皆作「鑿氷」：「陽室疑停燧，陰軒類鑿氷。」

（77）楊葩，匹巴反，花也，正作葩。（《南海寄歸內法傳》第 4 卷音義；30／104／11）

按，《慧琳音義》卷 81《南海寄歸內法傳》第 4 卷音義也作「楊葩」（59／16a），「楊」當作「揚」，動詞。大正藏《南海寄歸內法傳》卷 4 作「揚葩」：「且如東夏，蓮華石竹則夏秋散彩，金荊桃杏乃春日敷榮，木槿石榴隨時代發，朱櫻素柰逐節揚葩。」「揚葩」，飛花也。

（78）綵篠，先了反。（《南海寄歸內法傳》第 4 卷音義；30／107／03）

按，中華藏、大正藏《南海寄歸內法傳》卷 4 皆作「綠篠」：「蕭條白楊之下，彷徨綠篠之側。」「篠」指細竹，冬夏常青，故當作「綠篠」，且與「白楊」對文，字頭「綵」乃「綠」字訛誤。

四、參考文獻

1. 慈怡，《佛光大辭典》，北京圖書館出版社，1989 年。
2. 韓小荊，《〈可洪音義〉研究——以文字為中心》，巴蜀書社，2009 年。
3. 黃仁瑄，《新譯大方廣佛華嚴經音義校注》，中華書局，2020 年。
4. 日本大正一切經刊行會，《大正新修大藏經》，臺北新文豐出版股份有限公司，1994～1996 年。

5. 譚代龍，《南海寄歸內法傳校注》異文校補，《合肥師範學院學報》第 4 期，2015 年。

6. 王邦維，《南海寄歸內法傳校注》，中華書局，1995 年。

7. 余迺永，《新校互注宋本廣韻》，上海辭書出版社，2000 年。

8. 中華大藏經編輯局，《中華大藏經》，中華書局，1984～1996 年。

不空譯《佛母大孔雀明王經》咒語校讀箚記*

李建強*

摘　要

以往的梵漢對音研究，咒語的校勘成果很少發表出來。漢文本咒語的校勘可以彌補《中華大藏經》咒語部分未出校的缺憾。依據漢文本反推梵本，可以極大豐富梵本的來源。反推出的梵本應該符合一定的對音規律以及梵語語法，有時還可參考藏文本。以下是一些例證。

關鍵詞：梵漢對音；咒語；校勘

一、引　言

　　梵漢對音研究從 20 世紀初誕生至今，已經將近一百年了。鋼和泰、汪榮寶、羅常培、陸志韋、俞敏、柯蔚南、劉廣和、施向東、聶鴻音、儲泰松、張福平等諸位先生發表了一系列文章及著作，歷代音系的對音規律已經得到大體的描寫。在這個過程中，建立了梵漢對音研究的基本範式，對音規律和文獻校勘考證相結合，是這個範式的根本要求。

---

* 基金項目：中國人民大學重大項目「敦煌文獻中的藏文咒語對研究」（15XNL014）。
* 李建強，1975 年生，男，河南鄭州人，文學博士，北京中國人民大學國學院副教授，主要從事漢語語音史研究。

　　從已有的對音規律及其他線索出發，進行梵文古文獻的校讀，是對音研究的一項重要內容。鋼和泰《音譯梵書與中國古音》中提到，他根據藏文的意譯本和漢字的音譯本，把《犍椎梵讚》《七佛梵讚》《文殊師利一百八名梵讚》的梵文原文推了出來〔註1〕。俞敏先生梵漢對音研究的代表作《後漢三國梵漢對音譜》中，曾經舉例探討過支讖譯《佛說阿闍世王經》一段譯名背後的梵詞，他用的方法是把音譯和意譯相比較，再參考字典詞書。比如支讖音譯「師利劫」，竺法護意譯「首藏」，法天意譯「吉祥藏」，字典中有梵詞 śrīgarbha。śrī 有吉祥的意思，也有尊貴、首要之義；garbha，胎藏，支讖譯成「劫」大概是把 garbha 錯成了 kalpa〔註2〕。這是做梵漢對音研究必不可少的一個程式，俞先生的弟子劉廣和、施向東、聶鴻音、儲泰松、張福平等諸位先生的對音研究中都體現了這個步驟，只是相關的文獻考證成果較少發表。

　　和前輩學者相比，當前我們在資料獲得方面有很大的便利條件。除了《大正藏》之外，漢文大藏經的一些珍貴版本得到刊佈；在國家大力支持下，敦煌、吐魯番、黑水城等地出土的文獻叢書陸續結集出版；另外，「國際敦煌項目」網站亦刊佈了大量圖片。新一代的學者從事梵漢對音研究，有條件在前輩學者成果的基礎上，紮紮實實地做文獻校勘工作。《大孔雀明王經》是密教重要經典，相關的資料和研究較為豐富，我們打算先從這部經入手。校勘的內容包括密咒的梵本、漢文本兩方面。

　　日本學者編修的《大正藏》提供了良好的校勘基礎。《佛母大孔雀明王經》梵本收有《孔雀經真言梵本》（No983B），以高野山高室院藏本為底本（本文校勘記中以⑩表示），對校平安時代寫石山寺藏本（本文校勘記中以⊞表示），《大正藏》No982 中的梵注依東京帝大梵本 No334 記載（本文校勘記中以帝表示）。

　　《大正藏》（本文校勘記中以⑧表示）漢文本以《高麗藏》為底本，並與增上寺的宋本（《思溪藏》）、元本（《普寧藏》）、明本（《嘉興藏》）對校。除此之外，《佛母大孔雀明王》還參校了其他三個本子：【甲】三十帖策子第十五帖，

〔註1〕鋼和泰：《音譯梵書與中國古音》，北京大學《國學季刊》1923 第 1 卷第 1 期第 47～57 頁。
〔註2〕俞敏：《後漢三國梵漢對音譜》，《俞敏語言學論文集》商務印書館 1999 年版，第 1～60 頁。

【乙】高野山寶壽院藏古寫本，【丙】黃檗版淨嚴等加筆本。諸本差異之處，《大正藏》用小注標明。按照《大正藏》的校勘體例，以上諸本分別用ⓈⓃ⊕⊕乙丙表示，宋元明三本皆同的，用三表示。

20世紀90年代出版的《中華大藏經》（漢文部分）以《趙城金藏》為基礎，對校了《房山雲居寺石經》《資福藏》（即《思溪藏》，《大正藏》對校的宋本）《影印宋磧砂藏》《普寧藏》（《大正藏》對校的元本）《永樂南藏》《徑山藏》（即《嘉興藏》，《大正藏》對校的明本）《清藏》《高麗藏》等8種大藏經，校勘精良。可惜的是咒語部分似乎都未出校。

日本學者橋本貴子博士著有《東京大學國語研究室藏〈仏母大孔雀明王経〉陀羅尼テキスト及ぴ校異》（未刊），以東京大學國語研究室藏的悉曇梵本和漢文本為底本，參校的梵本除了《大正藏》No982梵注及No983B，還有：（1）田久保周譽《梵文孔雀明王経》，（2）Hoernle.A.F.Rudolf：The Bower manuscript。參校的漢文本有：（1）仁和寺藏《三十貼策子》第15貼；（2）金剛寺一切經本 a、b；（3）《房山石經》本；（4）金藏廣勝寺本；（5）《高麗大藏經》初彫本、再彫本；（6）《大正新修大藏經》。

本文的校勘，是對以上研究的補充。梵本方面，補充了IOL No 1783奧登堡的拉丁轉寫本（本文校勘記中以⊛表示）。另外，參考了敦煌文獻中的兩個藏文本 P.t.359、P.t.360；有些地方，藏文本在轉梵本時會拆開連聲，有的地方，漢語是音譯，藏文本是意譯，這都能為版本校勘提供重要線索。漢文本以《大正藏》為基礎，先核對《高麗藏》（本文校勘記中以⓵表示），再錄《大正藏》的校文（咒語斷句、標號的分歧不錄），並且對校《中華大藏經》所收的《趙城金藏》（本文校勘記中以⓰表示）、《房山雲居寺石經》第25冊金代天眷元年戊午（1138年）刻石（本文校勘記中以⓭表示）以及《影印宋磧砂藏》（本文校勘記中以⓮表示），加上《大正藏》校勘記中對校過的《資福藏》《普寧藏》《徑山藏》，《中華大藏經》所涉及的幾種版本基本上就都能代表了，這可以補充《中華大藏經》（漢文部分）咒語未出校的缺憾。

一般的版本校勘，是選好某個善本作底本，其他版本有不同的地方，用校勘記標出來，不會擅自改動底本。由於本文是為對音研究打基礎，目的是找准梵本和漢文本的對應關係，最後得出的「校本」，是最能體現二者對音關係及梵文語法規律的一個本子，和任何一個現有的本子都不一致。這麼處理，還有一

層理由。一般理解的梵文文獻，指的是用婆羅迷字、悉曇字、佉盧字、天城體等古印度文字書寫的梵語文獻。可是古人是把漢字也當作記錄梵語的文字之一的。《悉曇藏》卷一引慧均《無依無得大乘四論玄義記》云：「諸佛去後，梵天議要三兄弟下欲界，如梵書、伽書、篆書，左、右、下三行書。二種在天竺國，行化字體猶是梵字，右、左行為異也。最弟蒼頡在後，下來漢地，黃帝時飛往海邊，觀鳥跡、造書字，名篆書也。」敦煌文獻及房山石經中保存多份題名為《梵本般若波羅蜜多心經》《唐梵翻對字音般若波羅蜜多心經》，所謂的「梵」，就是用漢字來記梵音，所謂「唐」，指的是梵詞的意譯。可見古人是把用漢字記錄梵音的音譯就當作「梵文」來看待。從這個角度來理解，漢文佛經裏面保存的大量音譯咒語材料，其實就相當於特殊的梵本，只不過沒有用婆羅迷字、悉曇字等古印度文字書寫罷了。這些材料大多數翻譯時間確定，時代較早，數量眾多，要是把其中的版本價值充分發掘出來，意義應該是比較大的。這也是不揣固陋，再作校勘的理由。

對音規律是咒語校勘的背景知識，校勘《佛母大孔雀明王經》的咒語參考了劉廣和《不空譯咒梵漢對音研究》〔註3〕。確定出的梵詞形式要講明語法根據才有說服力，咒語的句法形式相對單一，而構詞法方面的變化較為複雜，對構詞法的分析有的追溯到《波你尼經》。除了普通的語法書之外，段晴《波你尼語法入門》〔註4〕是重要參考。

以上的想法是否行得通還拿不准，下面以《佛母大孔雀明王經》上卷第四段咒語為例，談談具體的做法，祈請各位同仁批評指正。

二、文本校讀

namo buddhāya〔註5〕曩謨母馱引野

namo dharmāya〔註6〕曩謨達磨〔註7〕野

〔註3〕劉廣和：《音韻比較研究》，中國廣播電視出版社2002年版。

〔註4〕段晴：《波你尼語法入門》，北京大學出版社2001年版。

〔註5〕梵本帝奧namo buddhāya。原bu寫作◄，漏了元音符號。藏P.t.359 sangs rgyas la phyag 'tshal lo。sangs rgyas對應 buddha；phyag 'tshal，禮敬，對應namo。

〔註6〕梵本原帝奧同。藏P.t.359chos la phyag 'tshal lo。chos，法，對應 dharma。

〔註7〕麗丙作「麼」，校勘記「麼=磨三，磨引四」（即宋元明三本皆作「磨」，丙本作「磨引」）。金雲磧亦作「磨」。《廣韻》磨字平去兩讀，平聲戈韻莫婆切：「磨礪。《爾雅》曰：『石謂之磨。』」去聲過韻摸臥切：「䃺也。」《大廣益會玉篇》「磨」只收一音，

namaḥ〔註8〕saṃghāya 娜莫〔註9〕僧去伽去引〔註10〕野

namaḥ〔註11〕suvarṇā〔註12〕-vabhāsasya〔註13〕mayūra〔註14〕-rājñaḥ〔註15〕曩

謨 蘇上韄〔註16〕囉拏二合引嚩婆引〔註17〕薩寫麼庾引囉囉引〔註18〕枳孃二合

同礦，「莫臥切，磑也，所以礦麥」。「磨」對長音節 mā，讀去聲更符合對音規律。看來唐宋時期，「磨」的常用讀音或許應該是去聲。麼，上聲平聲兩讀。上聲讀法歷史較早，《文選·漢·班彪〈王命論〉》：「又況么麼不及數子，而欲闚干天位者也。」李善注：「《通俗文》曰：『不長曰么，細小曰麼。』莫可切。」「麼」表示疑問的語氣詞讀平聲。唐王建《宮詞》：「眾中遺卻金釵子，拾得從他要贖麼？」「麼」與「窠、多」押韻。梵文的長音節也可以用平聲字對，《高麗藏》作「麼」，應該是取平聲讀音。

〔註8〕梵本⑩甲均作 namo，帝 namaḥ，奧 namāḥ。nam，第一類動詞，禮敬、膜拜。加上後綴 as，構成不變詞 namas。在清音 s 之前，元音後的尾音 s 讀成 visarga。帝 namaḥ 是符合規則的形式。梵本⑩甲均作 namo，這是 namaḥ 在濁音和 a 前頭的變化，大概是承前而誤。奧作 namāḥ，可能是按照陽性或陰性名詞的變格規律變化，以 as 收尾的陽性或陰性名詞，單數體格中拉長 a；也可能為 namaḥ 之誤。藏 P.t.359 與 namaḥ saṃghāya 對應的是 dge 'dun la phyag 'tshal lo。dge 'dun，僧，對應 saṃgha。

〔註9〕麗因作「曩謨」，雲作「娜莫」，金磧皆作「娜謨」。莫，明母鐸韻，可以對 maḥ。謨，明母模韻，是對 mo。如果照着 namaḥ 譯，則雲「娜莫」最能夠對應。

〔註10〕小注麗金磧皆作「去引」，雲作「去」。

〔註11〕梵本⑩作 namo，帝奧作 namaḥ。後一詞以 s 開頭，當以 namaḥ 為是。

〔註12〕梵本⑩作 suvaṇḍa，帝奧作 suvarṇa。su-varṇa，√vṛ 的過去分詞，金色。悉曇字 rṇa 作 ﬃ，⑩ṇḍa 作 ﬁ，二者並不形近，不知因何而誤。

〔註13〕梵本⑩作 avabhāsasma，帝奧作 avabhāsasya。ava-bhāsa，陽性名詞，光芒（由√bhās 加後綴 a 構成）。單數屬格形式是 ava-bhāsasya。悉曇字 sya 作 ﬂ，⑩寫作 ﬄ（sma），應該是形近而誤。

〔註14〕梵本⑩作 mayura，帝奧作 mayūra。mayūra，陽性名詞，孔雀。悉曇字 yū 作 ﬅ，⑩寫作 ﬆ，是短元音。

〔註15〕梵本⑩作 rājñā，帝奧作 rājñaḥ。rājan，陽性名詞，國王。單數的從格和屬格都是 rājñaḥ，單數具格是 rājñā。前文 avabhāsasya 是屬格形式，則此處亦應同格。藏 P.t.359 與這幾句梵文相對應的藏文是 rma bya'i rgyal po gser tu snang ba la phyag 'tshal lo。rma bya 對應 mayūra；rgyal po 對應 rājan；gser 對應 suvarṇa；snang ba 對應 avabhāsa。

〔註16〕麗因作韄，校勘記「韄＝嚩三，嚩無鉢反因」。雲金皆作「韄」，磧作「嚩」。韄，微母月韻。嚩，依注無鉢反，微母末韻。月韻本是三等，微母朝零聲母演變時，i 介音可能脫落，從音值上看，和「無鉢反」表示的音相差不大。

〔註17〕小注麗因金磧作「引」，雲作「去」。都是用來描寫梵文的長音節。

〔註18〕麗因作「囉引囉」，校勘記「引囉＝囉引三」。雲金磧皆作「囉囉引」。「囉引」可以對 rā。

namo mahāmāyūryai〔註 19〕vidyā-rājñyai〔註 20〕曩謨 摩賀麼引庾引〔註 21〕哩曳二合尾你〔註 22〕也二合囉枳惹二合

tadyathā〔註 23〕怛你也二合他引

siddhe〔註 24〕 susiddhe 悉第〔註 25〕 蘇悉第〔註 26〕

mocani〔註 27〕 mokṣaṇi 謨左顊 謨剎抳〔註 28〕

mukte vimukte〔註 29〕目訖帝二合尾目訖帝二合

amale vimale〔註 30〕阿麼黎 尾麼黎〔註 31〕

〔註 19〕梵本原作 mayūrye（[illegible]），帝作 mayūrair，奧作 māyūryai。mayūrair 是陽性名詞 mayūra 的複數第三格，aiḥ 在濁音前變成 air。māyūryai 是陰性詞 māyūrī（孔雀的）的單數第四格。此處應該使用陰性形式。漢譯本「麼」後加「引」，說明對的是長音 mā。

〔註 20〕梵本原作 vidya rājñā，帝作 vidyā rājñair，奧作 vidyā rājñyai。rājñī，陰性名詞，女王、王后，單數第四格形式為 rājñyai，前面的修飾成分 vidyā（智慧）亦是陰性形式。原帝均有誤。藏P.t.359 與這幾句梵文對應的藏文是 rïg sngags kyï rgyal mo rma bya chen mo la phyag 'tshal lo。rïg sngags kyï rgyal mo 對應 vidyā-rājñī，rïg sngags 對應 vidyā；chen mo 對應 mahā。

〔註 21〕麗大「庾」字後無小注「引」，校勘記「庾＋（引）細注㊂」（即宋元明三本皆有小注「引」）。雲金磧亦作「庾引」。

〔註 22〕大作「儞」，麗雲金磧皆作「你」。

〔註 23〕藏P.t.359 'dï lta ste。

〔註 24〕梵本原作 siddho，甲帝奧均作 siddhe，藏P.t.359sïddhe。梵詞 siddhā，成就者，聖者，陰性單數呼格 siddhe。下句梵文本無異文，藏P.t.359 作 susïddhe。

〔註 25〕麗大金作「悉第」，雲作「悉弟」，磧作「悉第悉第」，《大正藏》校勘記「（悉第）＋悉㊂」。

〔註 26〕雲作「蘇悉弟」，其餘諸本作「蘇悉第」。

〔註 27〕梵本原帝mocani，奧mocani vimocani，藏P.t.359mocanï。√muc，第六類動詞，解脫。加上後綴-ana 構成中性名詞 mocana，陰性形式是 mocanī，單數呼格是 mocani。下一句梵文諸本無異文，藏P.t.359mokshanï。

〔註 28〕麗大金磧皆作「謨剎抳」，雲作「謨乞剎二合抳」。√mokṣ，第一類動詞，希望解脫。加上後綴-ana 構成中性名詞 mokṣaṇa。梵文 kṣa 讀音有分歧，用「剎」對，kṣ 是讀〔tʂ'〕，用「乞剎二合」對，kṣ 是讀〔k'tʂ'〕。

〔註 29〕梵本無異文，藏P.t.359mugte bïmugte。√muc，第六類動詞，解脫，過去被動分詞 mukta。單數陰性呼格是 mukte。

〔註 30〕梵本無異文，藏P.t.359amale bïmale。a-mala，無垢；vi-mala，離垢。單數陰性呼格語尾是-e。

〔註 31〕大作「尾麼黏」，並未出校，麗雲金磧皆作「尾麼黎」。

nirmale〔註32〕顟寧逸反〔註33〕麼黎

maṃgale〔註34〕瞢誐黎

hiraṇya-garbhe〔註35〕呬懶〔註36〕孃蘗陛

ratna-garbhe〔註37〕囉怛曩二合蘗〔註38〕陛

bhadre subhadre〔註39〕跋〔註40〕捺噤二合蘇跋捺噤二合

samanta bhadre〔註41〕三滿多跋捺噤二合

〔註32〕 梵本⑩作 nimaṃla，甲nirmale，帝nirmale aṇure paṇure，奧nirmale aṇḍare paṇḍare，藏P.t.359、360nïrmale aṇḍare paṇḍare。nir-mala，離垢。aṇḍara，部落名；《翻譯名義大集》裏 aṇḍa 是個很活躍的構詞成分，基本意思是卵，宇宙之初胎。paṇḍara，龍王名。巴利語 paṇḍara=梵語 pāṇḍara，黃白色。悉曇字 ṇḍa 作ℛ，ṇu 作ℛ，二者形近而誤。

〔註33〕 雲小注「寧逸反」後加「下同」。

〔註34〕 梵本⑩帝奧maṃgale。該句之後，梵本帝接以 maṅgalye，奧接以 māṅgalye。maṅgala，中性名詞，幸運、吉祥。加上後綴-ya 構成新詞，第一個音節若發生三合變化，則構成 māṅgalya，或未發生三合變化則構成 maṅgalya。這兩個詞在字典中都能查到。帝奧均無誤。藏p.t.359 作 maṅgaltye，似有拼寫之誤。P.t.360 作 maṅgalyo。

〔註35〕 梵本⑩ hiraṇya garbhe，帝奧hiraṇye hiraṇya-garbhe，藏 P.t.359hïraṇya-garbe，P.t.360hïraṇyu-garbe。hiraṇya，中性名詞，黃金、金錢。單數陰性呼格為 hiraṇye。hiraṇya-garbha，陽性名詞，金胎、金藏，單數陰性呼格語尾為-e。

〔註36〕 大作「懶」，麗雲金作「嬾」，磧作「孏」。孏懶，落旱切。切分音節時，梵音 ṇ 和 ra 合在一起算了一次，故可以用旱韻字「嬾懶」對 raṇ。不過，要是嚴格按照對音用字習慣，對梵文顫音 r，「懶」「嬾」均該加口旁，「嬾」可能是「㘓」的誤刻。㘓，力泰切，字書韻書未見陽聲韻的讀法。

〔註37〕 梵本⑩ratna-garbhe，帝奧ratne ratna-garbhe。ratna，中性名詞，珍寶。藏P.t.359radna-garbhe。「nagarbhe」這幾個字是填補的，擠在正文之下。P.t.360 radna-garbhe。

〔註38〕 大作「蘗」，麗雲金作「蘖」，磧作「蘗」。

〔註39〕 各梵本無異文，藏P.t.359bhaddre subaddre，P.t.360 bhaddre subhaddre。bhadra，賢。前綴 su-表示極好，subhadra 也可當人名、龍王名。

〔註40〕 麗雲跋，金作「跋」，磧作「跋」。大誤作「跛」。依《說文》，「犮」小篆作，「从犬而ノ之」，麗雲的字形還能看出這個筆意。

〔註41〕 各梵本無異文，藏P.t.359samanta badtre，P.t.360 samanta bhaddhe。samanta bhadra，普賢。

sarvārthā sādhani 〔註42〕薩嚩引囉他二合去〔註43〕娑引〔註44〕馱顊

paramārthā〔註45〕sādhani 跛囉〔註46〕沫引他娑引〔註47〕馱顊

sarvārtha pravādhani〔註48〕薩嚩引〔註49〕囉他二合〔註50〕鉢囉二合嚩引〔註51〕馱
顊

sarva-maṅgala-sādhani〔註52〕薩嚩瞢誐羅〔註53〕娑去引〔註54〕馱顊

manasi mānasi〔註55〕麼曩枲 麼引〔註56〕曩枲

〔註42〕梵本⑳作 sarvorthā，⑭作 sarvārthā，㊞㊪作 sarvārtha，是 sarva 和 artha 的連拼形
式，一切目的。artha 在吠陀梵文中有中性的用法，在晚期的梵文中，只有陽性用
法，複數第一格是 arthāḥ，visarga 在噝音前可與噝音同化，「他二合引」可證 thā 是
長音節。√sādh，第一類動詞，達成目標，成就。加後綴 ana 構成派生詞 sādhana，
陰性形式 sādhanī，單數呼格 sādhani。㊩P.t.359 sarva arta sadhanï，P.t.360 sarva artha
sādhānï。

〔註43〕小注⑳⑤⑥⑦作「二合」，⑨作「二合去」。

〔註44〕小注⑳⑤⑥⑦作「引」，⑨作「去」。

〔註45〕梵本⑳作 yarayātha，⑭作 parayāthā，㊞ ㊪皆作 paramārtha。梵詞 parama，最遠、
最終。artha，目的。悉曇字 yaय 和 paच、maﻡ形體略近。㊩P.t.359 paramarta sadanï。
P.t.360 殘。

〔註46〕⑳⑤作「羅」，⑨⑥⑦皆作「囉」。

〔註47〕《大正藏》⑳⑥⑦作「引」，⑨作「引去」。

〔註48〕梵本⑳作 sārvārtha pravādhani，㊞sarvānartha prasamani，㊪ sarvānartha praśāmani，
㊩P.t.359sarva anarta pravadhanï，P.t.360 殘。藏文把連聲拆開了，an-artha，不利益，
非義。㊞㊪大概記的是 sarva-an-artha 這幾個詞。但是諸漢譯本都沒有對出 n 的音，
看來用的是前綴 a-，構成 a-artha 的形式，否定前綴 a-要是出現在元音前，就得用
an-這樣的變體，看來這些本子沒遵循這條規則。⑳大概記的是 sarva-a-artha，第一
個音節該是短音 sa。pra-√śam，變得安靜平和。pra-√vadh，被消滅。㊪praśāmani 和
⑳pravādhani 都有理，㊞prasamani 沒看出理據來。

〔註49〕據《大正藏》校勘記，⑥作「嚩引」。

〔註50〕小注⑨作「二合去」。

〔註51〕⑨「嚩」後無小注「引」。

〔註52〕梵本⑳sarva-magala-sādhani，ma 上少寫了 anusvāra。㊞sarva-maṅgala-sadhāni sarva-
maṅgala-vādhani，㊪sarva-maṅgala-sādhani sarvāmaṅgala-vādhani。㊩P.t.359 sarva
maṅgala sadanï。maṅgala，中性名詞，幸福。㊞㊪又反著說一遍，a-maṅgala，不
吉。

〔註53〕⑳作「羅」，⑤⑨⑥⑦皆作「囉」。

〔註54〕⑨小注作「去」。

〔註55〕梵本⑳作 masi manasi，㊞㊪均作 manasi mānasi，㊩P.t.359 manasï mānasï。√man，
第八類動詞，思考。加後綴-as 構成中性名詞 manas，願望，加-ī 構成陰性形式，單
數呼格是 manasi。manas 後面再加派生詞綴-a 構成新詞，精神，第一個音節中的元
音要三合變化，所以構成 mānasa，陰性形式是 mānasī，單數呼格形式 mānasi。㊩
P.t.359mānasï manasï maha manasï。

〔註56〕⑨有小注「引」，⑳⑤⑥⑦均無。

mahā mānasi〔註 57〕麼賀麼引曩枲

adbhūte〔註 58〕　曷步帝

atyadbhūte〔註 59〕頞窒丁結反〔註 60〕納〔註 61〕部二合帝

acyute ajare〔註 62〕頞卒〔註 63〕子律反帝　阿上惹㘑〔註 64〕

vijare〔註 65〕尾惹㘑

vimale〔註 66〕尾麼黎

〔註 57〕 梵本⑩作 mahā manasi，㊥⑩均作 mahā mānasi。㊜P.t.359maha manasï，P.t.360…manasï。

〔註 58〕 梵本⑩作 abhute，㊥adbhute，⑩adbhūte，㊜P.t.359adbhudte，P.t.360adbhute。《梵英字典》中能查到的是 adbhuta，超越自然的，奇特的。詞根√bhū，存在，過去分詞 bhūta，前綴 at-，超出；《翻譯名義大集》中能查到 adbhūtaḥ 這樣的詞，漢譯為稀有，未曾有。漢譯本「步」是去聲，應該對長音節，所對的梵音或許是 bhū。

〔註 59〕 梵本⑩作 atyadbhuve，㊀㊥作 atyadbhute，⑩atyadbhūte，㊜P.t.359 adtyan bute，P.t.360adtyad bhate。在 adbhūta 前再加前綴 ati-，超過。ᰧ和ᰧ形近而誤；藏文ᰧ、ᰧ寫草了也容易混。這個詞之後，㊥接以 mukte vimukte mohani vimohani mocani mokṣani，⑩ mukte mocani mokṣani。㊜P.t.359mugate vimugate mocanï mogkśanï（這幾個詞是後來填補的，擠在原文之下，有些細節看不太清），P.t.360 mugate vïmugate motsanï mokśanï。

〔註 60〕 ㊕㊑作「頞窒丁結反」，㊇作「頞涅『結反」，㊐作「頞底也」。㊍作「頞頞窒丁結反」，校勘記「頞窒丁結反＝底也㊂」。《廣韻》窒，丁結切；涅，奴結切。版本用字有差異，說明刊刻過程中有改動。㊇作「涅」，可能反映了兩個元音間的 t 在語流中濁化為 d，所以用了泥母字。

〔註 61〕 ㊕㊍㊇㊑㊐皆作「納」，《大正藏》校勘記「納＝誠㊍」。

〔註 62〕 梵本⑩作 acyute ajare，㊥⑩皆作 acyute araje。㊜P.t.359atsyute aratse，P.t.360atsute aradze。梵詞 a-cyuta，不落，不死，源於√cyut（落下）；a-jara，不老，源於√jṝ（第一類動詞，變老）。a＋raja，陽性名詞，無塵、無染，源於√raj（第一類動詞，染）。漢譯本對的是 ajare。

〔註 63〕 ㊕作「卆」。㊍㊇㊑㊐皆作「卒」。

〔註 64〕 ㊕㊍㊑㊐「㘑」後皆有「二合」二字，㊇無。

〔註 65〕 梵本⑩作 vijare，㊥⑩皆作 viraje。㊜P.t.359vïradżï，P.t.360vïradże。vi-jara，不變老；vi-raja，無塵，遠離塵垢。

〔註 66〕 梵本⑩作 vimare，㊥⑩皆作 vimale。㊜P.t.359vïmalï，P.t.360vïmale。mala，中性名詞，塵。vi-mala，離塵。

amṛte amare amaraṇi〔註67〕阿上蜜哩二合帝　阿上麼隸〔註68〕　阿上〔註69〕麼囉抳

brahme brahma-svare〔註70〕沒囉二合憾謎二合　沒囉二合憾麼娑嚩二合〔註71〕

隸

pūrṇe〔註72〕布囉儜二合〔註73〕

pūrṇa-manorathe〔註74〕布囉拏二合〔註75〕麼努鼻引囉剃

mṛta-saṃjīvani〔註76〕蜜哩〔註77〕二合多散介〔註78〕引嚩顙

śrībhadre〔註79〕室哩二合引〔註80〕跋捺隸二合

candre candra-prabhe〔註81〕戰捺隸二合戰捺囉二合鉢囉二合陛

〔註67〕梵本無異文，藏P.t.359 amṛïte amare amaranï，P.t.360amṛïte amare amaraṇï。√mṛ，死亡，過去被動分詞是 mṛta；加後綴-aC、詞根元音二合，構成陽性名詞 mara，死亡，表示主動者以外的造者；加 ana 詞綴，表示狀態；再加前綴 a-表示否定。陰性形式都是該加-ā，單數呼格以-e 收尾。從 amaraṇi 來反推，陰性形式是 amaraṇī，這個形式，字典上沒收。

〔註68〕麗大作「黎」，雲金磧作「隸」。mara，最後一音節應該是顙音。

〔註69〕麗大雲無小注「上」，《大正藏》校勘記「阿＋（上）細注宋元，（上聲）明」。金磧有小注「上」。

〔註70〕梵本無異文，藏P.t.359 bramhe brama-svare，P.t.360brama bram…。brahma-svara，大梵音。svara，聲音。hme 這樣的音，藏語沒有，藏文轉寫出現訛誤，轉成 mhe𝄐 或 ma。

〔註71〕麗大雲金磧「嚩」字後皆無小注「二合」，《大正藏》校勘記「嚩＋（二合）細注丙」。

〔註72〕梵本原作 pūrṇi，帝奧pūrṇe。如果是中性形式 pūrṇa（滿），雙數呼格應該是 pūrṇe；若是陰性形式 pūrṇā，單數呼格是 pūrṇe。藏P.t.359 pu'urne。

〔註73〕麗大「儜」後無小注「二合」，雲金磧皆有「二合」。據《大正藏》校勘記，宋元明三本皆有「二合」。

〔註74〕梵本原作 pūkamatorathe，ka𝄐 為 rṇa𝄐 形誤，to𝄐 為 no𝄐 形誤。帝奧pūrṇa manorathe，藏P.t.359pu'urṇa manorate。mano-ratha，陽性名詞，意車，單數呼格 mano-rathe。

〔註75〕小注麗大雲金磧皆作「二合」，雲作「三合」，當是誤字。

〔註76〕梵本原作 mṛte saṃjīvani，甲帝奧皆作 mṛta-saṃjīvani。藏P.t.359mṛïta saddžïvanï。mṛta-saṃjīvanī，死者重生，陰性單數呼格為°ni。

〔註77〕麗大雲磧皆作「蜜哩」，金作「蜜栗」。《大正藏》校勘記「（阿）亻＋蜜丙」（丙本或作「阿蜜」）。

〔註78〕麗作「介」，大雲金磧皆作「吟」。《集韻》吟，人者切，應聲。不該對 jī。

〔註79〕梵本無異文。藏P.t.359śrïrabudtre。梵詞 śrībhadrā，妙吉祥，單數陰性呼格 °dre。

〔註80〕小注麗大金磧作「二合引」，雲作「二合」。

〔註81〕梵本奧作 cadre caṃdra-brabhe。帝奧皆作 candre candra-prabhe。藏P.t.359tsandre tsandra-prabe。candra，月亮，陰性單數呼格為°dre。√cand，閃耀，發光。candra-prabhā，月光。prabhā，陰性名詞，光芒，單數呼格是 prabhe。悉昙字 bra𝄐，pra𝄐形誤；ndre𝄐，dre𝄐形誤。

sūrye sūrya-kānte 〔註82〕素哩曳二合素哩野〔註83〕二合建引〔註84〕帝

vīta-bhaye 〔註85〕咮多婆曳

suvarṇi 〔註86〕蘇轈囉抳二合〔註87〕

bra 〔註88〕hma-ghoṣe 沒囉二合憾麼二合具引〔註89〕曬

brahma-juṣṭe 〔註90〕沒囉二合憾麼二合乳入〔註91〕瑟齮二合

sarvatrāpratihate 〔註92〕薩嚩怛囉二合引〔註93〕鉢囉二合底賀帝

svāhā 娑嚩二合引〔註94〕賀引〔註95〕

〔註82〕 梵本原作 suye surya kābhe，甲作 surye surya kānte，帝奥皆作 sūrye sūrya kānte。藏P.t.359 su'urya su'urya kante，P.t.360su'urye su'urya kānte。sūrya，陽性名詞，太陽。加陰性後綴-ā 構成陰性名詞，單數呼格形式是 sūrye。kānta，所喜，由√kam（第一類動詞，喜愛）＋ta 構成過去被動分詞。kanta，幸福，按照《波你尼》5.2.138，是在名詞性語幹 kam（好）後加派生詞綴 ta，表示擁有（matUP）。同樣的用法還可以加後綴-bha 構成 kambha，按《梵英詞典》的說法，這個形式只在語法書上見到過。原中的 kābhe 不知是否與此有關。再加後綴-ā 可構成陰性形式，單數呼格語尾是-e。

〔註83〕 麗大雲金作「野」，磧作「也」。《大正藏》校勘記「野=也三」。

〔註84〕 麗大有小注「引」，金雲磧皆無此注。據《大正藏》校勘記，明本無「引」字。

〔註85〕 梵本無異文，藏P.t.359bïtabaye，P.t.360bïtabhaye。vīta-bhaya，無畏。vīta，遠離、超越；bhaya，畏懼。√vī，離開，加 ta 構成過去被動分詞。√bhī，害怕，加上原始詞綴-a 構成陽性名詞，表示狀態。

〔註86〕 梵本原作 suvarṇi，帝奥皆作 suvarṇe。藏P.t.359、360suvarṇe。su-varṇa，好的顏色，紫金。√vṛ（選擇）加上後綴 ana 構成名詞，顏色。加陰性後綴-ā 或-ī 構成陰性形式，相應的呼格語尾為 e 或 i。該句之後，帝還有 suvarṇa-prabhe。

〔註87〕 麗金蘇轈囉抳，大磧蘇轈顜，雲蘇轈囉抳二合。

〔註88〕 梵本無異文。藏P.t.359 brama goṣe，P.t.360 bramha ghoṣpe。brahma-ghoṣe，梵音。√ghuṣ，第一類動詞，吼。加後綴-a 構成陽性名詞，詞根元音二合。

〔註89〕 麗大金磧皆有小注「引」，雲無此小注。

〔註90〕 梵本原帝作 brahma-juṣṭe，奥作 brahma-jyeṣṭhe。藏P.t.359brama ʤūṣṭe，P.t.360 bramha ʤūṣṭe。juṣṭa，√juṣ（第 6 類動詞，喜歡）的過去分詞。jyeṣṭha，最上，最勝，jya（<jyā，9，看重）＋iṣṭha 構成形容詞最高級。漢譯本對的應該是 brahma-juṣṭe。

〔註91〕 麗大無小注，《大正藏》校勘記「乳＋（入）細註宋元，（入聲）明」。雲「乳」後小注「入足反」，金磧小注「入」。

〔註92〕 梵本原作 sarvattrāpratihahe，甲he 作 te，帝作 sarvatra pratihate，奥作 sarvatrāpratihate。藏P.t.359、360 sarvadtra apratïhate，藏文拆開了連聲。從語義上考慮，這幾個詞應該是 sarvatra-a-prati-hate，諸處皆無掛礙。sarvatra，到處；prati-hata，誹謗。√han，殺害，過去被動分詞 hata。該句之後，帝奥還有 rakṣa rakṣamāṃ。heᕵ、teᕯ 可能是形近而誤。

〔註93〕 麗大金磧小注「二合」，雲「二合引」，據《大正藏》校勘記，因「二合引」。

〔註94〕 麗大小注「二合」，金磧「二合引」。據《大正藏》校勘記，宋元明「二合引」。

〔註95〕 麗大無小注，雲金磧小注「引」。據《大正藏》校勘記，宋元明亦有小注「引」。

namaḥ sarva-buddhānāṃ〔註96〕那莫薩嚩沒馱〔註97〕南〔註98〕

svasti mama〔註99〕娑嚩二合娑底二合麼麼

nāgasya〔註100〕曩引誐寫〔註101〕

sa-pari-vārasya〔註102〕颯跛哩嚩引囉寫〔註103〕

rakṣān〔註104〕囉乞產二合引〔註105〕

〔註96〕梵本無異文。buddhānāṃ，buddha 複數第六格。藏P.t.359 saṅs rgyas la phyag 'tshal lo。P.t.360saṅs rgyas thams cad la phyag 'tshal…。saṅs rgyas，buddha。thams cad，一切。

〔註97〕麗大雲金磧無小注，《大正藏》校勘記「馱＋（引）細註丙」。

〔註98〕麗大雲金作「南」，磧作「喃」。《大正藏》校勘記「南＝喃三」。

〔註99〕梵本原作 svāsti mama，甲svā 作 sva。帝奧作 svastir bhavatu。藏P.t.359bdag la dge ba dang。如果參考藏文本，這幾個梵本可能都沒寫全。svasti（su-asti），好運，吉祥。陰性單數第一格 svastiḥ，濁音前變°ir。bhavatu，√bhū 的命令語氣單數第三人稱。mama，第一人稱代詞的單數第六格。要是寫全了，這句應該是 svastir mama bhavatu。讓我有好運吧！藏語 bdag la，相當於梵文 mama。dge ba，對應梵詞 svasti。dang，表明指示或教訓等語氣。該句之後，帝還有 jvālāmune sagṛhe。jvāla，火焰。sa-gṛha，和家人一起。gṛha，家庭、眷屬。√gṛh（獲取穀物等）加上 Ka 後綴（符號 K 表示詞根元音不二合）。奧還有 svāter bhikṣor。svāti，僧侶，陽性單數第六格 svāteḥ。bhikṣu，比丘，陽性單數第六格 bhikṣoḥ。

〔註100〕梵本原nāgasya，帝作 sagaṇe，奧、P.t.359 沒有對應的句子。nāga，陽性名詞，龍，單數第六格形式 nāgasya。gaṇa，徒眾，加前綴 sa-，sagaṇa，有徒眾伴隨。從漢譯來看，取的是 nāga。連着上句讀，應該是「讓天龍有好運吧！」

〔註101〕麗大曩薩寫，《大正藏》校勘記「薩＝誐三，寫＋（顆）三」。雲金曩引誐寫，磧曩誐寫顆。

〔註102〕梵本原saparivārasya，帝作 parivārasya，奧、P.t.359 沒有對應的句子。pari-vāra，陽性名詞，伴隨，眷屬。加前綴 sa-構成新詞，陪同的眷屬。連着上句讀，應該是「讓陪同的眷屬有好運吧！」該句之後，帝還有 sarva sattvānāñca，一切眾生，複數第六格。

〔註103〕麗大颯跛哩嚩，雲颯跛哩嚩引囉寫，金颮跛哩嚩囉寫，金颯跛哩嚩囉寫，磧颯跛哩嚩囉寫。《大正藏》校勘記「嚩＋（囉寫）三」。

〔註104〕梵本原帝rakṣāṃ，奧本無對應詞語。√rakṣ 保護，加後後綴-a 構成陽性名詞，還可以再加陰性詞綴-ā 構成陰性名詞。陰性 rakṣā 的單數第二格是 rakṣām，陽性 rakṣa 的複數第二格是 rakṣān，和它搭配的動詞 kuvantu 是個複數第三人稱，而且漢譯「產」，山攝字，收-n 尾，所以我選 rakṣān。該句之後，帝還有 kuruguptiṃ paritrāṇaṃ parigrahaṃ pariplanaṃ śāntiṃ svastyayanaṃ daṇuparihāraṃ śastraparihāraṃ viṣa dāṣanaṃ viṣanāśaaṃ sīmāvandhandharaṇī vandhañ ca kuru。

〔註105〕麗大金磧小注「二合引」，雲「二合」。

kurvantu〔註106〕屈哩挽二合都〔註107〕

jīvatu varṣa-śataṃ〔註108〕尒引嚩覩〔註109〕戰囉灑二合〔註110〕設單

paśyantu śaradāṃ śataṃ〔註111〕鉢扇覩 設囉難引〔註112〕設單

huci〔註113〕護呰 guci〔註114〕麌呰

ghuci muci svāhā〔註115〕具呰 畝呰 娑嚩二合引〔註116〕賀引

本文發表於《西域歷史語言研究集刊》第 16 輯，中國藏學出版社 2021 年版，第 50～61 頁。

〔註106〕梵本㊾kuvantu，㊟與之對應的大概 kuruguptiṃ，但是讀不通。㊦沒有對應的。㊜P.t.359 連着上句一起，是 bsrung ba mdzad du gsol：請保護！bsrung ba，保護，對應 rakṣan；mdzad，做；mdzad du gsol，請做。照這個來反推，㊾kuvantu 應該是 kurvantu，是第 8 類動詞 kṛ（做）的第三人稱複數命令語氣，漢文本㊪㊎「屈哩」對 kur，其實㊶本的「屈」也可對 kur，入聲尾可對-r。

〔註107〕梵詞 kurvantu，㊞㊛屈勿二合引挽引覩，㊪屈哩挽二合都，㊎屈哩挽引覩，㊶屈挽引覩。

〔註108〕梵本無異文。㊜P.t.359lo brgyar 'tsho bar gyur cïg。jīvatu，√jīv（第一類動詞，生存）單數第三人稱命令主動。varṣa，雨季，年。śata，一百。varṣa-śata，一百年，單數第二格，可以表示存續的時間。整句話的意思是：讓他活到百歲吧！藏文 lo，年；brgya，一百。'tsho ba，名詞，生存，滋養。gyur，變得，命令式。cig，表示命令語氣的助詞。

〔註109〕㊞尒引嚩覩，㊛吟引嚩覩，㊪尒嚩都，㊎續吟嚩覩。

〔註110〕㊞㊛㊎㊶無小注，㊪有小注「二合」。

〔註111〕梵本㊾paśyantu śaradāṃ śataṃ，㊟paśyatu śaradā śataṃ，㊦paśyatu śaradāṃ śataṃ。㊜P.t.359 ston brgyar mthong bar śog śïg。P.t.360 ston brgya' mthong bar śog śïg。√dṛś，看，現在時的語幹是 paś，第四類動詞變化要加-ya，paśyatu 是命令語氣單數第三人稱，paśyantu 是命令語氣複數第三人稱。śaradā，陰性名詞，秋，年，śaradāṃ 是單數第二格。śaradā-śata 是構成複合詞。整句話的意思是：讓他（他們）現示百年吧！藏文 ston，秋天，年。mthong ba：看見。śog śïg，表示祈願和命令。

〔註112〕㊞㊛㊎㊶小注「引」，㊪「上引」。

〔註113〕梵本㊾㊦huci，㊟tadyathā juci。㊜P.t.359 'dï lta ste hutsï。P.t.360 tadyathā hutsï。

〔註114〕梵本㊾gucici，㊟㊦guci。㊜P.t.359 gutsï。P.t.360gutsï。

〔註115〕梵本㊾㊦ghuci muci svāhā，㊟muci svāhā。㊜P.t.359 ghutsï mutsï svāhā。P.t.360 ghu tsï mutsï svāhā。

〔註116〕㊞㊛㊎㊶小注「二合引」，㊪「二合」。

日本古寫玄應《一切經音義》卷一略探*

潘牧天*

摘　要

　　玄應《一切經音義》除傳世刻本、敦煌吐魯番寫本外，還有日本古寫本多種，通過大治本、金剛寺本、西方寺本、七寺本《玄應音義》卷一的比對，可以發現日本寫卷皆屬於簡本體系，其中大治本、金剛寺本與西方寺本關係較密切，與磧砂藏本相同部分較多，而七寺本與高麗藏本相同處較多，大治本與金剛寺本有直接的淵源關係，且卷一屬於在簡本基礎上進一步節略的略本體系。日本古寫本與傳世刻本《玄應音義》存有大量異文，具有補充傳世藏經刻本的獨特文獻價值。

關鍵詞：玄應；一切經音義；日本寫本；異文

　　玄應《一切經音義》（簡稱《玄應音義》）共二十五卷，是現存最早的集釋眾經的佛經音義。傳世刻本主要有高麗藏、磧砂藏等，寫本中除了敦煌寫卷外，還有日本古寫本多種。《玄應音義》最早於奈良時代即已傳入日本，人們屢屢書寫、誦讀、鑽研之，至今尚存數量可觀的一批寫本。如奈良正倉院存聖語藏寫本，日本宮內廳書陵部藏大治三年寫本，法隆寺、石山寺、七寺、興聖寺、西

---

　　* 基金項目：本文為國家社會科學基金青年項目（17CYY029）成果之一，曾於第十一屆漢文佛典語言學國際學術討論會（2017 年 11 月）、首屆漢語音義學研究國際學術研討會暨第四屆佛經音義研究國際學術（2021 年 10 月）發表，得到與會專家的指教，謹致謝忱！
　　* 潘牧天，1988 年生，浙江溫州人，上海師範大學人文學院副教授。

方寺、新宮寺和金剛寺等地亦皆有藏本。〔註1〕日本古寫本與傳世藏經本存在大量異文，下文比較《玄應音義》卷一的文本差異，並對日本寫本的源流關係略作探討。

《玄應音義》卷一所釋內容包括《大方廣佛華嚴經》、《大方等大集經》、《大集日藏分經》、《大集月藏分經》、《大威德陀羅尼經》與《法炬陀羅尼經》。本文主要比對的日本寫本有：

1. 宮內廳藏大治三年寫本，簡稱大治本。本卷首尾完整。〔註2〕

2. 金剛寺藏本，簡稱金剛寺本。本卷首尾完整。大治本、金剛寺本所釋經名下皆注卷數，如「《大方廣佛華嚴經》舊本五十八卷」「《大方等大集經》廿卷」等，卷末增附《新華嚴經》八十卷音義，為其他諸本所無。

3. 西方寺藏本，簡稱西方寺本。卷首殘，存《大方等大集經》第八卷「穿押」條至卷尾內容。

4. 七寺藏本。簡稱七寺本。本卷首尾完整，脫漏《大方等大集經》第一卷「厭人」條下至《大集月藏分經》第二卷「佛仍」條上「迦陵頻伽……狡猾」共 160 條。〔註3〕

一、日本寫卷對藏經傳本的補充

1. 迴　復

> 又作洄渡二形，〔註4〕同。胡瓌、扶福反。《三蒼》：洄，水轉也。
> 渡，深也。<u>亦迴水也，深也</u>。（七寺本、金藏本《玄應音義》卷一《大方廣
> 佛華嚴經》第一卷）

「亦迴水也，深也」一句，為七寺本與趙城金藏本獨有，諸寫本、刻本皆無。檢所釋《大方廣佛華嚴經》卷三有例：

> 一切寶光微妙色，清淨香水雜寶流，種種寶華為波浪，眾音諧
> 雅演佛聲。栴檀寶末和清流，無量雜寶為迴復，普出種種香光焰，
> 常流一切十方界。

〔註1〕參見徐時儀《玄應〈一切經音義〉寫卷考》，《文獻》，2009 年第 1 期。

〔註2〕〔日〕山田孝雄主編《一切經音義》，西東書房 1932 年版。

〔註3〕金剛寺本、西方寺本、七寺本據日本國際佛教學大學院大學編《日本古寫經善本叢刊》第一輯，2006 年影印本。

〔註4〕洄，金剛寺本、大治本作「迴」。

此形容香水河內的場面，「無量雜寶為迴復」謂不可計數的雜寶隨著水流迴旋，「迴復」指水流迴旋貌。

《玄應音義》指出「迴復」字又作「洄澓」，註明讀音後引《三蒼》分釋二字。日寫卷多出的「亦迴水也，深也」是對「澓」的進一步解釋。檢《玄應音義》卷二《大般涅槃經》第二十二卷：「迴復：《三蒼》作洄，水轉也。《宣帝紀》作澓，迴水也，深也。」〔註5〕有相同的解釋。

從玄應的解釋中，可知「澓」有「迴水」「深」二義。經文中為「迴水」義，《玉篇・水部》：「澓，澓流也。」「澓」同「洑」而有「深」義，「洑」指水潛流地下。《集韻・屋韻》：「澓，伏流也。或從伏。」從「復」取其迴旋義，從「伏」則取其埋伏義。字又作「坺」。《玄應音義》卷十七《俱舍論》第二卷：「迴復：又作坺，同。扶福反。《漢書》：川塞谿坺。蘇林曰：坺者，伏深也。《宣帝紀》作澓，回水也。」

「迴復」「洄澓」「洄洑」「迴覆」「迴復」等皆一詞異寫，而意義無別。如晉左思《吳都賦》：「潮波汩起，迴復萬里。」蕭齊求那毘地譯《百喻經・口誦乘船法而不解用喻》：「至洄澓駛流之中，唱言：『當如是捉，如是正。』」《宋書・張興世傳》：「江有洄洑，船下必來泊。」〔註6〕唐釋道世《法苑珠林・六道篇・受報部》：「罪人入河，隨波上下迴覆沉沒。」「洄澓」「洄洑」文獻中時有異文。南朝齊王琰《冥祥記》：「晉徐榮者，琅琊人。嘗至東陽，還經定山，舟人不慣，誤墮洄澓中。」《法苑珠林・救厄篇・感應緣》「洄澓」同，《太平廣記・報應九・徐榮》引《法苑珠林》作「洄洑」。佛典中諸形異文尤多。如三國吳康僧會譯《舊雜譬喻經》卷上：「我止大山半有樹，人及畜獸所不得歷，下有迴復水船所不行。」「迴復」，宋、元、明本作「洄澓」。東晉佛馱跋陀羅譯《大方廣佛華嚴經・入法界品》：「若有眾生，遭於海難、雲難、山難、大風洄澓，及以波浪迷惑失道，不見邊岸。」「洄澓」，宋、元、明、宮本作「迴復」，此例非指水流迴旋，謂大風迴旋。佚名《陀羅尼雜集》卷三《摩醯首羅天王呪》：「三者菩薩摩訶薩於生死海中眾生迴覆，自手牢捉令達彼岸。」「迴覆」，宋、

〔註5〕張涌泉指出：「『迴復』刻本作『洄澓』……『迴復』蓋即本於寫經，注文引他書作『洄』作『澓』，乃明其本字耳。刻本作『洄澓』，疑為後人所改。」見《敦煌經部文獻合集》，中華書局 2008 年版，第 4840 頁。

〔註6〕敦煌寫本《俗務要名林・水部》：「洄洑：水迴急也。上音回，下音伏。」張涌泉主編《敦煌經部文獻合集》，中華書局 2008 年版，第 3635 頁。

元本作「洄澓」，明本作「洄復」。北涼曇無讖譯《大般涅槃經・師子吼菩薩品之六》：「有河洄澓沒眾生，無明所盲不知出，如來自渡能渡彼，是故稱佛大船師。」「洄澓」，宋本作「迴復」，宮本作「廻覆」。

高麗藏等刻本失脫「亦迴水也，深也」句，〔註7〕則丟失了「澓」之「迴水」義，當補。

2. 挻　埴

尸延反，下時力反。案挻，柔也，擊也，亦和也〔註8〕。埴，土也。（大治本、金剛寺本、西方寺本《玄應音義》卷一《大方等大集經》第二十三卷）

「案挻，柔也，擊也，亦和也」句，藏經諸本為「埏，擊也，和也」。

詞目「挻埴」，磧砂藏、《慧琳音義》轉錄同，高麗藏作「埏埴」。「埏（挻）埴」義為「揉和泥土製作陶器」。「埏」「挻」義本不同。《說文・手部》：「挻，長也。」《說文》未收「埏」，《新附》：「埏，八方之地也。從土，延聲。」「埏」有夷然切（yán）、式連切（shān）二音，《說文新附》所收為 yán 音之「埏」，與我們所討論的 shān 無關。從《說文解字》的收字來看，式連切的「埏」或為「挻」的俗別字。〔註9〕文獻用例中「埏」出現較早，《老子》第十一章：「埏埴以為器，當其無，有器之用。」歷來對字形當從土從手說法未定，〔註10〕易玄、邢玄、樓古、敦煌乙、丙和范應元諸本「埏」字作「挻」，而帛書甲、乙本字皆作「燃」。〔註11〕「埏、挻、燃」皆可看作（揉和、拍打等製作陶器的動作）這一詞義不同記錄形式，從「土」符合製作對象（陶器）的物理特徵，從「手」符合製作器物的動作特徵，且「土」「扌」二旁形近易混。〔註12〕

〔註7〕「深也」或為衍文，又或玄應轉錄字書而重複。

〔註8〕也，西方寺本無。

〔註9〕鄭珍《說文新附考》：「埏乃挻、梴別字。」

〔註10〕紀昀曰：按「埏」各本俱作「埏」，惟《釋文》作「挻」。羅振玉曰：今本作「埏」，《釋文》出「挻」字，知王本作「挻」，今據改。御注本同。景龍本、敦煌丙本作「埏」。馬敘倫曰：《說文》無「埏」字，當依王本作「挻」。謙之案：「埏」「挻」義通，不必改字。據朱謙之《老子校釋》，中華書局 1984 年版。

〔註11〕高明校注《帛書老子校注》，中華書局 1996 年版，第 270 頁。《慧琳音義》曾多次辨析「埏」非正字，如卷三一釋《大乘密嚴經》卷二「挻埴」條：「從土作埏者，非正字也。」卷六九釋《阿毗達磨大毗婆沙論》第一四八卷「挻埴」條：「從土作埏者，非。」

〔註12〕「埏」「挻」的時代早晚不是本文討論的重點，故此處暫不展開。

日寫本《玄應音義》釋「挻」有「柔也」、「擊也」、「和也」三個解釋，後世刻本「挻（挺）」僅存後二者。《玄應音義》中注出的「柔、和、擊」三義，皆由製陶的具體動作而來。《說文》注「挻」為「長」，王念孫《廣雅疏證》卷二：「挻之言延也。」即使事物延長，進而引申為揉和泥土使之形變延長，此即「挻／挺」之「揉和」義。河上公注《老子》「埏埴以為器」曰：「埏，和也；埴，土也。謂和土以為器也。」《淮南子·說山訓》：「譬猶陶人為器也，揲挻其土而不益厚，破乃愈疾。」《集韻·僊韻》：「挻，和也。」《廣韻·仙韻》：「挻，柔也，和也。」又如《荀子·性惡》：「故陶人埏埴而為器。」楊倞注曰：「埏，擊也；埴，黏土也。擊黏土而成器。」楊倞注出「埏」的拍打義，此亦為製陶過程中的一個動作，製陶揉和泥土，進而拍打使之成型。至於「柔」義，清朱駿聲《說文通訓定聲》已闡明：「《字林》：『挻，柔也。』按：今字作揉，猶煣也。凡柔和之物，引之使長，搏之使短，可析可合，可方可圓，謂之挻。陶人為坯，其一端也。」朱駿聲認為「挻」的語義特徵是使柔和的事物改變形態，其「揉泥製陶」只是其具體的體現，「柔」即「揉」。《玄應音義》卷十三釋《見正經》「挻土」：「舒延反。《淮南》云：陶人之剋挻埴。許叔重曰：挻，揉也。埴，土也。挻，擊也，亦和也。」即用「揉」字。

檢《玄應音義》有「挻埴」「埏埴」：

（1）挻埴　尸延反，下時力反。挻，柔也，和也，擊也。埴，土也。粘土曰埴。（卷十《百論》下卷）〔註13〕

（2）挻埴　式延反，下時力反。《字林》：挻，柔也。今言柔，挻也。亦擊也，和也，埴土也。粘土曰埴。《釋名》云：土黃而細密曰埴。埴，膩也。如脂之膩也。（卷十七《出曜論》第一卷）

（3）埏埴　尸延反，下時力反。挻，柔也，擊也，和也。埴，土也。黏土曰埴。《釋名》：土黃而細密曰埴。埴，埱也。粘昵如脂之埱也。〔註14〕（卷十八《隨相論》）

（4）挻埴　尸延反，下時力反。案：挻，柔也，和也，擊也。埴，土也。黏土曰埴。〔註15〕（卷二十《法句經》上卷）

〔註13〕本文所引高麗藏本《玄應音義》，如無特別說明，據徐時儀《一切經音義三種校本合刊（修訂本）》，上海古籍出版社 2012 年版。

〔註14〕此條高麗藏無，據磧砂藏補。

〔註15〕黏土曰埴，高麗藏無，據磧砂藏補。

（5）埏埴　式延反，下時力反。挺，〔註16〕柔也，和也，擊也。埴，

土也。粘土曰埴。（卷二十一《大菩薩藏經》第八卷）

又有「挻土」條：

（6）挻土　舒延反。《淮南》云：陶人之剋挻埴。許叔重曰：挻，

揉也，埴土也。挻，擊也，亦和也。（卷十三《見正經》）

（1）（3）（4）（5）例皆列「柔、擊、和」三種解釋。例（2）引《字林》說
明「柔」義的出處，例（6）引許慎注。凡六例皆備三義，獨釋《大方等大集經》
之例缺失一義，恐後世刻本之誤，當補。〔註17〕

3. 櫨 㭐

來都反。下蒲麦反。〔註18〕《說文》：㭐櫨，柱上枅也。《三蒼》：

柱上方木也。山東、江南皆曰枅，自陝以西曰楷。枅音古奚反。（大

治本、金剛寺本、西方寺本《玄應音義》卷一《大方等大集經》第十五卷）

「《說文》：㭐櫨，柱上枅也」，磧砂藏同，高麗藏、金藏無。

「櫨㭐」猶今言之斗拱。玄應引《說文》釋「櫨」，〔註19〕今本《說文·木
部》：「櫨，柱上柎也。」段玉裁依全書通例正作「㭐櫨也」。檢李善注《文選》
之司馬相如《長門賦》「施瑰木之㭐櫨兮」引《說文》曰：「㭐櫨，柱上枅也。」
注左太沖《魏都賦》「欒櫨疊施」引《說文》曰：「㭐櫨，柱枅也。」顏師古注
《急就篇》卷三「榱椽㭐櫨瓦屋梁」所釋亦與玄應相近：「㭐櫨，柱上之枅也，
自陝以西呼之為楷。」李善、顏師古注與《玄應音義》合，《說文·木部》：「枅，
屋櫨也。」恐唐人所見《說文》與今本不同，釋文以「柱上枅」為好。〔註20〕

〔註16〕挺，磧砂藏作「埏」。

〔註17〕六例標點皆據徐校本，「埴土也」標點不一致，例（2）（6）以「埴土也」為解釋「挺
（埏）」之語，非，當統一作「埴，土也」。

〔註18〕蒲，大治本作「浦」。反，西方寺本無。寫本中明顯訛誤本文逕改，下不出注。

〔註19〕《說文·木部》：「㭐，壁柱。」段玉裁注曰：「此與㭐櫨之㭐各字，《篇》《韻》皆
兩存不誤。」

〔註20〕清梁章鉅認為《說文》「柱上柎」不必改。《文選旁證》卷八：「注：《說文》曰：㭐
櫨，柱枅也。今《說文》：㭐，壁柱也。櫨，柱上柎也。枅，屋櫨也。朱氏琦曰：
《爾雅》：闍謂之梲。郭注：柱上㭐也，亦名枅。《廣雅》：㭐謂之枅，是㭐與枅一
也。《爾雅釋文》：櫨即㭐也。又引《字林》云：㭐，櫨也。是㭐與櫨亦一也。惟《說
文》㭐為壁柱，不嫌異訓。而《玉篇》《廣韻》分㭐、㭐為二，段氏從之。於㭐篆
外別作㭐篆，究係《說文》所無而強增。其實㭐為㭐之省，實一字耳。至櫨之為枅，
《一切經音義》引《三蒼》云：櫨薄，柱上方木也。山東、江南皆曰枅。顏師古《漢
書》注：薄櫨，柱上枅也，與此注引《說文》正合。然今《說文》柎字亦有證，《爾

4. 劫波育

或言劫貝者，訛也。正言迦波羅。高昌名㲲，可以為布。罽賓以南大者成樹，以北形小，狀如土葵，有殼，<u>剖以出花如柳絮</u>，可紉以為布也。紉，女珍反。〔註21〕（大治本、金剛寺本、西方寺本《玄應音義》卷一《大方等大集經》第十五卷）

「剖以出花如柳絮」之「花」，磧砂藏同，高麗藏無。「㲲」即「㲲」。《字彙·毛部》：「㲲，細毛布。《南史》：高昌國有草，實如繭，繭中絲如細纑，名曰白㲲子，國人取織為布，甚軟白。今文㲲作疊。」《玄應音義》說明了其植物形態，唐人認為殼中柳絮狀的物體為其花，高麗藏本刪去「花」字，脫失部分文義，當補。

5. 旒　幢

《字書》作斿，同。呂周反。謂旌旗之垂者也。天子十二旒，諸侯九旒是<u>也</u>。（金剛寺本、西方寺本《玄應音義》卷一《大方等大集經》第十五卷）

「天子十二旒，諸侯九旒是也」，諸刻本無「也」字。「天子十二旒，諸侯九旒」言周天子、諸侯冠冕上的垂珠數量，出自《禮記·禮器》：「天子之冕，朱綠藻，十有二旒。諸侯九，上大夫七，下大夫五，士三。」〔註22〕「是也」常用於句末，脫「也」則句義未完，當補。

6. 良　祐〔註23〕

力張反。良，善也，亦賢也。下<u>古文閣、佑二形，同</u>。胡救反。《字林》：祐者，助也。（大治本、金剛寺本《大方等大集經》第四卷）

「古文閣、佑二形，同」，磧砂藏同，高麗藏無。

「祐」的古字是「右」。《說文·示部》：「祐，助也。从示右聲。」段玉裁注

雅釋文》引《字林》云：櫨，柱上枅也。《淮南·本經訓》標林欂櫨，注：櫨，柱上枅。據此則枅字非誤。枅既有屋櫨之訓，而櫨為柱上枅義，正兩足，不必援此注以改《說文》。」

〔註21〕珍，磧砂藏作「鎮」。

〔註22〕《禮記·郊特牲》：「戴冕璪十有二旒，則天數也。乘素車，貴其質也。旂十有二旒，龍章而設日月，以象天也。」《禮記·玉藻》：「天子玉藻，十有二旒。前後邃延，龍卷以祭。」鄭玄注：「天子以五采藻為旒，旒十有二。」孔穎達疏：「天子前之與後各有十二旒。」

〔註23〕金剛寺本此條附於「命命」條釋文後，無詞目「良祐」二字，恐抄訛。

曰：「古祗作右。」《說文・口部》：「右，助也。从口从又。」段玉裁注曰：「今人以左右為ナ又字，則又製佐佑為左右字。」「佑」亦「右」的後起字。宋本《玉篇・人部》：「佑，《書》云：皇天眷佑。佑助也。」後人因「祐」从示而以之為表神靈相助之字，將「佑」「祐」區分開來。如《廣韻・宥韻》：「佑，佐也，助也。」「祐，神助。」朱駿聲《說文通訓定聲》則指出：「據許書，凡助為右，神助為祐，其實祐即右之變體，加示耳。」字書載「祐」「佑」通用。宋本《玉篇・示部》：「祐，或作佑。」《正字通・示部》：「祐，古借右，通作佑。」宋後字書又載「祐」之古文作「閣」，恐皆承《玄應音義》而來。宋本《玉篇・門部》：「閣，古祐字。」《龍龕手鑒・門部》：「閣，古文。音右。助也。」《篆隸萬象名義・門部》：「閣，祐，助。」《正字通・門部》認為：「閣，舊本古文祐。按祐从門無義，沿《篇海》誤，宜刪。」檢《改併四聲篇海・門部》：「閣，古文祐字。」「閣」唐人已見，《篇海》顯承前人字書而來，非其誤也。

又《玄應音義》卷二釋《大般涅槃經》第十八卷：「良祐：古文閣、〔佑〕二形，同。胡救反。祐者，助也。天之所助者也。」俄弗230號卷作：「良祐：古作閣，同，胡救反，祐，助也。」可資參比。高麗藏本刪此二形，可補。

二、日本寫卷與藏經傳本的異文

日本寫卷直承唐代寫本體系，因此與傳世藏經形成了大量異文，其中多有可據日寫卷訂補高麗藏本者，如高麗藏《玄應音義》卷一釋《大集月藏分經》第八卷：「鄯善：時戰反。《漢書》本名樓蘭，因傅介子斬其王，復更名鄯善，在烏耆國南，胡國陽關外也。」其中「烏耆國」，大治本、金剛寺本、七寺本、西方寺本皆作「焉耆國」。徐時儀（2012）、黃仁瑄（2018）皆已據趙城金藏訂正。

1. 條目異文

日藏寫卷與藏經傳本條目用字多有不同，如上文所論「埏埴」條（高麗藏《玄應音義》卷一《大方等大集經》第二十三卷），大治本、金剛寺本、西方寺本、《慧琳音義》轉錄、磧砂藏、永樂南藏、海山仙館叢書、宛委別藏皆作「挻埴」。又如：

唏鐸　呼几反。（高麗藏《玄應音義》卷一《大方等大集經》第二十卷）

「⿰彔余」，大治本、金剛寺本作「⿰矣余（[illegible]、[illegible]）」，「⿰矣余」即「⿰柰余」。「⿰彔余」「⿰柰余」皆同「隸」，徐校本已改正字。西方寺本誤作「餘」。今本《大方等大集經》卷一九末有咒，其中有「唏隸」。

玄應釋詞所列條目字形，或為其當時所見經文，亦有其所正之形，往往於釋文中說明「經文作某」「律文作某」「論文作某」。如：

> 喊呿　於六反，下兒庶反。經文從豆作豉，非也。（高麗藏《玄應音義》卷一《大方等大集經》第二十八卷）

「喊」，大治本、金剛寺本、磧砂藏作「咸」，西方寺本作「[illegible]」。《大方等大集經》卷三一有咒曰：「咸呿薩多波其力醯咸呿薩多波其力摩波利婆呤。」高麗藏作「咸」，宮內廳本作「豉」。玄應所見經文作「豉」，而以「咸」為正體列目。檢《龍龕手鑑・豆部》：「豉，俗。正作咸字。」

「喊」「咸」本非一字，《龍龕手鑑・口部》：「喊，喉聲。咸，大笑皃。」宋代字書、韻書記載「啣」為「咸」之或體，《類篇・口部》《集韻・屋韻》皆言：「咸、啣，聲也。或從郁。」明人以「喊」同「啣」。《正字通・口部》：「啣，喉聲。」又：「喊，同啣。」《重訂直音篇》：「喊，音郁，喉聲。啣，同上。」則「喊」「咸」混矣。高麗藏以「喊」為詞目，則宋元時已不辨，當據日寫本、磧砂藏正作「咸」。

通過《玄應音義》條目與經文的對比，可以考察玄應撰著音義時所見經本與各藏經傳本的異同，考探今傳藏經異文的淵源嬗變及遞改關係，從而判斷音義異文的正誤。如《玄應音義》卷一釋《大方等大集經》第十二卷「禦之」條後附有「婆咩、嘍濘、婆坧、囉緹、婆踟」五條譯音，皆僅注音切，其中「婆咩、嘍濘、婆坧」三條有異文：

> 婆咩　弥尔反。（高麗藏《玄應音義》卷一《大方等大集經》第十二卷）

「婆咩」，大治本、金剛寺本、西方寺本為「沙咩」，《慧琳音義》轉錄作「娑咩」，《可洪音義》第三冊《大方等大集經》第十二卷：「娑哶：音弭。娑咩：同上音弭。」恐當從日寫本、慧琳、可洪作「沙／娑咩」為是。

> 嘍濘　洛口反。下奴定反。（高麗藏《玄應音義》卷一《大方等大集經》第十二卷）

可洪《新集藏經音義隨函錄》第三冊釋《大方等大集經》第十二卷收有「䫜濘」條：「䫜濘：上徒侯反，正作頭、投二形也。下奴定反。又作豆、婁二字，

呼之上。又應和尚《音義》作嘍，洛口反，非也。又郭氏作郎頭反，亦非也。」。

婆坁　丁礼反。（高麗藏《玄應音義》卷一《大方等大集經》第十二卷）

「坁」，大治本、金剛寺本作「攐」，西方寺本作「**垁**」，磧砂藏作「堨」，《慧琳音義》轉錄作「坵」。《可洪音義》：「婆坁：丁禮反。又音佰。」「坁」「堨」「坵」皆同「坻」。《玉篇·土部》：「坻，俗作坁。」《龍龕手鑑·土部》：「坻，或作堨。」《字彙補·土部》：「堨，同坻。」段玉裁《說文解字注》：「坻行而坻廢矣。」「攐」「坵」為「坻」的俗訛變體。西方寺本「**垁**」為「攐」的草寫，與「坵」亦近。

以上三條中「婆咩」「婆坁」條目有異文，「嘍濘」可洪作「嘍濘」，檢《玄應音義》所釋經文在《大方等大集經》第十一卷：

爾時，世尊告四天王……而說呪曰，所謂：三咩　（羊鳴音）三摩三咩　沫頓禰　婆羅跋坁陀禰　陀那跋坁　投彌陀那跋坁阿婆散提　阿摩隸　毘摩隸　闍毘羅提　迦羅提　迦羅那……尼薩隸　莫罕泥。

例中「三咩」「三摩三咩」，聖語藏本作「娑咩」「娑摩娑咩」，即《玄應音義》所釋「沙／娑咩」，高麗藏「娑」誤作「婆」，形訛，當據正；「婆羅跋坁陀禰」「陀那跋坁」「投彌陀那跋坁阿婆散提」之「跋坁」，聖語藏本皆作「婆坁」，即《玄應音義》所釋，「坁」俗作「坁、堨」，又訛寫作「攐」，正作「坻」；「沫頓禰」，聖語藏本作「摩嘍濘」，「嘍濘」即《玄應音義》所釋「嘍濘」，經文從「豆」字在音義中常有從「口」者，以譯音為多。

據此可知，佛典譯音用字無定形，記音而已，玄應釋音義所據之本當與今之聖語藏本較近，而與今傳本相差甚遠，高麗藏本《音義》亦存在不少訛誤。

2. 用字異文

日寫本用字與傳世藏經諸本多有不同，如表示時間、方位、數量的界限藏經本多用「已」而日寫本常用「以」。〔註24〕

又如：

環異　又作傀、瓌二形，同。古迴反。傀，美也。《廣雅》：傀偉

〔註24〕如「劫波育」條「闔寶已南大者成樹，已北形小」，「霖雨」條「雨自三日已上為霖」等。

奇玩也。（高麗藏本《玄應音義》卷一《大方等大集經》第十二卷）

詞目中「瓌」，大治本、金剛寺本作「瓌（瓌、瓌）」，西方寺本作「瓌」。釋文中「瓌」，大治本、金剛寺本作「瓌（瓌、瓌）」，西方寺本作「瓌（瓌）」。

「傀」或作「瓌」。《說文・人部》：「傀，偉也。从人鬼聲。《周禮》曰：『大傀異。』瓌，傀或从玉褢聲。」「瓌」同「瑰」。《說文・玉部》：「瑰，玫瑰。从玉鬼聲。一曰圜好。」宋本《玉篇》：「瓌，同瑰。」「瓌」「瓌」本非一字，《類篇》《廣韻》皆截然分列。《龍龕手鑒・玉部》：「瑰，音回。玫瑰也。石之美好曰玫，圓好曰瑰。火齊珠也。」下又曰：「瓌珦瓌珣瓆，五俗。瓌，古。瓌，今。古回反。一琦也。一琦者，偉大之皃也。與傀儡亦同也。」〔註25〕《正字通・玉部》：「瓌、瓌、瑰義並同。」《字彙・玉部》：「瓌，與瑰同。」又：「瓌同瑰。」則諸字已混。

據玄應的記載，諸字似唐代已不辨。《玄應音義》卷一所釋「瓌異」，見於《大方等大集經》卷一一：「有八萬女清淨無穢，形容瑰異如天無差，一切亦發阿耨多羅三藐三菩提心。」又，《玄應音義》卷二釋《大般涅槃經》卷十：「瓌（瓌）異：又作傀，同。古回反。傀，美也。《方言》：傀，盛也。《說文》：傀，偉也。偉，奇也。《廣雅》：傀偉奇玩也。」《大般涅槃經》卷一〇：「我先所見，無量諸佛三十二相、八十種好莊嚴其身，今悉見為菩薩摩訶薩體貌傀異，姝大殊妙，唯見佛身喻如藥樹，為諸菩薩摩訶薩等之所圍遶。」「傀」，宋、元、明、宮本作「瓌」。玄應所見經文當作「瓌」。今本《廣雅・釋訓》：「瑰瑋，琦玩也。」今本《方言》卷一：「儚、渾、膹、䑋、膠、泡，盛也。」郭璞注：「儚，言瓌瑋也。」戴震《方言疏證》：「儚、傀、瑰、瓌並通。」〔註26〕《莊子・天下》：「其書雖瓌瑋而連犿无傷也。」王叔岷案：「瓌瑋與傀偉同，瓌正作瓌。」〔註27〕

音義所釋「瓌（瓌）異」，文獻中常作「瓌異」「瑰異」。《水經注・廬江水》：「又有孤石，介立大湖中，周迴一里，竦立百丈，矗然高峻，特為瓌異。」〔註28〕《淮南子・本經訓》：「夫聲色五味，遠國珍怪，瓌異奇物，足以變心易志，搖蕩

〔註25〕《龍龕手鑒・人部》：「傀儡，二或作。傀，通。傀，正。」
〔註26〕華學誠：《揚雄方言校釋匯證》，中華書局，2006 年 9 月版，第 113 頁。
〔註27〕王叔岷：《莊子校詮》，中華書局 2007 年版，第 1342 頁。
〔註28〕〔北魏〕酈道元著；陳橋驛校證：《水經注校證》，中華書局，2007 年版，第 925 頁。

精神，感動血氣者，不可勝計也。」《文選》載張衡《東京賦》：「瑰異譎詭，燦爛炳煥。」《太平廣記》卷二七引《仙傳拾遺》：「相引升堂，所設饌食珍美，器皿瑰異，雖王者宴賜，亦所不及。」

綜上，「瓌」「瑰」「瓌」所記皆為《說文》中的「傀（瓌）」。上舉日寫本詞目「瓌」應是「瓌」的訛俗字，釋文中西方寺本的「瓌」為「瓌」之變體「瓌」的省筆，大治本、金剛寺本的「瓌」為「瓌」的增筆字。

憍奢耶〔註29〕　此譯云虫衣，謂用野蠶絲綿作衣也。應云俱舍，

此云藏，謂蠶藏在璽中。此即野蠶也。（高麗藏本《玄應音義》卷一《大

方等大集經》第十二卷）

「璽」，大治本、金剛寺本、西方寺本、磧砂藏本作「繭」。宋本《玉篇·虫部》：「繭，蠒繭也。璽，同上，俗。」《龍龕手鑒·虫部》：「璽，蚕衣也。」

「蠶」，大治本、西方寺本作「蠶」，金剛寺本作「蠶」。《龍龕手鑒·虫部》：「蚕、蚕，二俗。蠒，古。蠶，通。蠶，正。」《正字通·虫部》：「蠶，俗蠶字。」

禦之　古文敔，同。魚舉反。禦，當也，亦止也。《爾雅》：禦，

禁也。〔註30〕（高麗藏《玄應音義》卷一《大方等大集經》第十二卷）

前一「禦」，大治本、金剛寺本、西方寺本皆作「御」〔註31〕。後一「禦」，西方寺本同，大治本、金剛寺本作「御」。《可洪音義》第三冊：「御之：上冀與禁也，上也，當也。正作禦。應和尚《經音義》作禦也。又音馭，悮。」

據玄應「當也，亦止也……禁也」的解釋，此應作「禦」為是。「御」可通「禦」，《廣韻·語韻》：「御，通作禦。」《詩·邶風·谷風》：「我有旨蓄，亦以御冬。」毛傳：「御，禦也。」此「抵擋」義。《左傳·襄公四年》：「匠慶用蒲圃之檟，季孫不御。」孔穎達疏曰：「御即禦也。」此「禁止」義。日寫本保留了唐代二者通用的原貌，刻本則改正之。

日寫卷中還保留了大量的俗寫，如「衆（衆）」「養（養）」「綿（綿）」「挑（挑）」「紃（紃）」等，以下略舉數例：

窊面　一瓜反。《廣雅》：窊，下也。經文作洿，一胡反。洿池

〔註29〕耶，大治本、金剛寺本、西方寺本作「邪」。
〔註30〕磧砂藏此後多「謂未有而預防之也」。
〔註31〕金剛寺本字形作「御」。

也。（高麗藏《玄應音義》卷一《大方等大集經》第十五卷）

詞目中「窊」，大治本作「窊」，金剛寺本作「窊」，西方寺本作「㝏」。釋文中大治本作「穴」，金剛寺本作「窊」，西方寺本作「窊」。窊、窊、㝏皆為「窊」的俗寫。「窊」文獻罕見用例。《玉篇·穴部》：「窊，井也。」亦作為「零」的俗字，此處恐為「窊」的訛俗變體。

　　　旒幢　《字書》作統，同。呂周反。謂旌旗之垂者也。天子十二

旒，諸侯九旒是。（高麗藏《玄應音義》卷一《大方等大集經》第十五卷）

「旌」，大治本、金剛寺本作「旂（旂）」。南朝《瘞鶴銘》作旌，王羲之《興福寺碑》作旌，北魏《張猛龍碑》作旌。日寫卷存唐代字形。

　　　鞞呼　疋尤反。（高麗藏《玄應音義》卷一《大方等大集經》第二十三卷）

　　　伶俜　歷丁反，下疋丁反。《三蒼》：伶俜猶聯翩也。孤獨皃也。

（高麗藏《玄應音義》卷一《大方等大集經》第二十六卷）

第一例「疋」，金剛寺本作「疋」，西方寺本作「疋」，磧砂藏作『匹』。第二例「疋」，金剛寺本作「疋」，西方寺本作「疋」。又，七寺本《玄應音義》卷一《大方廣佛華嚴經》第五卷「仇對」條「匹」寫作疋。

「疋」是「匹」的俗字。《廣韻·質韻》：「匹，俗作疋。」《字彙補·疋部》：「匹、疋二字自漢已通用矣。」漢《史晨碑》作匹，《居延漢簡·死駒劾狀》作□，「匹」形由隸書的雁尾變型，楷化定型作疋，如魏《丘哲妻鮮于仲兒墓誌》作疋。《干祿字書》：「疋、匹，上俗下正。」[註32]逐漸方化作「疋」。[註33]日寫卷字形恰反映了「匹—疋」演變的中間狀態。各本中「疋」也多用作「雅」，寫本尤甚。

　　　兵革　古核反。軍旅之事曰兵革，謂兵器雜有皮革也。（高麗藏

《玄應音義》卷一《大方等大集經》第二十二卷）

「器」，大治本作「器」金剛寺本作「噐」，西方寺本作「噐」。

《說文·品部》：「器，皿也。象器之口，犬所以守之。」宋本《玉篇·品部》：「噐，同上（器），俗。」明張自烈《正字通·口部》：「噐，器本字。《說文》誤從犬，《舉要》改從缶，別從大作器，並非。」張氏認為「噐」為本字，

〔註32〕又有多種變體，如魏《杜文雅造像》作疋，唐《張興墓誌》作疋。
〔註33〕又有多種變體，如隋《唐該墓誌》作疋，唐《獨孤仁政碑》作疋。參秦公《碑別字新編》，文物出版社 1985 年版第 5 頁。

恐非。「器」本從犬，其「器、嚚」二形產生於隸變的過程中。先秦彝器字形多從犬，如周《散氏盤》作▢，《嬰卣》作▢。戰國簡牘中或從大，如《望山楚簡》M2作▢，《包山楚簡》265作▢，秦漢文字隸變將筆劃重新排布，漢《鳳凰山簡牘》有▢形，《馬王堆帛書》有▢形，皆從大，「嚚」之「工」或由「器」之「大」方化而來，如《睡虎地秦簡》二五作▢，《居延漢簡·相利善劍》作▢，《甲渠候官文書》作▢，漢《董昌洗》銘文作▢，《張遷碑》作▢。這種寫法被保留在楷書中，如北魏《元懷墓誌》作▢，隋智永《真草千字文》作▢。

三、日本寫經與藏經傳本源流淺探

徐時儀師（2009）總結《玄應音義》寫本主要有兩個體系，一為簡本（高麗藏），一為詳本（磧砂藏）。〔註34〕相較於刻本以高麗藏、磧砂藏分別為代表的二源體系，日本寫卷間的關係更顯錯綜複雜，應不僅是源於兩個體系。以下就卷一的文獻比對情況略作探討：

1. 日本寫卷皆屬於簡本體系

就《玄應音義》卷一而言，磧砂藏本確實較高麗藏等諸本為詳，大量內容不見於各本。茲舉數例：

怡懌　古文嶧，同。翼之反。下以石反。《爾雅》：怡、懌，樂也。註曰：怡，心之樂也；懌，意解之樂也。經文作津液之液，非也。

鞦紖　又作紲、絼二形，同。直忍反。謂牛鼻繩也。《廣雅》：紖，索也。經文從革作靷，餘振反。《說文》：靷，軸也。非此義也。

焦悸　子遙反。焦，燒也。下古文痵，同。其季反。《字林》：心動也。《說文》：氣不定也。

刀戟　居逆反。《字林》：有枝兵嚚也，長六尺。《釋名》：戟，格也。言有枝格也。

兵革　古核反。軍旅之事曰兵革，謂兵器雜有皮革也。《國語》：定三革。賈逵曰：甲冑者，三也。《禮記》：革車，兵車也。五刃曰

〔註34〕徐時儀《玄應〈一切經音義〉寫卷考》，《文獻》2009年第1期。

兵也。

手探　他含反。《說文》：手遠取曰探也。又音他闇反。探，試也。

霖雨　力金反。雨自三日已上為霖。《爾雅》：久雨謂之淫，淫謂之霖。

姦宄　居美反。《國語》：竊寶為宄，因宄之財為姦也。《廣雅》：宄，盜也。《左傳》：在內曰姦，在外曰宄。又云：亂在內曰宄。

踰摩　《字書》作逾，同。庾俱反。《字林》：踰，越也。《廣雅》：踰，度也。言摩尼者訛也。正言末尼，謂珠之摠名也。《新譯音義》云：末謂末羅。此云詬（垢）也。尼，此云離也，言此寶光靜（淨）不為垢穢所染也。

以上條目中劃線部分皆為磧砂藏獨有，包括日寫本在內的諸本皆無，可見磧砂藏承繼詳本，而日寫本亦屬於簡本體系。簡本所少的多是《爾雅》《說文》《釋名》《廣雅》等小學類著作的引文，亦有《國語》《禮記》等經典，包括後人對它們所作的箋注。從相差的內容看，似多為簡本所刪；但亦不排除有部分內容為詳本所增，如末條引《新譯音義》的內容。〔註35〕

2. 大治本與金剛寺本有淵源關係

大治本是由法隆寺僧人覺嚴、隆暹等人於日本大治三年（1128）五月至六月所抄，金剛寺本係嘉禎二年至三年（1236～1237）間所抄的寫本。〔註36〕大治本字體雋秀，點畫精嚴，金剛寺則較粗疏，時有淆亂。經比對，二本有直接的淵源關係，誤則同誤，幾無二致。略舉數例：

命命　梵言。耆婆耆婆鳥，此言命命鳥是也。（高麗藏本《玄應音義》卷一《大方等大集經》第四卷）

〔註35〕末條磧砂藏、永樂南藏、海山仙館叢書本、宛委別藏皆多末段。此段出慧苑《新譯大方廣佛華嚴經音義》卷上《世主妙嚴品》：「摩尼：正云末尼。末曰末羅，此云垢也。尼云離也，言此寶光淨，不為垢穢所染也。又云摩尼，此曰增長，謂有此寶處，必增其威德。舊翻為如意、隨意等，逐義譯也。」宋法云《翻譯名義集》卷三、宋允堪述、日本慧光合《淨心誡觀法發真鈔》卷二均引作「應法師云」。

〔註36〕虞思徵《日藏玄應〈一切經音義〉寫本研究》，上海師範大學碩士學位論文，2014年。

「耆婆耆婆」，大治本、金剛寺本作「耆耆婆婆」，顯涉重文符號而誤倒。

> 姦宄　居美反。《廣雅》：宄，盜也。《左傳》：在內曰姦，在外曰
>
> 宄。（高麗藏本《玄應音義》卷一《大集日藏分經》第四卷）

「《廣雅》：宄，盜也」，大治本、金剛寺本作「廣雅宄」，皆脫「盜也」。

> 魁婆　于甘反。（高麗藏本《玄應音義》卷一《法炬陀羅尼經》第一卷）

「魁婆」，七寺本、西方寺本同，大治本、金剛寺本為「筎次魁婆」。玄應釋《法炬陀羅尼經》第一卷共有 3 條，依次為「魁婆」「致妳」「筎吹」，分別對應經文中「魁婆利」「比遮拘致孁」「大小諸鼓箜篌筎吹諸種妓樂」，大治本三條順次排為一列，金剛寺本「魁婆」「致妳」為一列，「筎吹」條另起頂格書寫。恐大治本所據之本行次當與金剛寺本相類，因涉下文平列之「筎吹」條而衍，又誤「吹」為「次」（西方寺本「吹」即寫作「𠯑」，與「次」形近），金剛寺本同誤。

> 筎吹　或作葭，同。古遐反。今樂中有筎，卷筎葉吹之，[註37]
>
> 因以名也。[註38]（高麗藏本《玄應音義》卷一《法炬陀羅尼經》第一卷）

「古遐反。今樂中有筎，卷筎葉吹之」句，大治本為「古遐筎卷筎反今樂中有葉吹」，金剛寺本為「古遐筎卷筎反余（今）樂中有葉今吹之」。顯然，大治本、金剛寺本所據之本同倒，而二本抄寫時又增衍、脫，但二本係同一本所轉抄當無疑問。

如此之類，不勝枚舉，大治本、金剛寺本當係一本所出，故下文如無異文皆以金剛寺本該之。

3. 金剛寺本與西方寺本關係較密切

西方寺本三分之二書寫於平安時代，三分之一書寫於鎌倉時代，第二十五卷卷末題有「弘安四年（1281）壬七月於大門寺書寫了　執筆明海」。[註39]通過比對，金剛寺本與西方寺本有較多相同的地方，以下列舉二本相同但不同於傳世藏經本之處。如：

[註37] 筎，海山仙館本、宛委別藏作『葭』，七寺本無。

[註38] 因以名也，大治本、金剛寺本、西方寺本無。

[註39] 虞思徵《日藏玄應〈一切經音義〉寫本研究》，上海師範大學 2014 年碩士學位論
　　　文，第 40 頁。

詞　　目	內容〔註40〕	磧砂藏	金剛寺	西方寺
禦之	禦	○〔註41〕	御	御
婆坵	坵	堄	墕	墕
婆咩	婆	○	沙	沙
劫波育	已	○	以	以
	如	○	花如	花如
旒幢	是	○	是也	是也
埏埴	埏擊也和也埴土也	○	案挺柔也擊也亦和也植土也	案挺柔也擊也亦和植土也
園圃	補五反江東音、布二音	○	補、布二音	補、布二音
薜荔	或言餓鬼是餓鬼中寂劣者也	是餓鬼中最劣者也或言餓鬼	或言餓鬼中寂者也	或言餓鬼中寂劣者也
奎星	口隽反	傾圭反	攜口反	隽口反
唏嶷	嶷	嶷	嶵（嶷）	餘

應當注意的是一些訛誤中的線索，如末條金剛寺本「嶷」同「嶷」，寫作**嶵**，不誤，而西方寺本因右側字形與「余」近而誤抄作「餘」，亦可見二者所據母本相近。又，「奎星」條金剛寺本「攜口反」恐為西方寺本「隽口反」之誤。

此外，通過條目異文，亦可略窺其中一二。如：《玄應音義》卷一釋《大集月藏分經》第六卷「佉伽婆沙」條，七寺本同，金剛寺本、西方寺本《慧琳音義》轉錄作「佉伽」；第七卷「黠婆利」條，七寺本同，金剛寺本、西方寺本《慧琳音義》轉錄作「黠婆」。又如《大集日藏分經》第四卷「毣經」條，金剛寺本「經」作「綴」，西方寺本作「經」，二本不同，檢大治本作「綴」，而旁注「本書經字」。和金剛寺具有同源關係的大治本與西方寺同作「經」字，而大治本後改為「綴」字，金剛寺本承之。此亦可見大治本、金剛寺本一系與西方寺本有較為密切的關係。

4. 金剛寺本、西方寺本與磧砂藏本有部分相同

雖然日寫本皆屬於簡本體系，但仍有大量內容與磧砂藏相同而異於高麗藏，尤其體現在金剛寺本與西方寺本。如上文所舉日寫本《音義》釋《大方等

〔註40〕表中所列「詞目、內容」據高麗藏，下同。
〔註41〕○表示與高麗藏相同，下同。

大集經》第十五卷：

> 櫨㭼　來都反。下蒲麦反。《說文》：㭼櫨，柱上枅也。……枅音
>
> 古奚反。

所引《說文》一句金剛寺本、西方寺本、磧砂藏本皆有而高麗藏、趙城金藏無。又如：

> 良祐　力張反。良，善也，亦賢也。下古文閭、佑二形，同。胡
>
> 救反。《字林》：祐者，助也。（大治本、金剛寺本《玄應音義》卷一《大方
>
> 等大集經》第四卷）

此條「古文閭佑二形同」句金剛寺本與磧砂藏本有而高麗藏、趙城金藏無。「《字林》：祐者，助也」句磧砂藏前多「《周易》：自天祐之」，後多「天之所助也」，為諸本所無。

又如：

詞　目	內　容	磧砂藏	金剛寺	西方寺
㘅呿	㘅	㘅	㘅	㖸
	兒庶反	羌庶反	羌庶反	鼇庶反
薩陁	徒加反	徒多反	徒多反	徒多反
确㾺	硬	鞕	鞕	鞕
觜星	子系反	子移反	子移反	子移反
薜荔	浦細反	蒲細反	蒲細反	蒲細反
埏埴	埏埴	挻埴	挻埴	挻埴

5. 七寺本與高麗藏本相同處較其他寫本為多

七寺本為承安五年（1175）至治承三年（1179）間所抄，[註42]上言金剛寺本、西方寺本與磧砂藏本相同較多，七寺本則與高麗藏相同處較多。「七寺本的母本或許是介於三種日寫本與高麗藏本之間的某個寫本，而金剛寺本、西方寺本的母本或是介於磧砂藏祖本與高麗藏祖本之間的某個寫本或兩個寫本。」[註43]下試舉數例：

> 遞相　古文遞，同。徒礼反。《爾雅》：遞，迭也。郭璞曰：遞，

〔註42〕虞思徵《日藏玄應〈一切經音義〉寫本研究》，上海師範大學 2014 年碩士學位論文，第 34 頁。

〔註43〕潘牧天《日本古寫玄應〈一切經音義〉卷六略探》，《佛經音義研究——第三屆佛經音義國際學術研討會論文集》，上海辭書出版社 2015 年版第 150 頁。

更易也。迭音徒結反。(高麗藏本《玄應音義》卷一《大方廣佛華嚴經》第十四卷)

「古文递，同」，七寺本同，磧砂藏本、大治本、金剛寺本無。「郭璞曰：遞」，七寺本同，大治本、磧砂藏本、永樂南藏本、海山仙館本叢書、宛委別藏本皆作「謂」。

笳吹　或作葭，同。古遐反。今樂中有笳，卷笳葉吹之，因以名也。(高麗藏本《玄應音義》卷一《法炬陁羅尼經》第一卷)

「因以名也」，七寺本同，大治本、金剛寺本、西方寺本、《慧琳音義》轉錄皆無。又如：

詞　目	內　容	七　寺	磧砂藏	金剛寺
踰摩	謂珠之捻名也	○	謂珠之捻名者也	謂珠之捻名者也
盧舍那	嚧柘那	○	嚧祏那	嚧祏那
沮壞	壞敗也	○	敗壞也	敗壞也

此外，七寺本有其獨有的文獻價值，如上文所舉《玄應音義》卷一《大方廣佛華嚴經》第一卷「迴復」條中「亦迴水也，深也」句，即為七寺本與趙城金藏本獨有，不見於其他諸本。

6. 大治本、金剛寺本屬於略本體系

相較於諸寫本、刻本，大治本、金剛寺本缺少大量內容，闕失整條的如：

弥綸　力旬反。周布也。《易》云：弥綸天地之道。注云：弥，廣也。綸，經理也。

蔚者　於費反。

又有涉及部分內容的如釋《大方廣佛華嚴經》第四、五卷：

諧雅　胡皆反。諧，和也，謂閑雅雍容音聲和也。雅，素也，亦從容妖麗也。

眾祐　于救反。祐，助也，謂眾德相助成也。舊經多言衆祐者，福祐也。今多言世尊者，為世所尊也。此蓋隨義立名耳。

憤毒　扶粉反。《說文》：憤，懣也。《方言》：憤，盈也。謂憤怒氣盈滿也，亦情感也。懣音亡本反，煩也。

名遏　古文閼，同。安曷反。《蒼頡篇》：遏，遮也。《詩》傳曰：

遏，止也，亦絕也。〔註44〕

　　翳目　《韻集》作瞖，同。於計反。瞖，〔註45〕目病也。《說文》：目病生翳也。<u>並作翳，《韻集》作瞖，近字也</u>。經文有作瞇，陰而風曰瞇，瞇非此義。

　　孤煢　古文惸、傏二形，同。渠營反。無父曰孤，無子曰獨，无兄弟曰煢。煢，<u>單也</u>。煢煢，无所依也。字從卪從營省聲。卪音雖閨反。

　　劃線內容為大治本、金剛寺本所無，大治本、金剛寺本內容缺失或有抄寫者脫漏的因素，但從上例中缺失的內容多為整條或整句並集中在引文的情況來看，大治本、金剛寺本所據母本或為較傳世諸本更簡的節略本。

　　通過對《玄應音義》卷一諸本的校勘，可以看出大治本、金剛寺本、西方寺本、七寺本應皆為《玄應音義》簡本系統的早期轉抄本，四種寫經皆保留了早期傳本的面貌，互相間多有同異。其中大治本、金剛寺本屬同一系統，與西方寺本相同處較多，且與磧砂藏本有較多相合之處，七寺本則與高麗藏本相同處較多，與卷六異文所反映的版本系統大致相同。〔註46〕此外，在以磧砂藏、高麗藏分別為代表的詳本、簡本系統外，《玄應音義》在流傳過程中還被節略，形成以大治本、金剛寺本為代表的略本體系。〔註47〕（如下頁圖）

　　日本古寫本《一切經音義》是研究佛經音義的重要材料，全面整理日寫本對於《一切經音義》研究具有重要意義，日寫本中豐富的佚文與異文對於音義的研究具有推動作用。〔註48〕雖然通過各本異文的比對，我們可以理出寫卷與刻本間的大致關係，但由於寫卷寫成時間的不同等原因，同一機構所藏的各卷來源可能亦有不同，這也導致了不同卷次之間所反映出的異文情況不盡相同，只有將《玄應音義》所有寫本、刻本進行逐字比對，將其中的異同進行詳細的

〔註44〕止也，大治本、金剛寺本作「止止」。

〔註45〕瞖，大治本、金剛寺本無。

〔註46〕潘牧天《日本古寫玄應〈一切經音義〉卷六略探》，《佛經音義研究——第三屆佛經音義國際學術研討會論文集》，上海辭書出版社 2015 年版第 140～151 頁。

〔註47〕據對卷二、卷六的考察，大治本、金剛寺本仍偏向詳本磧砂藏體系，但其他本子存在略本，因此我們認為略本體系是存在的，但因為各本傳承不同，各卷次之間詳略有參差。

〔註48〕如石山寺本《玄應音義》卷六保存了「旃檀、瞻察、純一、懈怠、族姓、蕭笛、帝相」等 9 個條目，為諸寫本、刻本所無。

分類統計，才能真正摸清各本傳承的大致脈絡，其中具體的計量研究仍需要進一步探索。日本寫卷作為直接傳承自唐寫本的域外寫本，展現了玄應稿本到刻本間的傳抄階段的寫本系統原貌，是對敦煌吐魯番寫本的補充，也是研究《玄應音義》傳本體系的關鍵環節。

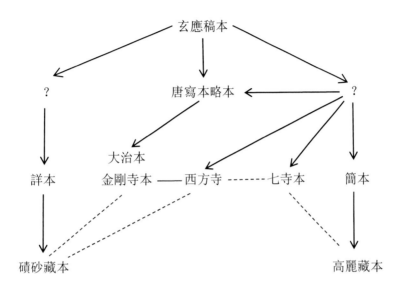

四、參考文獻

1. 〔日〕山田孝雄，一切經音義，西東書房，1932 年。

2. 國際佛教學大學院大學，日本古寫經善本叢刊（第一輯），2006 年。

3. 華學誠，揚雄方言校釋匯證，中華書局，2006 年。

4. 黃仁瑄，大唐眾經音義校注，中華書局，2018 年。

5. 潘牧天，日本古寫玄應《一切經音義》卷六略探，佛經音義研究——第三屆佛經音義國際學術研討會論文集，上海辭書出版社，2015 年。

6. 秦公，碑別字新編，文物出版社，1985 年。

7. 徐時儀，玄應《一切經音義》寫卷考，文獻，2009 年（1）。

8. 徐時儀，一切經音義三種校本合刊（修訂本），上海古籍出版社，2012 年。

9. 虞思徵，日藏玄應《一切經音義》寫本研究，上海師範大學碩士學位論文，2014 年。

10. 張涌泉，敦煌經部文獻合集，中華書局，2008 年。

本文原刊於《辭書研究》2023 年第 2 期